毫端蕴秀

读懂红楼不是梦

张惠 著

海峡出版发行集团

海峡文艺出版社

图书在版编目(CIP)数据

毫端蕴秀:读懂红楼不是梦/张惠著.—福州:海峡文艺出版社,2020.11(2024.3重印)
ISBN 978-7-5550-2487-3

Ⅰ.①毫… Ⅱ.①张… Ⅲ.①《红楼梦》研究—文集 Ⅳ.①I207.411—53

中国版本图书馆 CIP 数据核字(2020)第 213780 号

毫端蕴秀
——读懂红楼不是梦

张 惠 著

出 版 人 林 滨
责任编辑 陈 婧
出版发行 海峡文艺出版社
经 销 福建新华发行(集团)有限责任公司
社 址 福州市东水路 76 号 14 层
发 行 部 0591—87536797
印 刷 三河市兴博印务有限公司
厂 址 河北省廊坊市三河市杨庄镇大窝头村西
开 本 700 毫米×1000 毫米 1/16
字 数 261 千字
印 张 18.75
版 次 2020 年 11 月第 1 版
印 次 2024 年 3 月第 3 次印刷
书 号 ISBN 978-7-5550-2487-3
定 价 78.00 元

流水今日　明月前身（代序）

我的老师、师兄师姐，还有一些朋友和学生都曾经跟我说过，你以前讲过的《红楼梦》文章应该结集成书啊。

这不禁使我好奇，这些师长和朋友，年龄比我大，阅历比我多，眼界比我广，为什么他们会喜欢这些《红楼梦》小文章呢？

这些文章有的是"命题作文"，比如说每到二十四节气的前夕，总是有朋友给我留言，张老师，能不能谈谈《红楼梦》里的元宵节呀？能不能谈谈《红楼梦》里的中秋节呀？因此，这里面有一些关于《红楼梦》节令的小文。

有的是现实生活的反映，比如说 2020 年的疫情，有老师约稿，希望写一下《红楼梦》里的传染病，来给我们当下打气加油，于是就诞生了《凶险的传染病也曾威胁〈红楼梦〉中人》。

还有一些是我自己参加红学活动的所思所感，比如说，听白先勇先生讲座，我就想到，八十岁的白先勇遇见三百岁的曹雪芹，他们会说些什么？

还有祝秉权老先生，收到学生在大英博物馆看到的《红楼梦》版本，清晨千里传檄："图片发来，你跟我确定这是不是流落到海外的一个《红楼梦》的新版本？"

还有一些是我们在红学群里面对一些很有意思的问题的争论。比如对袭人的评价，她到底是高情商的好姐姐还是腹黑的心机女？以及曹雪芹名字的由来，他是西山的一棵芹菜吗？

但是更多的，我是把对《红楼梦》的感悟和我的教学结合起来了。比如说我在学校也开《红楼梦》课：当心理学照进《红楼梦》，我们将看到《令人毛骨悚然又幡然而悟的"寄居蟹"夏金桂!》《"讨好型"人格过不好这一生——宝钗正解》；当经济学照进《红楼梦》，我们能够做到《从明清继承法看林黛玉的财产》《从贾琏带回三二百万外财看清代金融业的发达》；当翻译学照进《红楼梦》，我们将了解《"贾宝玉"英译成"绿男孩"？你不知道的匠心!》《霍克思妙译〈红楼梦〉"汪恰洋烟"》；当医学照进《红楼梦》，我们会发现《疫苗事件：胡庸医乱用虎狼药!》《林黛玉死于肺结核？非也!》；当比较文学照进《红楼梦》，我们将看到《堂吉诃德和林黛玉》《美国学者的红楼情结》；当植物学照进《红楼梦》，我们会发现《贾探春：锡名排玉合玫瑰》《任是"芜菁"也动人?》；当社会学照进《红楼梦》，我们将了解《〈红楼梦〉的学问与联姻》《因为没有很多很多爱，她们选了很多很多钱》。

还有在教学的过程中，我把《红楼梦》分成几大板块讲述，比如说《红楼梦》中的饮食、医药、服饰、法律、园林、农业。因此，这本书里面的许多内容都是跟这几大板块相关的，比如说《晴雯与茶》《这杯叫作林妹妹的酒》《千金买马骨——从〈红楼梦〉小厨房私房菜谈起》，是属于饮食文化的；像《宝玉偏偏不爱"素颜"的宝姐姐》，是属于服饰文化的。但是不管写这些《红楼梦》中的茶酒粥汤，还是《红楼梦》中的服饰，我并不想只是罗列一下它们出现在《红楼梦》中哪一回，都有什么功效，而是希望将这些物质文化和《红楼梦》中的人物性格、命运结合起来探讨，从而透视《红楼梦》作者曹雪芹的独具匠心。

有很多时候，我一天要上两门不同的课，上午和下午之间，有很长时间的间隔。香港的中午，没有午休的习惯和场地，疲惫困倦之际，写学术文章时间又不够，但是任由这块儿时间溜走又很可惜。所以我常常是利用中午这段时间，写一篇两三千字的《红楼梦》小文章，精心地说清楚一个小问题，不知不觉中，"坐忘"了倦怠愁烦。

南朝梁钟嵘在《诗品》中说：

> 若乃春风春鸟，秋月秋蝉，夏云暑雨，冬月祁寒，斯四候之感诸诗者也。嘉会寄诗以亲，离群托诗以怨。至于楚臣去境，汉妾辞宫。或骨横朔野，或魂逐飞蓬。或负戈外戍，杀气雄边。塞客衣单，孀闺泪尽。或士有解佩出朝，一去忘返。女有扬蛾入宠，再盼倾国。凡斯种种，感荡心灵，非陈诗何以展其义？非长歌何以骋其情？故曰："诗可以群，可以怨。"使穷贱易安，幽居靡闷，莫尚于诗矣。

钟嵘认为"诗"承担了"抒情写志"的功能，我发现我无意中用《红楼梦》小文章达到了类似的效果。

据说胡适等大师在很年轻的时候就立下传世之念，所以那时候就很注意每天写日记。但是我想到，如果若干年后，还有一群人拿着放大镜，对我恨不得掰开了揉碎了来研究，就感到挺可怕的，所以我坚决不写日记。

但是等到这些《红楼梦》小文章真正结集成书了，我从头到尾看一遍，突然发现，真的就是人家所说啊，你走过的路，看过的风景，都会留下痕迹。

我认为我不写日记，就没有人能够了解我，但是读读这些《红楼梦》小文章，其实我的所思、所想、爱憎、忧伤、欢喜、惶惑，都或深或浅地在这些小文章中留下痕迹了。

而且可能由于那个时候觉得是在赏析《红楼梦》，评论别人的故事，所以毫无矫饰，可能有一些比日记还要真实，但是也无法更改了。

多像席慕蓉在《长路》中所说：

> 像一颗随风吹送的种子，
> 我想，我或许是迷了路了。
> 这个世界，绝不是，
> 那当初曾经允诺给我的蓝图。
>
> 可是，已经有我的泪水洒在山径上了，
> 已经有我暗夜里的梦想，在森林中生长。
> 我的渴望和我的爱，在这里，
> 像花朵般绽放过又隐没了。
>
> 而在水边清香的荫影里，
> 还留着我无邪的心，
> 留着我所有的，
> 迟疑惶惑，却无法更改的，脚印。

所以我顿悟了，为什么他们喜欢这些《红楼梦》小文章，是他们喜欢这些文章中的"我"。他们是觉得文如其人吗？还是认为见文知人？我并不知道，我的自我形象和文化形象差距有多少。但是我感觉，他们是从这些小文章里给我建构了一个文化形象。

内容具备，进入正式出版的流程，就该我们的编辑陈婧妹妹出场了。她给我提了一个要求，请我将全书引文和《红楼梦》原文核对一遍，以防错漏。我一看，这个核对原文着实比较麻烦。随手一翻，抄本用的是"打谅"，现在的排印本用的是"打量"；抄本用的是"标致的人物"，现在的排印本用的是"标致人物"……仅仅甲戌、己卯、庚辰，还有现代排印本四个版本都不同，更不用说《红楼梦》那么多抄本刻本了。要想核对，首先就要解决依据哪个版本这一问题。最后我决定，本书引用的《红楼梦》原文，前八十回用庚辰本的抄本，后四十回用程甲本。用庚辰本的缘故，在于此版本存七十八回，即一至八十回，除了第六十四、六十七回付阙外，其余各回大体上说还比较完整。在早期抄本中，面貌最为完整，保存曹雪芹原文及脂砚斋批语最多，脂批中署年月名号的几乎都存在于此本。用程甲本的缘故，在于它是《红楼梦》排印本中的第一个版本，即使是不久之后问世的程乙本也都进行了大量的修改，甚至程乙本为了前后照应，还修改了前八十回的不少内容，所以相比而言，程甲本保持原貌较多。

但等到校对庚辰本和程甲本的时候，我才真是叫苦连天。核对原文，这是《红楼梦》学术文章才可能面临的要求啊。而且学术文章每次最多校一篇，现在却要一口气核对六十多篇！着手核对之后，每天除了吃饭，我从早到晚，什么也不干，全都在核对这些引文了。除了脖子疼、肩胛骨疼，坐一会儿心情还会特别烦躁，没奈何只好起来吃零食，比如香印葡萄、麒麟西瓜、无花果、杧果、花生糖、开心果、巧克力……等精神振作一些，再继续坐到电脑前工作。我希望读者读这本书的时候能感觉到瓜果和糖果的香气，要不然我岂不就白吃了？

一口气核对了六十多篇，倒叫我发现了很多庚辰本独特的用词习惯。第一，凡"倒是"的"倒"，庚辰本都写作"到"；第二，凡"很是"的"很"，都写作"狠"；第三，有一些非常明显的错别字，比如黛玉很多处写成"代玉"，"掉下去"写成"吊下去"，"固然"写成"故然"，"服侍"写成"扶侍"，"以后"写成"已后"。和陈婧妹妹交流这个问题，最终决定这些地方都按照正确的写法来写。因此本书中的庚辰本引文中这些独特的用词均已按照现代的用字规范进行了修改。我由衷感叹，出这么一本书，真的一点儿都不比出学术书轻松！

流水今日　明月前身（代序）

陈婧妹妹还是个可爱的黛粉。在全书即将结集之时，我最后又补充了一篇文章，是写宝钗的，通过微信传给她，叮咚，一看她的回微："这么一看，宝钗的文章比黛玉的多了呢。"我一愣，仔细翻看目录，赶紧安慰她说："第三部分里面也有很多林黛玉，只是第二部分宝钗比较密集。我数了一下，黛玉从标题上都至少有七篇，宝钗只有四篇。黛玉，胜！"陈婧妹妹立马转忧为喜。

　　由编辑陈婧妹妹，我又想到了我的读者们。我本不敢期待我有很多读者，因为它是纯文学的，既不蹭热点，又不谈情感，会有多少人喜欢呢？然而，令我意外的是，我的读者既有九岁的小姑娘，也有九十岁的退休老教授。何故呢？但是从陈婧妹妹的反应里，我想明白了，尽管这些读者们在年龄和阅历上有着巨大的鸿沟，但大家对爱与美的憧憬是一致的，他们爱这些文章，是因为他们在文章里照见了自己。

　　用古典的说法，这是三生石上旧精魂魂魄归来；用现代的说法，今生所有的遇见，都源于前世的量子纠缠。

　　若说没奇缘，今生如何遇见他？！

　　读者与我与《红楼梦》，恐怕都是，流水今日、明月前身！

目 录

二、《红楼梦》之人物百态

三、《红楼梦》之日常面面观

四、《红楼梦》之多维认知

一

《红楼梦》之时代新语

《红楼梦》竟成学霸噩梦

听说 2019 年的高考数学题达到了魂飞胆丧级别，出题老师更是成为堪比灭霸的存在。

听到这个传闻之后，我怀着好奇又恐惧的心理打开了 2019 年的高考数学题。首先我发现，今年的高考题很有人文色彩。比如说有一道题考的是维纳斯。

维纳斯是断臂的，而它断掉的双臂原来拿的是什么器物，或者是什么样子，现在都不可考了。所以我觉得 2019 年高考数学题的一个特点是：神秘。

再比如说，另一道高考题考的是一朵云。我看了这个题之后的感觉是如坠云里雾里——答案只在此题中，只是云深不知处。

还有一道题，题干超长，几乎全由分子式构成。看完了三行，我已经默默地低下头自愿戴了数学学渣的帽子。

不过终于在 2019 年的高考数学题中发现了一道很亲切的题目：我激动地发现，这道数学题没有图形，没有分子式，而且每个字我都看得懂，那里面还有《红楼梦》！

《西游记》《三国演义》《水浒传》和《红楼梦》是中国古典文学瑰宝，并称为中国古典小说四大名著，某中学为了解本校学生阅读四大名著的情况，随机调查了100位学生，其中阅读过《西游记》或《红楼梦》的学生共有90位，阅读过《红楼梦》的学生共有80位，阅读过《西游记》且阅读过《红楼梦》的学生共有60位，则该校阅读过《西游记》的学生人数与该校学生总数比值的估计值为？

我感觉这道题好像还不是非常难！但是我也不会！！

于是我赶紧召唤神龙，啊不，召唤友朋。

通过微信赶紧把这道题目转给他们，过了几分钟，答案传过来了。看了答案，我又懵圈儿了，答案是个图形！

无奈之下，我又通过微信语音厚着脸皮询问。通过望、问、闻、切（看题目、问答案、看图形、自己再算一遍），终于明白了50%。题干里学校不是有100人吗？朋友的答案里把它缩小了十倍，假设学校只有10人，然后画图，得出了只读《红楼梦》的有8人，读《西游记》又读《红楼梦》的有6人，读《西游记》或读《红楼梦》的有9人，通过连线最终发现，学校只读《西游记》的有7人。因此只读《西游记》的人数和学校的总人数比率是0.7。

但是我觉得最重要的点不在这儿。你们发现没有，通过这道题和这个答案，看没看出来？看没看出来？在学校里读《红楼梦》的人数是最多的！

2017年的时候《红楼梦》进入高考必考参考书目，2019年的时候数学题就反映了学生的阅读曲线变化。

我觉得今年的高考数学题对我来说有点太难。要是我今年参加高考，估计在考卷上绞尽脑汁写的答案只能是"满纸荒唐言，一把辛酸泪"了！但是我不得不承认，今年的高考数学题是很人文化、接地气的。

不过我很想也给高考数学题老师出几道《红楼梦》数学题。

题目一：《红楼梦》中那块顽石高经十二丈，方经二十四丈，之后被一僧一道缩小成为了扇坠大小。请问它缩小了几分之几？

题目二：金陵十二钗中和贾宝玉有亲属关系和没有亲属关系的比例是多少？

题目三，在贾府中，出了五服的亲属和贾府宗亲的总数比值的估计值为？

让他也哭一哭。哈哈。

高考语文卷里的红楼元素

2017 年北京高考作文题新鲜出炉：

　　请从《红楼梦》中的林黛玉、薛宝钗、史湘云、香菱中选择一人，用一种花来比喻她，并简要陈述这样比喻的理由。要求：依据原著，自圆其说。

　　从一个大学老师的专业的角度，我想谈谈评分的标准。答卷可以分为上中下三类，其中上卷又分 A+和 A，中卷分 B+和 B，下卷分 C+和 C。

　　基本上，《红楼梦》对林黛玉、薛宝钗、史湘云对应什么花有比较明确的描述。香菱虽然不明显，但仔细阅读应该也是可以回想出来的。比如以薛宝钗为例，A+卷应该达到的标准：

　　要点综述：宝钗在《红楼梦》中被比喻成牡丹。她抽到的花签是牡丹"艳冠群芳"，容貌雍容华贵，"任是无情也动人"。然而因宝玉出走守寡终身，又如牡丹"辜负秾华过此身"。

　　个人创新：但是我认为可以把宝钗比喻成……花，因为……例如，我认为宝钗可以比喻成凌霄花。因为，一者《红楼梦》交代宝钗最初的目的是进京待选；二者宝钗曾经在《临江仙·咏柳絮》中写过

"好风频借力，送我上青云"等等。

我个人认为，要点综述体现出了该生对《红楼梦》的熟悉程度，这是"依据原著"，表现出学生确实进行过经典阅读，此为"继承"；但是如果能够再进一层自出机杼，表现出个人的识见，能够"自圆其说"，则此为"创新"，该生为综合性人才，此文可为一类文之A+。

但是另外一种虽只有要点综述，未有个人创新，但也能到达A程度的，以林黛玉为例：

要点综述：黛玉在《红楼梦》中被比喻成芙蓉。她父母双亡，寄人篱下，身体又袅娜不胜，有似芙蓉"风露清愁"。芙蓉有两种，一种是木芙蓉，一种是水芙蓉（又称莲花），综合来看，黛玉应为水芙蓉莲花。理由如下：

一为，晴雯死时据说被封为"芙蓉花神"，而彼时为八月，是木芙蓉盛开。晴雯既为木芙蓉，"晴为黛影"，且晴入又副册，黛入正册，两人不应相同，故黛玉应为水芙蓉。二为，黛玉与水更密切相关。她来到贾府和回葬苏州，走的都是水程。她要把一生的眼泪都偿还甘露之惠，更似"水芙蓉"。

在《红楼梦》中宝钗和黛玉常常对举，而周敦颐《爱莲说》恰恰也早就把牡丹和莲花予以对举，象征"富贵"和"君子"两种人格，曹雪芹可能受此启发。

《红楼梦》中黛玉抽到的花签写"莫怨东风当自嗟"，有两种最著名的出处："红颜胜人多薄命，莫怨东风当自嗟"与"芙蓉生在秋江上，莫向东风怨未开"。此一暗含黛玉的容貌与身世——"红颜""薄命"，一暗喻黛玉为莲花——秋江之上，可见是莲花，莲花开在六月，所以不要怨恨东风（春风）。但自陆游被母亲逼迫休了爱妻唐婉而写下《钗头凤》"东风恶，欢情薄"一词后，"东风"又喻父母，故"莫怨东风"之语又暗指黛玉应反躬自省，可能是身体柔弱和性格不够圆融而最终失去了贾府家长们的欢心，致使他们不支持她和宝玉成为眷属。

我个人认为，即使该生没有个人创新部分，但这些要点充分显示出该生的博观慎思，此文可为一类文之 A。

那么什么是 B 类文？和 A 的差距在哪里？

首先，B 类文是就事论事，没有个人创新部分。其次，B 类文稍显肤浅。

以史湘云为例：

要点综述：1. 湘云在《红楼梦》中被比喻成海棠。因她抽到的花签画的是海棠，题写是"香梦沉酣"，"只恐夜深花睡去"，用的是苏轼诗关于海棠花的典故。2. 湘云曾经在海棠诗社举办后来到贾府，也填写了两首海棠诗，是海棠社压卷之作，众人大惊，看一句，惊讶一句，看到了，赞到了，都说："这个不枉作了海棠诗，真该要起海棠社了。"3. 湘云的"海棠诗"是"自况"。在湘云第一首白海棠诗之"自是霜娥偏爱冷"句下，庚辰本和有正本有一双行批注："又不脱自己将来形景。"有正本无"又"字。这条批语告诉我们，湘云"将来形景"是爱冷的"霜娥"。"白首双星"回目预伏湘云将来像织女，白海棠诗暗示她将来像嫦娥。织女与嫦娥的婚姻同属一个类型，她们虽然都有丈夫，但又都离开了自己丈夫！湘云是入"薄命司"的，湘云如嫁宝玉，只是苦命，并非薄命。《红楼梦》的十二金钗，她们的结局各不相同，但都是一出悲剧。湘云的婚姻遭遇和宝钗的守寡不同，也和迎春受蹂躏而死不同，她提供了另一类型，这种类型无疑具有更深刻的现代意义：

湘云"霁月光风"，"从未将儿女私情略萦心上"，却蒙受不贞之冤……"幽情欲向嫦娥诉，无奈虚廊夜色昏"，她只好抱着满腔的幽恨，像蜡炬一样滴干最后一滴眼泪，结束自己的生命。

如果该生的作文答出了 1、2、3 点，则至少是 A。如果该生的作文只答出了 1 和 2，则为 B+。

如果该生的作文有失误，比如"《红楼梦》有《憨湘云醉眠芍药裀》，描写湘云酒醉卧睡于芍药花丛石板凳之上"，则酌情减为 B。因该生虽然对《红楼梦》很熟悉，但可能因紧张等因素没注意到此处的花是"芍药"而非"海棠"。

那么什么是 C 类文？

首先，那些完全脱离《红楼梦》原文，毫无根据地天马行空，拟为 C 等。

其次，那些举出《红楼梦》原文但要点不足，或脱离《红楼梦》原文但有一定想法的，拟为 C+等。

当然有学生会不服气，认为何以要点不足或者没有原文就评分太低，认为自己虽不擅长《红楼梦》却擅长其他名著，用其他作比何以老师不能见出自己的水平。但是请注意题目中并非只有《红楼梦》一题，不擅长可选他题扬长避短。再者题目要求之一就是"依据原著"，如果做不到首先就是审题不清。因为正如《红楼梦》所说："也不要很离了格儿。"

当然，在此之外，还有"酌情"：也就是那些没有写《红楼梦》原文对宝钗黛玉湘云的比喻，但是自出心裁并依据《红楼梦》原文做出比喻且有创见的，也就是没有 A 类文的"要点综述"但有"个人创新"的，可酌情给予 B 类甚至到 A，但不宜到 A+。

当然，可能有学生质疑，老师为何没有举香菱的例子？其实很简单，天下的事有"事倍功半"，也有"事半功倍"，这个高考作文题的选题难度本身就有高下之分。其难度是香菱>湘云>黛玉>宝钗。香菱最不好写，而宝钗最好写。

以香菱为例：

要点综述：1. 香菱在《红楼梦》中被比喻成并蒂花。香菱和芳官、蕊官、藕官等人斗草，因为拿了支"夫妻蕙"，遭到众人的讥笑，扭打之中弄湿了裙子。"夫妻蕙"是并蒂花的意思。2. 香菱解释"夫

毫端蕴秀

读懂红楼不是梦

10

妻蕙"说："并头结花的为'夫妻蕙'。"别人就反问她："若两枝背面开的，就是'仇人蕙'了？"这表面上是随口带出的，但读者如果知道了香菱的结局，就会想到作者是在说"夫妻"将成为"仇人"。

香菱在《红楼梦》中掣了一根并蒂花，题着"联春绕瑞"，那面写着一句诗，道是："连理枝头花正开。"语出宋代朱淑贞《落花》（一作《惜春》）诗："连理枝头花正开，妒花风雨便相催。愿教青帝长为主，莫遣纷纷落翠苔。"向花"催"命的"风雨"是用来比喻有"妒病"的悍妇夏金桂的。

"愿教青帝长为主"句中"青帝"是花神的意思，这两句说明要是花神能够做主，就不要让并蒂花都凋谢了。在古代以夫为纲的社会，妾室的地位很多时候来自丈夫的疼爱，此处的"青帝"对于香菱来说就是薛蟠。但是薛蟠自从娶了夏金桂之后，完全被夏金桂挟制，所以根本不可能为香菱做主，所以香菱只能被折磨致死。

个人创新：但是我认为可以把香菱比喻成……花，因为……例如，我认为香菱可以比喻成并蒂莲或者并蒂菱。因为香菱本名叫"甄英莲"，是之后拐卖而被改名为"香菱"的。"并蒂"是指她嫁与薛蟠为妾，而且对薛蟠有真感情。薛蟠被柳湘莲打了以后，香菱哭得眼睛都肿了，真的伤心。在《红楼梦》中，只有两次女子是为心疼心上人哭泣，一是宝玉挨打后黛玉哭得眼睛肿得像桃子一般，一是薛蟠挨打后香菱哭得眼睛都肿了。如是"莲"则照应其本名"英莲"且谐音"怜"，如是"菱"则照应她后来的两个名字"香菱"和"秋菱"。且香菱斗草举出夫妻蕙时，刚好宝玉也准备加入，手里拿着的是"并蒂菱"。

由是可见，香菱的花喻是较难写好的，尤其是在高考的时间限制和心情压力下。

诸君以为然否？一笑。

无独有偶，2017年台湾的高考卷也以《红楼梦》为考题！考题如下：

依据下文，叙述正确的选项是：

《红楼梦》作者透过神话与寓言的层层架构，创造了一个开天辟地的顽痴情种贾宝玉，以这个踽踽于洪荒的第一畸零人，来传达他对生命的孤奇领悟。

凡读《红楼梦》而真能为解人者，必能体味作者徘徊挣扎于传统文化激流中之无奈与痛楚。作者创造了一个独步古今的贾宝玉，其灵奇乖僻，完全处于传统法度之外；其耽情溺色，更使天下视之若魔。这个贾宝玉是被幽禁于传统文化心灵深处的禁忌与压抑之大解放，故人亦以"混世魔王"称之。

《红楼梦》以情为心的全盘架构，正契应汤显祖"因情成梦，因梦成戏""世有有情之天下，有有法之天下"之说。在有法之天下中，有情之天下只能成其为梦，以寄诸笔墨之间。贾宝玉痴魔怪僻的造型，固然是一种"情"的夸张强调、压抑与反抗的姿态，然则另一面向，却也依旧是一个掩饰的面具，一种畸零的姿态。故以之为魔为怪，为病为疯，正显示正统礼法之约束力量依然存在。（改写自张淑香《顽石与美玉》）

（A）"混世魔王"象征贾宝玉虽不容于世，却不愿受拘束的反抗力量。

（B）《红楼梦》以情为心，藉由"梦"暗示情不被法所容的现实困境。

（C）《红楼梦》作者创造贾宝玉的畸零姿态，隐含对人生的一种幽独怀抱。

（D）魔怪病疯点出贾宝玉与众不同的特质，用以暗喻耽情溺色实为一种病。

（E）以神话为故事架构，是为了规避《红楼梦》作者不接受传统礼法的事实。

比起 2017 年浙江高考语文的一篇阅读理解，询问文章结尾"从锅里跳出来的鱼眼里"为何"发出诡异的光"，题目诡异刁钻，难倒了绝大多数考生，2017 年台湾高考阅读理解考《红楼梦》，应该来说意义大得多！

《红楼梦》作为高考考生的必读书目，列入考生必答题的范畴，不但是增加《红楼梦》的阅读人数，更能改善目前快餐文化、碎片化表达的现状。这一重大举措，率先在首都北京，这个政治、文化、教育的中心城市实施，也更利于各省市教育部门的效仿和推广，意义重大。而海峡对岸的台湾率先响应，与北京一南一北，形成了阅读经典的氛围，潜移默化地美化生活、雅化人生、智化思维。

亲爱的朋友，2017 年台湾高考阅读理解《红楼梦》多选题，你选哪一项？

《红楼梦》与文创客的邂逅

2017 年香港书展讲座上，香港文化名人梁文道先生抛出了一个惊人的观点——空白笔记本比《红楼梦》贵三倍！

事情缘自梁文道先生和设计师陆智昌先生一起在帮出版社研究怎么去做一些文创产品，很多人就建议做笔记本，因为一本什么都没印的空白笔记本居然可以比《红楼梦》贵三倍！

为什么?！

梁文道先生痛心不已，不肯去做，而陆智昌先生一下就点出来背后的道理。他说，买这些笔记本的人，其实都很少用完，大部分收集了很多笔记本放在那里。为什么他们还要这么买？因为他们相信，自己将来要写在这个笔记本上的句子，要比曹雪芹还重要，还要值得被留下来，所以这本笔记本配得上一个比《红楼梦》还要贵的价钱。

无疑，这是一个乱象！因为虽然要鼓励少年有"不想当将军的士兵不是好士兵"的豪情壮志，但是也不要忘了"站在巨人的肩膀上"更能登高望远。

青少年不懂《红楼梦》，不喜欢以《红楼梦》为代表的传统历史文化，原因之一是青少年觉得不重要，没用处。然而，法国都德《最后一课》说道："亡了国当了奴隶的人民，只要牢牢记住他们的语言，就好像拿着一把打开监狱大门的钥匙。"其实更进一步的是，掌握自己的历史文化资源，是拿到一把打开新世界大门的钥匙。因为数往有助知来，温故方能知新！

现在大陆和台湾都认识到这个问题，《红楼梦》作为两岸高考考生的重要书目，列入考生必答题的范畴，不但能增加《红楼梦》的阅读人数，更让《红楼梦》变得和青少年息息相关，使其从阅读经典中潜移默化地智化思维。

青少年不懂《红楼梦》，不喜欢以《红楼梦》为代表的传统历史文化，原因之二是青少年觉得老古董，没趣味。有意思的是，正正也就在这次香港书展上，出现了与之相反的"《红楼梦》文创产品"！

今年的香港书展主题是"旅游"，并以"从香港阅读世界——人文·山水·情怀"为题，主推旅游文学，举办超过 300 场活动，让你身在香港，心在世界。其中，南京设计廊以"文都南京——跟着名作游南京"为主题，用南京设计的文创产品为载体，向世界诉说南京的文学故事，那些关于《红楼梦》的点点滴滴。现场还另设 VR 体验区，来到南京设计廊展位的观众们，不但能从文创产品读懂南京，还能直观地感受到南京的城市风光。其中，有用《红楼梦》提到的云锦制作的钱包、手包、背囊、蓝牙音箱，也有红楼故事的手帕、水杯，以及十二金钗的玩偶等等。

虽然据我看来，还可以再有一些笔记本、笔袋、书签等等，而且十二金钗的玩偶可以做得再精致一些，但是它的首倡之功已经达到，也就是缩短了名著和青少年的距离。青少年可以直观地观摩这些红楼文创纪念品、伴手礼，并通过 VR 体验区了解《红楼梦》和曹雪芹的故事，宛如一条甬道，带领他们曲径通幽，一路鸟语花香中，不知不觉登堂入室。

"知之者不如好之者，好之者不如乐之者。"让青少年真正体味到了学之乐趣，方能持久，有望大成。

非常高兴香港书展意识到了这个问题，更是惊叹香港书展积极着手解决这个问题！

为香港喝彩！

披头散发的林黛玉，一看就不正经

近日据说由胡女士执导的全新电影版《红楼梦》开机在即，据悉本片制作成本超两亿元。日前影片确认"宝黛钗"将由从两万名海选演员中脱颖而出的三位新人演员出演。笔者很开心地点开这则新闻一看，险些像宝玉一样，只觉心中似戳了一刀的不忍，哇的一声，直奔出一口血来。

这这这，这林黛玉披头散发的，一看就不正经！

我想胡女士是充分借鉴了 2010 年版电视剧《红楼梦》李少红导演滑铁卢的前车之鉴。

那 2010 年版满屏都是铜钱头，不但人物像是一个模子刻出来的，更大的问题是侯门的夫人小姐少奶奶都顶着当时下九流的戏子装，实乃贻笑大方。所以胡女士版虽然是背影和剪影，一看就绝不是铜钱头！

然而、然而，按下葫芦浮起瓢，这披头散发又是怎么回事？女主角还摇摇摆摆地晃着一把团扇，这仪态……不像是红楼出来的，倒像是青楼出来的！

首先这《红楼梦》怕是没读好。宝玉身边站的是谁？一般默认应该是黛玉。然而，黛玉的经典图像是葬花或者和宝玉共读西厢，这拿把扇子是怎么回事？

如果说时代变了，站在宝玉身边的需要"与时俱进"换成"扑蝶"的宝钗，也就是第二十七回写宝钗扑蝶：

> 忽见前面一双玉色蝴蝶，大如团扇，一上一下迎风翩跹，十分有趣。宝钗意欲扑了来玩耍，遂向袖中取出扇子来，向草地下来扑。

可是如果仔细读读就会知道，宝钗拿的是折扇，不是团扇！你家团扇能从"袖中取出"啊？

其次更可怕的是，不管宝玉身边站的是宝钗，还是黛玉，披头散发不仅不合"礼"，还是"凶兆"！

1983 年 7 月，著名史学大师钱穆先生向美国学者邓尔麟谈及中国文化的特点以及中西文化的区别，认为礼是中国传统文化的核心。《礼记·冠义》就说："凡人之所以为人者，礼义也。"华夏先祖对于冠礼非常重视，所谓"冠者礼之始也"，《仪礼》将其列为开篇第一礼，绝非偶然。

古代男孩女孩，都得把头发扎起来。小时候这样，大了更是如此。

所以为什么有人穿了汉服你却总觉得左看右看不太对劲又不知怎么回事，就是没扎头发啊！

古代不只是女孩儿梳双髻发式，男孩儿也都将头发编扎成两束，盘在头顶左右两侧，因形状类似兽的两只角，故称为"总角"，后来被用来代指未成年男女。如《诗经·齐风·甫田》："婉兮娈兮，总角丱兮。"

等到了女子年十五岁，则称为"及笄"。《仪礼·士婚礼》："女子许嫁，笄而礼之，称字。"《礼记·内则》："女子……十有五年而笄。"笄，即簪子。自周代起，女子年过十五，如已许嫁，便得举行笄礼，将发辫盘至头顶，用簪子插住，以示成年及身有所属。《朱子家礼·笄礼》中提及女子许嫁，即可行笄礼。如果年已十五，即使没有许嫁，也可以行笄礼。笄礼由母亲担任主人。笄礼前三日戒宾，前一日宿宾，宾选择亲姻妇女中贤而有礼者担任。

所以，不管宝玉身边站的是宝钗，还是黛玉，也不论她们是否年满十五，这头发都得扎起来啊！

最后，"束发椎髻"一般被认为是中原华夏民族的传统发式，而"被发"则作为东周时期吴越、戎狄地区的主要的发式，是包括剪发、发辫、垂髻在内的发式系统。丧礼中的男女发式与日常生活有别，中国传统礼典中的丧礼发式称为"括发"。唐宋以后之礼典则有被发（披发）之说。

你让黛玉或宝钗披头散发，意即她们是夷狄外族？《红楼梦》明言"无朝代年纪可考"，即使非要落实是在清代，清代的女子也得把头发扎起来的。更何况，披头散发是"丧礼"！

这是小题大做吗？古人云"一叶知秋"，这是胡女士导演的海报，是电影《红楼梦》的门面，竟然发生这么大的失误，可以想象电影内容会拍成什么样。

1987年版电视剧《红楼梦》拍成经典只是演员之功么？看看它的顾问团队：启功、朱家溍、曹禺、沈从文、周扬、周汝昌、杨宪益、蒋和森。

所以向胡女士进言，两个亿的投资不能只找演员，还得找个文化顾问掌掌眼才是。

拍卖场里的"晴雯撕扇"

2016 年的一天，香港红楼梦学会一行人来到保利春季拍卖会现场。但见书法、绘画、珠宝铺锦列绣，美不胜收，仔细鉴赏下去，发现有一处若能稍加改善，更能大放异彩。

其中一幅标名《暗香》的画作，非常值得注意。要知道经过林逋《咏梅》"疏影横斜水清浅，暗香浮动月黄昏"之后，"疏影""暗香"几乎成了梅花的代名词，甚至北宋大词人姜夔还专门以《疏影》《暗香》为名填了两阙极负盛名的词。可是这幅画画的分明是初夏情境，和梅花并无关联，为何取名为暗香呢？

实际上，这幅画有更贴切的出处，它是一幅取材于《红楼梦》的画，而且是其中最脍炙人口的场景之一。这幅画中，左边一个娇憨的女孩子手中高高扬起一把扇子，眼睛含笑带骄地回望，一个少年公子正笑闹着跟她抢夺；右边另一个女孩子半靠在凉床上，一手支颐，一手拎着一把撕破的扇子，生气又无奈地斜眼瞥着他们两个。不消多说，大家可能就会脱口而出——晴雯撕扇！

这一幕来自于《红楼梦》第三十一回，晴雯为宝玉换衣裳时不防把扇子失了手掉在地下，将股子跌折。宝玉因叹道："蠢才，蠢才！将来怎么样？明日你自己当家立事，难道也是这么顾前不顾后的？"晴雯冷笑道："二爷近来气大的很，行动就给脸子瞧。前儿连袭人都打了，今儿又来寻我们的不是。要踢要打凭爷去。就是跌了扇子，也是平常的事。先时连那么样的玻璃缸、玛瑙碗不知弄坏了多少，也没见个大气儿，这会子一把扇子就这么着了。何苦来!"

大家因此争吵了一顿。之后宝玉出外赴宴，晚间回来，已带了几分酒，踉踉跄跄来至自己院内，只见院中早把乘凉的枕榻设下，榻上有个人睡着。宝玉只当是袭人，推醒了翻身起来，却是晴雯。宝玉要晴雯洗洗手给他拿果子来吃，晴雯笑道："我慌张的很，连扇子还跌折了，那里还配打发吃果子。倘或再打破了盘子，还更了不得呢。"

宝玉笑道："你爱打就打，这些东西原不过是借人所用，你爱这样，我爱那样，各自性情不同。比如那扇子原是扇的，你要撕着玩也可以使得，只是不可生气时拿他出气。就如杯盘，原是盛东西的，你喜听那一声响，就故意的碎了也可以使得，只是别在生气时拿他出气。这就是爱物了。"晴雯听了，笑道："既这么说，你就拿了扇子来我撕。我最喜欢撕的。"宝玉听了，便笑着递与他。晴雯果然接过来，嗤的一声，撕了两半，接着嗤嗤又听几声。宝玉在旁笑着说："响的好，再撕响些!"正说着，只见麝月走过来，笑道："少作些孽罢。"宝玉赶上来，一把将他手里的扇子也夺了递与晴雯。晴雯接了，也撕了几半子，二人都大笑。

"晴雯撕扇"大约是从"妹喜裂缯"化出来的，据《帝王世纪》记载："妹喜好闻裂缯之声而笑，桀为发缯裂之，以顺适其意。"因为妹喜爱听"裂缯"之声，夏桀马上命令各地每天进贡丝绸一百匹，让人轮流撕开来给妹喜听，以博取她的欢心。"千金一笑"在北宋诗人宋祁的《玉楼春》中更有直接的出处："绿杨烟外晓寒轻，红杏枝头春意闹。浮生长恨欢娱少，肯爱千金轻一笑。"

了解了这些再看这幅工笔画，就会觉得实在是精湛。因为"晴雯撕扇"并不仅仅是为了表现晴雯如何骄纵，反而是表现怡红公子的体贴与多情。本来是晴雯早上跌坏了扇子还气了他和他吵了嘴，可是转头回来他就忘到九霄云外，还笑着让她拿果子吃，其实吃果子也是幌子，只不过是求和好之意。哪怕晴雯又一次抢白他，他也不以为意，甚至撕扇子让晴雯消气转怒为喜。所以这位佚名画家实是把握住了精髓，书中就是写"宝玉将他一拉，拉在身旁坐下"，所以画里两个人贴身相坐，厮闹玩笑。书里宝玉不但拿自己的扇子给晴雯撕，还把麝月的扇子也抢来给她撕，所以画里面麝月拿着一把撕破的扇子含怒带怨。

钱钟书先生论画推崇"最富包孕性的一瞬间"，它是前一顷刻的后果，是后一顷刻的原因，谈论艺术要选择最佳的点，这样可以让人充分联想，对于之前与之后的情节场景都可以拓展。在这幅工笔画中，晴雯的恃宠而骄，和怡红公子的百般怜爱，以及麝月的生气无奈，不但种种神情跃然纸上，而且麝月如此，也大致可以推断出晴雯恐怕招致了很多人的不满。所以王善保家的说她："那丫头仗着他生的模样儿比别人标致些，又生了一张巧嘴，天天打扮的像个西施的样子，在人跟前能说惯道，掐尖要强。"王夫人说她："我的心里很看不上那狂样子。"那么此时的撕扇不但是前文跌扇的照应，也正是后文"风流灵巧招人怨"的伏笔了。

金圣叹认为主角固然应出彩，陪衬者也需不弱，方能相得益彰："譬如画虎者，四周草木都须作劲势，方趁得起也。"这幅画也是如此，不但人物，甚至包括植物与器物，都毫纤毕呈，一丝不苟。书中所叙，此时正是端午节，所以画中不但宝玉、晴雯、麝月都穿着轻罗小衫，四周也是花木葱茏，但见栏杆下是两种什么名花争奇斗艳？

一种是荼蘼，而《红楼梦》第六十三回正是把麝月比为荼蘼花。荼蘼是落叶小灌木，花白色，有香气，夏季盛放。荼蘼过后，无花开放，因此人们常常认为荼蘼花开是一年花季的终结，所以麝月抽到的荼蘼花签上题着"韶华胜极",写着"开到荼蘼花事了"。

一种是芙蓉,在《红楼梦》里,有一个疑案,作者把晴雯和黛玉都比为芙蓉。第六十三回怡红院开夜宴,黛玉抽到了芙蓉;第七十八回,又让小丫头说晴雯做了芙蓉花神。但"芙蓉"很早以来就指两种花:一种是水中的荷花,又名"芙蓉""水芙蓉";一种是陆生的灌木或小乔木,名为"木芙蓉",简称"芙蓉",别名拒霜花,其色近似荷花,其花形似牡丹。有些学者认为,黛玉为水芙蓉(荷花),孤高自许,目无下尘,诗意超脱,在水一方,出淤泥而不染,是花中君子的荷花;晴雯心直口快,伶牙俐齿,更像疏朗艳丽的木芙蓉。木芙蓉,《本草纲目》中注解"此花艳如荷花,故有芙蓉之名",明代袁宏道《瓶史·使令》:"莲花以山矾、玉簪为婢……木樨以芙蓉为婢。"荷花是主子身份,而木芙蓉却只能充当桂花的婢女,而公认晴雯是黛玉的影子,所以以木芙蓉来比晴雯是更合适的。

不过晴雯究竟木芙蓉还是水芙蓉,目前还是没有定案。从芙蓉花开的时令上看,水芙蓉荷花,"六月菡萏为莲",到农历八月渐渐凋零,莲蓬满池;木芙蓉始开于仲秋八月,盛时是农历八九月,所以一般来说荷花与芙蓉很难同时出现,但这幅工笔画之所以把盛开的芙蓉与荷花摄于一图,而且木芙蓉盛放在前,水芙蓉影影绰绰在后,实是为了照应晴雯的"芙蓉花神"称号,但却狡狯地做了两全其美的处理,也就是无论赞成晴雯是哪种芙蓉,这幅画都是对的。

《红楼梦》第十七回贾政等人游园,书中具体描述了宝玉的居室:"一槅一槅,或有贮书处,或有设鼎处,或安置笔砚处,或供花设瓶,安放盆景处。"在我国传统建筑中,分割室内空间木构件有多种样式,有格扇、碧纱橱、博古架、屏风与太师壁等等。博古架亦称多宝格,特点是在框架内辟有各种形状的格子,摆放精致文雅的小型器物,诸如书籍、古鼎、香炉、笔砚等等。在博古架上摆放各种摆件,是典型的清代时期的审美,这幅工笔画左侧画的正是博古架上摆放着各种珍玩。又《红楼梦》第四十一回写刘姥姥误闯怡红院时还谈及宝玉的居室:"锦笼纱罩,金彩珠光,连地下踩的砖,皆是碧绿凿花。"细看这幅画,正是连凿花地砖都历历不爽,似引观者入怡红院一游了。

更值得注意的是,这幅设色绢本是一幅大图,有 16.5 平尺,高度接近 2 米。传世红楼画似乎很少有这么大尺寸的,而且画家也很少只画一幅。另外,晴雯撕扇,麝月比为荼蘼,晴雯司掌芙蓉,宝玉住室的博古架、凿花地砖分别来源于《红楼梦》第三十一回、第六十三回、第七十八回、第十七回、第四十一回,这说明画家对《红楼梦》是何等熟悉,才能把诸多精金美玉攒聚一图,甚至对红学也有独到的心得,断非寻常画匠可为。在对《红楼梦》的理解和表现上,甚至超过改琦、王墀等诸位名家,目前所发行的红楼邮票也罕能与其比肩。而且,画幅这么巨大,画艺这么精湛,风格这么富丽,这幅画恐怕也不是一般的朱门绣户可以消受得起的,倒要考虑一下当初它是不是什么为了皇族或王府创作出来的应制之作。

那么,如果这幅画在本名《暗香》后加缀"(晴雯撕扇)",使观者明了它是工笔和名著的双重经典,岂不更上层楼?

《红楼梦》邮票尽显方寸大舞台

　　邮票是文化的代表，由于文化背景相似，海峡两岸及港澳地区的邮票题材也多有雷同，《红楼梦》邮票便是如此。

　　1998 年 7 月 16 日，台湾地区有关机构发行《中国古典小说邮票——〈红楼梦〉》特别邮票一套四枚，用工笔重彩设计，色泽亮丽，人物细致传神，为近年来畅销票之一。发行方介绍其印制的初衷乃"为增进国人对古典文学艺术之认识，并期使国际人士了解博大精深的中华文化"，故以"宝玉游园""黛玉葬花""宝钗扑蝶""湘云醉眠"为主题，表现贾宝玉的聪俊灵秀，林黛玉的任性纯真，薛宝钗的理性练达，史湘云的旷达洒脱。邮票面值分别为 3 元 5 角 2 枚，5元、20 元各一枚。邮票图案系委请台湾大学中文系教授吴宏一先生规划，由台湾设计家李光棋绘制。

　　这套《红楼梦》邮票，有看似无理却文心深微处，例如宝玉的衣服为宝蓝色团花缎袢，初看来似乎与有着爱红癖好的"怡红公子"不符，对比可知，1981 年 11 月 20 日中华人民共和国邮电部发行的小型张《双玉读曲》中宝玉身着红装，1999 年 3 月 1 日，澳门地区有关机构发行的《文学与人物——〈红楼梦〉》邮票中的《宝玉悟情》及小型张《宝黛偷看〈会真记〉》中宝玉也是身着红装。那么，1998年版宝玉为何要穿着蓝装呢？是不是这一版《红楼梦》邮票整体风格淡雅，均是以鹅黄、粉绿、浅红为主所致？应该说也有这方面的考虑，然而宝玉的蓝装也是有根据的，窃以为这是取材于《红楼梦》第三回宝黛初见时宝玉的穿着："头上戴着束发嵌宝紫金冠，齐眉勒着二龙抢珠金抹额，穿一件二色金百蝶穿花大红箭袖，束着五彩丝攒花结长穗宫绦，外罩石青起花八团倭缎排穗褂，登着青缎粉底小朝靴。"据此再看邮票，宝玉果然是头束金冠，眉勒抹额，内着大红箭袖，外穿宝蓝缎褂，甚至那青缎小靴，也在衣摆下微露，写真毕肖。此外，《宝玉游园》邮票的画面却是宝玉在诸位姐妹的陪伴下游赏大观园，是否与书不合？因为《红楼梦》第十七回曾经提到，贾政带领一批清客验收大观园工程时，恰好碰见带着奶娘小厮们在园中戏耍的宝玉，于是命他跟来为大观园的各种园林风景建筑题对额。当时诸位姐妹还没有搬入大观园，又怎么可能和宝玉一起游赏呢？然而根据邮票发行时所附的说明，原来此是撷取《红楼梦》神思和精义："聪俊灵秀的贾宝玉终日在大观园中无事忙（游园），在众姐妹中穿梭来往，似乎已可预见书中人物的悲欢离合，贾府的兴衰成败。"

不过，1998 年版《红楼梦》邮票，也有白璧微瑕之处，第三枚《宝钗扑蝶》用的是团扇，实际上应该是折扇。因为这一枚的来源为《红楼梦》第二十七回："忽见前面一双玉色蝴蝶，大如团扇，一上一下迎风翩跹，十分有趣。宝钗意欲扑了来玩耍，遂向袖中取出扇子来，向草地下来扑。"扇子能从袖中取出，可见应为折扇更为合理。何况，宝钗如用团扇，也和第四枚《湘云醉眠》中湘云的团扇重复了。《湘云醉眠》取材于第六十二回："果见湘云卧于山石僻处一个石凳子上，业经香梦沉酣，四面芍药花飞了一身，满头脸衣襟上皆是红香散乱，手中的扇子在地下，也半被落花埋了，一群蜂蝶闹穰穰的围着他，又用鲛帕包了一包芍药花瓣枕着。"1981 年版《红楼梦》邮票和 1999 年版《红楼梦》邮票，对宝钗扑蝶所用的扇子都是用折扇来处理的。

台湾地区有关机构于 2014 年 10 月 27 日发行《中国古典小说邮票——〈红楼梦〉（2014 年版）》邮票一套四枚，针对 1998 年版的细节修订如下：宝玉游园改成了宝玉题额，宝玉的蓝装改成了红装，宝钗的团扇改成了折扇。然而更值得注意的是重心的转移，睽违十六年之久，仍旧是四枚一组的《红楼梦》邮票，选材却实堪玩味，分别为"凤姐登场""宝玉题额""元春归省""宝钗扑蝶"，其中，曾经最重要的女主角却缺席了。可能有人会辩称，凤姐登场正是选择黛玉进贾府众人厮见的场景："这熙凤携着黛玉的手，上下细细打谅了一回，仍送至贾母身边坐下，因笑道：'天下真有这样标致的人物，我今儿才算见了！'"然而，凤、黛于此场俱不弱也，似不应只提阿凤这般厚此薄彼。或另有辩称，这是依书目章回顺序规划，四枚依次取材于第三回、第十七回、第十八回和第二十七回。然而，恰恰不然，因为第二十七回是黛玉和宝钗同时出现的——《滴翠亭杨妃戏彩蝶 埋香冢飞燕泣残红》，其中，杨妃代指宝钗，飞燕代指黛玉。况且，1998 年版和 2014 年版都是一男三女的格局，但是，三女之中，只有宝钗延续了下来，而旧版的黛玉和湘云分别被代换为新版的凤姐和元春，这些无疑都强化了宝钗的重要性。

更深层的是，"文变染乎世情，兴废系乎时序"，钗强黛弱（隐）也正是目前《红楼梦》钗黛接受史喜好转变的写照。从清代一直到 20 世纪 80 年代，对黛玉的同情还是隐然多数，而 20 世纪 80 年代至今，则是宝钗完全取得压倒性胜利。"拥黛"观不但到 20 世纪 80 年代以来已经式微，而且评价也悄然变质，几乎一面倒地贬黛，不要说她和宝玉的婚姻不被看好，进而她和宝玉的爱情也遭人鄙薄，甚至她的性格也惹人讨厌。问卷调查显示，早在 20 世纪 80 至 90 年代，很多大学生已经不欣赏黛玉的性格，认为她的悲剧是自身性格造成的。步入 21 世纪，让当代大学生从红楼人物中选伴侣，结果"男孩子没人选林黛玉"。甚至还有大学生认为宝黛之间的感情不属于爱情，不现实、理想主义成了这些大学生对宝黛爱情的定评，这种认识一直延续到 2013 年。

2013 年 6 月 23 日，《文汇报》发表了《这么早就拥钗了》的文章，老师在高三公开课上询问学生更愿意以宝钗还是黛玉为妻/为友，全班众口一词选了宝钗。虽然，投眼于大洋彼岸我们可以发现，美国红学界的钗黛之争不但都是在我们"拥钗""拥黛"的洪流中反弹琵琶脱颖而出，而且"拥西"与"拥钗"、"拥中"与"拥黛"是一种正比例关系。

但对于我们中华文化来说，宝钗确实在当今大行其道，我们未必需要搬出后殖民与商业化的理论来苛责当代少男或男子的"拥钗""弃黛"择偶观，事实上那只是全球化内化的一种表征，是对现代性容貌身材、性格处事的一种追求。换言之，以"拥黛"为尚的古典时代的大门阖上了，尽管间中不无熹微晨光，当今主流的"拥钗"则是现代性的现代强势表述。"拥钗""弃黛"于今代表了一个时代的终结和另一个时代的开启。

谈经济，把《红楼梦》变俗了吗？

河南邓州一《红楼梦》爱好者问："我想请教一下发展《红楼梦》的商业化问题。涉足商业，岂不是丧失了《红楼梦》本身的清新底蕴？《红楼梦》也要讲经济，是不是连《红楼梦》最为深厚的文化心灵也会沾染趋向功利化的铜臭？"

我回答道："如果说谈经济就是沾染铜臭的话，这位朋友还要回去再好好读一读《红楼梦》。"

从文本来看，《红楼梦》谈经济俯拾皆是。

第一，我们来看探春与大观园包产到户。第五十六回，因凤姐生病，探春、宝钗和李纨帮助理家。探春所提出的把大观园承包给园子里老妈妈的做法，刳除了一家的开支，每年还能有节余。有人说实际上就是联产承包责任制的先驱。

第二，我们来看王熙凤与高利贷和典当。王熙凤放高利贷尽管不对，但是从另一个角度来看，高利贷也是经济，是王熙凤错误地把高利贷当成了积累财富的手段。第七十二回，老太太过生日，所有的几千两银子都使了。几处房租地税通在九月才得，又要送南安府里的礼，又要预备娘娘的重阳节礼，还有几家红白大礼，至少还得三二千两银子用。宫里的太监又经常来贾府打秋风，一时难去支借。王熙凤和贾琏只好央求鸳鸯把贾母用不到的东西先偷出来一些当掉应急，之后再赎回。

第三，我们来看贾母分家产。第一百七回，贾太君因为贾家被抄，发挥中流砥柱的作用，开箱倒笼，将做媳妇到如今积攒的东西都拿出来，每房分给三千两银子，让他们守着小门独户过日子。那些田地吩咐该卖的卖，该留的留，断不要支架子做空头。如今借此正好收敛，守住这个门头。

这些都何尝不是经济？难道有损《红楼梦》的清誉？

谈经济并不可怕，宝玉为什么要下凡历劫？开卷第一回说了，他因见众石俱得补天，独自己无材不堪入选，遂自怨自叹，日夜悲号惭愧，所以他要下凡去圆他的补天梦，人世间的补天重任是什么？其实不就是仕途经济？

仕途经济不是大家想的做个八股文就可以了，第一场考的是八股文，是从四书五经里边选择材料来出题；第二场考的则是官场应用文，分上下往来的公文和根据提供案例来撰写司法判文两种；第三场考策问，涉及的是具体的国计民生问题，要求考生给出对策和办法，这个"策问"，考的就是经济，也就是"经世济民"之学！

比如我们来看 1886 年光绪帝的试题，策题分别以"帝王诚正之学，格致为先""用兵之法，贵乎因地制宜，舟师其尤要也"等为主题，延伸出的问题多达数十个，内容具体到对某一本书的看法、某一种战舰由何人发明、某一次战役该如何取胜、某几类钱法的优劣等等。

最后还有一番总结："夫稽古者出政之木也，讲武者备豫之方也，设险者立国之基也，范金者理财之要也。尔多要举以陈，勿猥勿并，朕将亲览焉。"

就像现在考公务员试卷中不是只有文科，还有法律、数学、经济，都是和"经济"有关的。

经济不可怕，《红楼梦》中也谈到经济；我们发展经济也不可怕，关键我们发展经济是为了什么？

以前是文化搭台经济唱戏，以后不是这样的。因为我们身体走得太快，灵魂跟不上了，所以需要文化引导。开发《红楼梦》产品，《红楼梦》戏剧话剧音乐剧歌舞剧影视剧，举办讲座和读书会，通过文化把遗失已久的一些传统复兴起来，一些审美复兴出来，我们通过文化把整体的人生的审美提高，难道不是清流吗？

《红楼梦》与贫困生

我对北京大学香港校友会最初最鲜明的印象是从一场讲座开始的。当时很多人好奇，觉得我研究《红楼梦》居然也能在香港活下来。我们的孟春玲大师姐就说："张惠，那找天晚上你在校友会讲一场《红楼梦》吧。"

那时候我还是一个初出茅庐的学生，一门心思觉得学术就只是申请项目和发表学术论文，还不太明白讲座其实也是一种很高的荣誉。但是我觉得大师姐既然发话了，我一定要好好准备，因此那天的讲座我是按学术论文来准备的，里面除了所提到的《红楼梦》原文和论文都标明出处和页码，甚至还引用了相关"兼祧"制度、明清律法和美国社会学的理论。

讲座的题目，玩了一个小小的文字游戏，叫《从〈红楼梦〉看清人的婚姻观》。这有两种断句的方法：一种可以断为——从《红楼梦》看"清人"的婚姻观，也就是从《红楼梦》看清代人的婚姻观；另一种可以断为——从《红楼梦》"看清"人的婚姻观。这可就厉害了，难道《红楼梦》竟然可以把我们人类的婚姻观方方面面都透视出来吗？于是大家可以想见，在香港办讲座通常只有小猫两三只的情况下，我这个讲座差点儿是座无虚席了，因为估计好多人从海报上看都以为是第二种断句！

从《红楼梦》竟然能看清楚人类的婚姻观？服的不服的都要跑来看看稀奇，所以可见我们孟春玲大师姐分寸拿捏得非常好，因为我记得我给她报了三个选题，她从中选了这个让我讲。虽然那时候我觉得，我另外的选题《〈红楼梦〉的两个英译本和美国红学的互相接受》很前沿啊很学术啊，但是现在我有了一点儿阅历，再回看的时候，才会明白《从〈红楼梦〉看清人的婚姻观》受众又广，题目又巧妙，所以这个讲座后来在不同的城市起码讲过十几场，也有两位学报编辑听过之后，问我可不可以投稿给他们学报。

但是在几年前那个讲座的晚上，我最高兴的还是认识了我们北大香港校友会的许多校友，而且有几位还成了好朋友。讲座完了陈东师兄还请我们大家吃夜宵，当然很逗的是陈东师兄也批评了我，因为想必他也是被我那个题目给骗进来的。（对不起啊师兄，哈哈哈哈）他还认为，我讲的这个不应该叫婚姻观，而应该叫爱情观，因为我没有谈到他们结婚之后的生活。所以他建议我以后也研究研究《金瓶梅》，把《金瓶梅》和《红楼梦》结合起来才能够谈清楚人的婚姻观。哈哈。

后来陈东师兄还安排了让我跟刘再复老师、刘剑梅老师见面，我本来就对他们的红学研究很感兴趣，读书的时候读他们关于《红楼梦》研究的《共悟人间：父女两地书》，十分感动。只是我本人对《金瓶梅》研究实在不是很感兴趣，我在美国哥伦比亚大学读书的时候，商伟老师开了一门《金瓶梅》研究的课，但是我们同学下课后讨论，有一个很经典的对比：看了《红楼梦》里的人一个一个死去，我们会觉得，好可惜好可惜！看到《金瓶梅》里面的人一个一个死去，我们会觉得，死得好死得好！

当然，我认为陈东师兄是很有前瞻性的，你看田晓菲教授和刘晓蕾老师现在不都是认为《金瓶梅》比《红楼梦》还要好吗？但是可惜的是术业有专攻，再加上人之所嗜酸咸不同，恐怕我是辜负陈东师

《红楼梦》之时代新语

兄的期望了，我也很希望将来我们北京大学香港校友会再出一位研究《金瓶梅》的校友，我愿意和他（她）一起把陈东师兄的这个期望发扬光大！

北京大学香港校友会除了不定期举办《红楼梦》讲座外，还做了很多很多的实事，可是给我印象最深的、最让我感动的，是设立了北京大学贫困生奖助学金。在设立奖助学金前后，发生了两件事：一是据统计，从农村升入北京大学的学子几乎没有了；二是出身贫困以707分的成绩考入北大的河北女孩王心仪写文"感谢贫穷"。

第一，这篇感谢贫穷的文章，多少人转发，多少人同情，多少人批评……几乎成了一个现象级事件。可是，又有多少人给王心仪捐助一毛钱呢？第二，我个人认为，不甘于贫穷、努力奋斗，是值得肯定的，但是贫穷本身是不值得感谢的。

一个极有天资的孩子，假如不是贫穷的话，他（她）也许可以做出更高的成就。在这种情况下，我认为，北京大学香港校友会设立的这个贫困生奖助学金是非常有意义的，无论什么时代、什么社会、什么时间，要让穷人家的孩子，看到光！

阶级固化就一定好吗？让中产永远是中产，底层永远是底层，这跟我们所嘲笑的印度的种姓制度有什么区别？流水不腐，户枢不蠹，我们既要警惕向下流动，又要允许向上流动，不努力的中产"飞入寻常百姓家"，努力的底层"一日看尽长安花"。

北京大学贫困生奖助学金其中一项是资助贫困生来香港游学，我想，这更有深远意义，凯撒大帝曾经宣称："我来！我见！我胜！"一个人的未来高度，由他（她）的眼界决定！

一定有一些特别的缘分，才让来自天南海北的我们，聚集到这同一个园子，所以让那年长的拉着那些年幼的，强壮的扶持那些弱小的，我们一起走，不要走散了。

《红楼梦》里不是也有贫困生吗？就是邢岫烟。家贫如洗，投靠到贾府，她的父母还要靠她接济，以致大冬天她要把棉衣当了，但她遇到了一个好老师——妙玉，免费教她读书识字，使她腹有诗书气自华，虽然荆钗布裙，但是气质超然，被四大家族的薛家看上，成了薛蝌的正房娘子，麻雀飞上枝头变凤凰。所以说，读书改变命运，眼界改变世界。

《红楼梦》之时代新语

学伴事件：故事新编之薛蟠招学伴

近闻山东大学给一个外籍学生配三个中国学伴，引起群情激愤，可是太阳底下没有新鲜的事情，早在清代的《红楼梦》就有招学伴这一事，不信你看：

茗烟："宝二爷，宝二爷，快来帮我写封推荐信。"

宝玉："你这小鬼头，叫我写什么推荐信？"

茗烟："宝二爷有所不知。薛蟠薛大爷原本有两个学伴，一个叫'香怜'，一个叫'玉爱'，现在正在招第三个学伴呢，外面的人都挤破头了。我想您与他交厚，所以请您帮我写封推荐信，增加一点儿胜算。"

宝玉："这也奇了，他一个只会写'两个苍蝇嗡嗡嗡''绣房蹿出大马猴'的人，你一个成天只爱看飞燕野史、太真外传的人，大家都不爱学习的，还装什么幌子做学伴？"

茗烟："宝二爷，什么事儿都瞒不过您！谁是真要去学习的？原是薛蟠薛大爷招学伴给的钱多，一年光书本费、笔墨费就有几十两银子，哎哟哟，光这一项就够庄户人家一家人过几年的，所以外面乌泱乌泱的，都争得打破头呢。"

宝玉："你也不用来找我，我也不干这缺德昧心事。"

茗烟垂头丧气地回来了。

宝玉问："你这个样子，想是落选了？"

茗烟说："非也，非也。这薛蟠薛大爷也真是，我们多少争着给他当学伴的真心人他不要，非要脂油蒙了心去找什么柳湘莲，不成想柳大爷把他骗到没人处痛打了一顿，听说现在鼻青脸肿下不了床呢！"

宝玉先是要笑，后想起薛蟠毕竟是宝钗的哥哥，便改口说："走，咱们看看薛大哥去。"

茗烟又说："你莫去，不中用，薛大爷早不在家里了。"

宝玉奇道："这又是为何呢？"

茗烟说："连我也不知道什么缘故。自从柳大爷打了他之后，好多人跑去打他，还说见一次打一次的。薛大爷一是害羞，二是害怕，如今家里待不住，听说远远地托辞去外州做生意了才罢！"

宝玉叹道："老天，老天！果然什么幺蛾子不是一顿打解决不了的，如果不行，那就两顿！"

疫苗事件：胡庸医乱用虎狼药！

　　最近疫苗事件不断发酵，邓州红楼梦研究会的郝新超秘书长发信息道："尊博士也可以从《红楼梦》中的王一贴来痛批调侃一下目前的假疫苗问题，从深处揭示'真假'。"我一听这个，真是怒从心头起，恨自胆边生，气道："不是王一贴，是胡庸医。王一贴横竖吃了还死不了人哪，这个胡庸医可是乱用虎狼药！"郝秘书长有点儿懵，不知道为什么我竟然会动这么大的肝火，那是因为我自己也差点儿受了害呀。

　　因为夏金桂妒忌香菱，所以设计让薛蟠毒打她，宝玉不忍，故而问王一贴有没有治疗女人妒病的方子。王一贴说有"疗妒汤"："用极好的秋梨一个，二钱冰糖，一钱陈皮，水三碗，梨熟为度，每日清早吃这么一个梨，吃来吃去就好了。"

　　宝玉很高兴，但将信将疑，道："这也不值什么，只怕未必见效。"

　　于是下面的才是精彩，王一贴自揭老底了。

　　　王一贴道："一剂不效吃十剂，今日不效明日再吃，今年不效吃到明年。横竖这三味药都是润肺开胃不伤人的，甜丝丝的，又止咳嗽，又好吃。吃过一百岁，人横竖是要死的，死了还妒什么！那时就见效了。"说着，宝玉茗烟都大笑不止，骂"油嘴的牛头"。王一贴笑道："不过是闲着解午盹罢了，有什么关系。说笑了你们就值钱。实告你们说，连膏药也是假的。我有真药，我还吃了作神仙呢。有真的，跑到这里来混？"

可是到了胡庸医，那可就可怕了。他给晴雯开的药方，宝玉一看，后面又有枳实，麻黄。

> 宝玉道："该死，该死，他拿着女孩儿们也像我们一样的治，如何使得！凭他有什么内滞，这枳实、麻黄如何禁得。谁请了来的？快打发他去罢！再请一个熟的来。"……"我和你们一比，我就如那野坟圈子里长的几十年的一棵老杨树，你们就如秋天芸儿进我的那才开的白海棠，连我禁不起的药，你们如何禁得起。"

由于宝玉的关心，这个胡庸医没能害了晴雯。可是尤二姐就没这么幸运了，尤二姐一直身体不好，又三个月没来例假，恐怕是胎气，贾琏请到了另一个姓胡的庸医，名叫君荣，来为尤二姐诊脉。

谁知他认为绝对不是胎气，只是瘀血凝结，开了一剂下瘀血通经脉的药，结果尤二姐不但没好，还打下了个成形的男胎，尤二姐也大出血，气息奄奄。

这跟我、跟疫苗有什么关系呢？因为我也遇到过类似的虎狼药啊！

记得我刚上大学的时候，一入学就让大家都要打疫苗，但是具体打什么疫苗，我现在已经忘记了。那个时候我真是心不甘情不愿，因为我从小最讨厌打针吃药，而且我很不理解的是，疫苗不都是小孩儿打的吗，我现在都是大人了，还要打什么疫苗呀，可是没有办法，说是所有的同学都要去打，因此最后我还是被迫忍痛挨了一针。

打完针医生说不能沾水，我那个时候还挺注意的，但是没有想到我这么遵从医嘱，几天之后感觉又痛又痒，一看打疫苗的那个地方竟然化脓了！

　　我当时还有点紧张和不知所措，但是特别逗的是，我居然想到的不是去医院，而是跑去问班长："班长班长，我打疫苗的地方化脓了，怎么办啊？"班长看全班只有另一个女生和我打针化脓了，其他人都没事儿，所以说可能这是正常反应吧。虽然当时挺郁闷的，但是人家都没事儿，那看起来就是我们两个太娇气。后来那个女生说她把化脓的地方挤掉了脓，于是我也如法炮制，把脓给挤掉了，后来虽然也慢慢愈合了，却终究留下了一个又小又白的伤疤，虽然别人不留心是看不到这个伤疤的，但是每当我看到它，心中终究有一丝不快，觉得我好好的一条胳膊被害得破了相。

　　现在这个疫苗事件爆发出来，我才恍然大悟，我的天呐，看来我还是很幸运的，只不过是化脓，最后留了一个小疤而已。

　　你看那些打了假疫苗的孩子，死去了的，不知父母心中该多痛苦；有好多打残了的，要么是植物人，要么半身瘫痪，更是生不如死！除了这个孩子本身，他的家庭也被毁了。这不是胡庸医乱用虎狼药，是什么？！

　　卖了二十五万余支百白破无效疫苗，才罚三百万！人家山东二十多万儿童的生命和安全就值你这三百万？钱是好东西，可这断子绝孙的钱，能挣？

　　希望国家严格管管，不能让这些胡庸医、虎狼药再害人了！

田女士的贵族论和《红楼梦》的真贵族

前几天，田女士出版了一本新书《三代人才能培养一个贵族》，一下子被群起而嘲之，尤其是她说的这段话：

"我需要 WiFi 密码时，管家用手托着一个小银盘，就像《唐顿庄园》里的场景那样，不是直接递给你，而是把银盘非常优雅地转到我面前，银盘上放着一张折叠得非常精巧的纸片，打开来就是 WiFi 密码，神奇的是，管家为你服务的过程都是无声的。"

她从这件小事上面，感受到了英国传统贵族的仪式感。

"明哥在路上"讽刺田女士说：

首先，WiFi 的名字，最好命名为 Chartered WiFi（皇家特许WiFi），密码是 6 个 8，路由器是镀金的。

其次，根据不同客人的爵位和阶级，分配不同的信号强度。比如，平民只有 1 格信号，企业家有 2 格信号，公爵有 3 格信号，主人有 4 格信号，女王才有 5 格信号。

最后，女管家要严格地束胸，罩杯不能大过 C 罩杯，还要用铅粉化妆，保持气色。

不过，无论礼仪做得多么完备，他们最终使用的依然是国际标准无线协议，和数十亿消费者用着同一款智能手机，连社交通讯应用，也和数十亿互联网用户一模一样。

　　毕竟，他们的家族财产，还没有大到可以收购"苹果"和"腾讯"公司的程度，让人家为贵族家庭，单独订制全球独一无二的手机和应用。

　　没有和普罗大众拉开距离，优越感没法充分放大。这就有点"贵族"不起来了。

　　"明哥"这小嘴，怎么这么像林黛玉的，这么尖刻又俏皮！

　　不过我觉得呢，田女士也不算大错，毕竟仪式感确实是贵族生活的一部分。君不见进了大观园的刘姥姥，见识了一圈，不由叹道："别的罢了，我只爱你们家这行事，怪道人说'礼出大家'。"

　　但是田女士应该再明确一下的是，真贵族得有两部分——外在的礼仪和内在的修养。

　　我们以《红楼梦》的王熙凤为例，先看人家外在的仪式感。（至于王熙凤出身于"四大家族"的王家，是蓝血，含着金汤匙出生，鉴于投胎是个技术活，田女士和她想教育的一大批有钱人现在都达不到，这咱就不提了。）

　　瞧瞧人家王熙凤的穿戴打扮："彩绣辉煌，恍若神妃仙子：头上戴着金丝八宝攒珠髻，绾着朝阳五凤挂珠钗；项上戴着赤金盘螭璎珞圈；裙边系着豆绿宫绦，双衡比目玫瑰佩；身上穿着缕金百蝶穿花大红洋缎窄褙袄，外罩五彩刻丝石青银鼠褂；下着翡翠撒花洋绉裙。""那凤姐儿家常带着秋板貂鼠昭君套，围着攒珠勒子，穿着桃红撒花袄，石青刻丝灰鼠披风，大红洋绉银鼠皮裙，粉光脂艳。"瞧瞧，满身都写着"有钱"！

　　瞧瞧人家王熙凤的做派："手内拿着小铜火箸儿拨手炉内的灰。平儿站在炕沿边，捧着小小的一个填漆茶盘，盘内一个小盖钟。凤姐也不接茶，也不抬头，只管拨手炉内的灰，慢慢的问道：'怎么还不请进来？'一面说，一面抬身要茶时，只见周瑞家的已带了两个人在地下站着呢。这才忙欲起身；犹未起身时，满面春风的问好，又嗔着周瑞家的怎么不早说。刘姥姥在地下已是拜了数拜，问姑奶奶安。凤姐忙说：'周姐姐，快搀起来，别拜罢，请坐。我年轻，不大认得，可也不知是什么辈数，不敢称呼。'"

凤姐日常要平儿奉茶，出入要平儿掀帘子，这些都不讲了。且说这个，刘姥姥进贾府已经七十多了，凤姐才二十不到，但假装"不接茶，也不抬头"，总之先让刘姥姥跪下磕了几个头，才装着要"起身"，忙着叫"别拜"。看看，什么叫"摆谱"？

再瞧瞧人家王熙凤的谈吐：趁着贾琏不在家，她要把二房尤二姐骗进贾府慢慢收拾，于是对尤二姐说："皆因奴家妇人之见，一味劝夫慎重，不可在外眠花卧柳，恐惹父母担忧。此皆是你我之痴心，怎奈二爷错会奴意。眠花宿柳之事瞒奴或可，今娶姐姐二房之大事亦人家大礼，亦不曾对奴说。奴亦曾劝二爷早行此礼，以备生育。不想二爷反以奴为那等嫉妒之妇，私自行此大事，并不说知。使奴有冤难诉，惟天地可表。……我今来求姐姐进去和我一样同居同处，同分同例，同侍公婆，同谏丈夫。喜则同喜，悲则同悲，情似亲妹，和比骨肉。不但那起小人见了，自悔从前错认了我，就是二爷来家一见，他作丈夫之人，心中也未免暗悔。所以姐姐竟是我的大恩人，使我从前之名一洗无余了。若姐姐不随奴去，奴亦情愿在此相陪。奴愿作妹子，每日伏侍姐姐梳头洗面。只求姐姐在二爷跟前替我好言方便方便，容我一席之地安身，奴死也愿意。"要知道，凤姐心里面怕不想撕吃了尤二姐，但口头上叫人家"姐姐"，自称"妹子""奴"，"容我一席之地安身"，做小伏低，嘴上抹蜜。这凤姐要是做生意，妥妥地卖了你你还帮她数钱。

再瞧瞧人家王熙凤的才干：协理宁国府，兼任秦可卿丧事的项目经理，这可是一个前后近两个月，涉及无数王公大臣，动员了宁国府几百号员工的大项目。王熙凤在管理之前，首先分析了宁国府管理中的弊端，主要有五件。头一件是人口混杂，遗失东西；第二件，事无专执，临期推诿；第三件，需用过费，滥支冒领；第四件，任无大小，苦乐不均；第五件，家人豪纵，有脸者不服钤束，无脸者不能上进。乱世用重典，在时间管理上，王熙凤首先定了个时间表：6点半全部员工开晨会，所有财物领取事项必须在11—12点之间完成，每天中午12点、晚7点，她还要巡视项目现场两次，同时安排第二天要准备的事项。在组织管理上，她把项目工作分成若干条线，每条线分派不同数量的人手，每条线的职责都非常明确，每条线都要直接向她汇报。在成本管理上，严防有人借机超支。在品控管理上，把办事的、分配物资的、采购物资的人员分开管理，而且，每笔开销都要她亲自点头。最后，把一个迟到的人打了二十大板，用暴力强行确立了自己说一不二的地位。凤姐小小年纪几百人对她唯命是从，贵不？贵！

但是要说这就是贵族了么，好像还差点。

真正的英国老牌贵族是把自己的孩子送上战场，甚至为此牺牲了自己的独生子以保卫国家。在一战后的一项统计中发现，英国一共出动了六百万适龄男子加入战争，死亡比达到了12.5%，而当时的贵族死亡比占到了50%。贵族的代表不是金钱方面，而是在国家危难之际勇于上战场的人。当然，这些就不说了，因为田女士和想向她学习的一大批有钱人是最怕牺牲的。

那我们来看王熙凤日常贵族生活中最平常的一件小事。

第二十九回贾母带着众人去清虚观打醮，王熙凤下轿后正要上来搀扶贾母，可巧有个十二三岁的小道士儿，拿着剪筒，照管剪各处蜡花，正想要藏出去，却直接一头撞在王熙凤的怀里了。"凤姐便一扬手，照脸一下，把那小孩子打了一个筋斗，骂道：'野牛肏的，胡朝那里跑！'"

我保证这一句话，足以把你从对王熙凤的贵族虚幻感拉回现实了。当然，不是说不能骂脏话。谁也不能保证自己一辈子不说一句脏话。但是问题是，对方是个小孩子，还是在无意中冲撞你的情况下。

那么我们看其他二等贵族呢？"那小道士也不顾拾烛剪，爬起来往外还要跑。正值宝钗等下车，众婆娘媳妇正围随的风雨不透，但见一个小道士滚了出来，都喝声叫'拿，拿，拿！打，打，打！'"这些大大小小的婆娘媳妇，想必是赖大家的、林之孝家的、吴新登家的、周瑞家的等等。如果说平儿都能让刘姥姥误会是夫人，伺候少爷小姐的首席丫鬟都是副小姐，那么，这些邢夫人、王夫人的陪房赖大家的、林之孝家的、吴新登家的、周瑞家的可不就是二等贵族？

然而，这就是王熙凤这个一等贵族和赖大家的、林之孝家的、吴新登家的、周瑞家的那些二等贵族的表现。日常的礼仪，那都是虚的，一个人到事上的第一本能反应，才是真的。

幸而，贾府中的真正贵族出场了。

贾母听了忙问："是怎么了？"贾珍忙出来问。凤姐上去搀住贾母，就回说："一个小道士儿，剪灯花的，没躲出去，这会子混钻呢。"贾母听说，忙道："快带了那孩子来，别唬着他。小门小户的孩子，都是娇生惯养的，那里见的这个势派。倘或唬着他，倒怪可怜见的，他老子娘岂不疼的慌？"说着，便叫贾珍去好生带了来。贾珍只得去拉了那孩子来。那孩子还一手拿着蜡剪，跪在地下乱战。贾母命贾珍拉起来，叫他别怕。问他几岁了。那孩子通说不出话来。贾母还说"可怜见的"，又向贾珍道："珍哥儿，带他去罢。给他些钱买果子吃，别叫人难为了他。"贾珍答应，领他去了。

贾母的第一句话是"快带了那孩子来"，别让人打他；第二句话是"别唬着他",别吓着他。这穷人家的孩子,在人家爹娘那里,也是"娇生惯养",要是吓坏了,"他老子娘岂不疼的慌?"看那孩子"跪在地下乱战","通说不出话来",贾母可不是油然而生贵族的优越感,而是"可怜见的",又吩咐专人专事专办,叫贾珍带他出去,给他些钱买果子吃,别叫人难为了他。

这一件小事,贾母和王熙凤谁是贵族,可谓一目了然:

把自己当人,把别人也当人,这才是贵族的精髓吧!

愿田女士三思,撰写的《三代人才能培养一个贵族》的书籍和开办的一年 99 万元学费的承礼学院,除了学习贵族的礼仪,也别忘了同时加上学习贵族的修养。

假如《红楼梦》中人去摆地摊，谁是王者？谁会倒闭？

假如《红楼梦》中人去摆地摊，谁是王者？谁会倒闭？

倒闭第三名：秦可卿。

看看秦可卿小姐姐的摊位都卖什么：

哎哟哟，这不是《红楼梦》第五回秦可卿房间里的软装吗？看看，唐伯虎画的《海棠春睡图》，秦观写的对联"嫩寒锁梦因春冷，芳气笼人是酒香"，这是武则天梳妆用的宝镜，这是赵飞燕跳过舞的金盘，还有安禄山扔的、砸伤了杨贵妃乳房的木瓜，寿昌公主在含章殿睡过的榻，同昌公主亲手制的联珠帐，西施亲自洗过的纱衾，红娘抱过的鸳鸯枕头。

"我这屋里的东西，大约神仙也可以用的了。"

"啊？神仙才能用？算了，俺们凡人看看好了。"

秦可卿小姐姐的摊位：一天，卒！

倒闭第二名：王熙凤。

看看凤姐姐的摊位都卖什么：

这是外国茶，是《红楼梦》第二十五回王熙凤送给黛玉、宝玉、宝钗的暹罗国进贡来的茶。

哎哟，这是《红楼梦》第五十一回王熙凤吩咐给袭人的衣服，一件石青刻丝八团天马皮褂子，一件玉色绸里的哆罗呢的包袱，一件半旧大红猩猩毡的雪褂子。

这儿还有一件王熙凤吩咐给邢岫烟的大红羽纱的雪褂子。

这是《红楼梦》第七十二回的两个金项圈，正是王熙凤为了应付前来贾府敲诈的太监，曾让平儿拿去典当的那两个。看看，一个是金累丝攒珠的，珠子都有莲子大小，一个是点翠嵌宝石的，两个都和宫中之物不差上下。

"凤姐姐，凤姐姐，这件大红猩猩毡都半旧了，可以打个折不？"

"爱买不买！把我王家的地缝子扫一扫，还够你们过一辈子呢！"

凤姐姐的摊位：立即，卒！

倒闭第一名：薛宝钗。

看看宝姐姐的摊位都卖什么：

原来是《红楼梦》第四十回薛宝钗蘅芜苑的软装：数枝菊花，两本书，一个茶杯；一项青纱蚊帐。

"宝姐姐，宝姐姐，你家不是皇商吗？就这？就这？"

宝钗大怒，待要怎样，又不好怎样，于是不理人。

"宝姐姐，宝姐姐，你摆地摊怎么不说话呢？"

宝钗提笔写下一句海棠诗社里的诗："不语婷婷日又昏。"

于是，黄昏夕阳西下，宝钗摊位空无一人。

好了，看完倒闭的，我们来看看王者！

王者第三名：贾宝玉。

看看宝哥哥的摊位都卖什么：

"大家快来买快来看，需要奢侈品吗？这里有皇家用品，有元妃姐姐赐给我的红麝香珠；有琪官送给我的茜香国女王进贡的茜香大红汗巾子；有王室用品，有北静王送给我的鹡鸰香串。

"需要衣服吗？我这儿有俄罗斯国孔雀金线织的雀金裘。

"需要进口药吗？我这儿有西洋一等宝烟汪恰洋烟，西洋贴头疼的膏子药依弗哪。

"需要水果吗？我这儿有送给探春妹妹的荔枝。

"需要饭菜吗？我这儿有留给晴雯的豆腐皮包子，送给袭人的糖蒸酥酪。

"需要茶吗？我这儿有晴雯爱喝的枫露茶。

"需要酒吗？我这儿有送给林妹妹的合欢花酒。

"需要手工艺品吗？我这儿有自己亲自制作的胭脂膏子。

"应有尽有，包你满意。"

贾宝玉的摊位：人气第一名！

王者第二名：林黛玉。

看看林妹妹的摊位都卖什么：

哟，这不是第八回林妹妹生宝玉的气，剪了的那个香袋吗？虽然还没做完，却十分精巧，费了许多功夫。

看看，这是第四十五回，林妹妹送给宝玉的玻璃绣球灯啊。

这是第四十回贾母给林妹妹的"软烟罗"，王熙凤都不认识。一共四样颜色呢：一样雨过天晴，一样秋香色，一样松绿的，一样就是银红的。贾母说过："若是做了帐子，糊了窗屉，远远的看着，就似烟雾一样，所以叫作'软烟罗'。那银红的又叫作'霞影纱'。如今上用的府纱也没有这样软厚轻密的了。"

林姑娘地摊这东西都只好看，都不知叫什么，我越看越舍不得离了这里。

林黛玉的摊位：精致第一名！

王者第一名：妙玉。

看看妙玉姐的摊位都卖什么：

呀，这是妙玉姐给宝钗喝茶用的瓟斝，给黛玉喝茶用的点犀盉，给宝玉喝茶用的绿玉斗。别说瓟斝和点犀盉是晋代王恺的珍宝咱买不起，就是那个绿玉斗，据说整个贾府也找不出来呢。都是古董！都是价值连城的好东西！太贵了买不起买不起！算了，这儿有个官窑小盖碗，咱买个回去喝喝茶。

"妙玉姐，妙玉姐，你这官窑盖碗能不能便宜点？"

"一分都不能少！但可以赠送给你一个成窑五彩小盖钟！"

"好嘞！赶紧包起来！谢谢妙玉姐！"

妙玉的摊位：大方第一名！

《红楼梦》之人物百态

林黛玉是孙悟空变的！

我告诉你，林黛玉是孙悟空变的！

你还不信？

你细想想，他们俩是不是都是本领高强，基本上遇不到什么对手？

一个是"四海千山皆拱伏，九幽十类尽除名"。

一个是"菊花赋诗夺魁首，海棠起社斗清新"。

他们俩是不是都经常被人背后说坏话？

他们俩是不是都很爱哭？！

林黛玉爱哭是出了名的，宝玉不理她了她哭，宝玉理了宝姐姐她哭，宝玉理了云妹妹她也哭……

然而你想不到的是，孙悟空也爱哭！

第二回因为在众人面前显摆七十二变，被第一个师父菩提祖师赶走时他哭——"悟空闻此言，满眼堕泪道：'师父，教我往那里去？'"

第二十七回因为三打白骨精，被第二个师父唐三藏赶走时他也哭——"独自个凄凄惨惨，忽闻得水声聒耳，大圣在那半空里看时，原来是东洋大海潮发的声响。一见了，又想起唐僧，止不住腮边泪坠。"

第八十六回误以为师父已经被妖怪吃了他也哭——"孙行者认得是个真人头，没奈何就哭。"

他们是不是都有一双火眼金睛?!

孙悟空不用多说，二郎神变成动物（饿鹰，海鹤，鱼鹰，灰鹤），白骨精变成人（少女、老妇、老丈），六耳猕猴变成他自己（假孙悟空），他都能一眼看穿!

林黛玉也不遑多让!

她能看穿底下的婆子丫头们——第四十五回，她说："你看这里这些人，因见老太太多疼了宝玉和凤丫头两个，他们尚虎视眈眈，背地里言三语四的，何况于我?"

能看穿赵姨娘——第五十二回，赵姨娘走进来瞧黛玉，黛玉"便知他是从探春处来，从门前过，顺路的人情"。

能看穿王熙凤——第三十五回，黛玉不见凤姐探望挨打的宝玉，心里思忖："便是有事缠住了，他必定也是要来打个花胡哨，讨老太太和太太的好儿才是。"

还有，黛玉葬花为什么这么经典你忘不了？因为林黛玉扛着葬花锄，孙悟空扛着金箍棒——他们都扛着你最熟悉的杆棒类武器!

你看，曹雪芹必然是参考了孙悟空，才塑造出林黛玉的! 相信我!

哈哈，以上推论，纯属搞笑，不要当真，如有雷同，实为巧合!

那么问题来了，孙悟空和林黛玉这么这么像，怎么长着长着就变了，一个西天成佛，一个泪尽而逝?!

毁掉一个人，从自怜开始!

你看同样无父无母，没有人（猴、妖、神、仙、佛）时时提及，孙悟空自己也并不自怜自怨。

而林黛玉呢，一进贾府大家都围着哭，王熙凤更是一语给定了性："只可怜我这妹妹这么命苦，怎么姑妈偏就去世了!"其实对一个经历丧亲之痛的人，这不但又揭开了血淋淋的伤口，还给她种下了一颗自伤自怜的种子。

种子一旦种下，终将生根发芽。第三十五回，宝玉挨打之后黛玉看到众人都去关心宝玉，忽然就想起自己原来是孤身一人，寄人篱下，"黛玉看了不觉点头，想起有父母的人的好处来，早又泪珠满面"。

第四十九回，宝琴、邢岫烟等人来到贾府后，黛玉见了，"先是欢喜，次后想起众人皆有亲眷，独自己孤单，无个亲眷，不免又去垂泪"。

第五十七回，宝钗钻在薛姨妈怀里撒娇，黛玉看到，流泪叹道："他偏在这里这样，分明是气我没娘的人，故意来刺我的眼。"

失去父母，不是不能伤心，不该伤心，但是仅仅只会伤心的话，有用吗？就是哭死，父母也不会复活了。所以人生啊，要往前看！这样天天哭，就算父母在天上，也不得安心。而应该反过来一想，只有过得越来越好，才能让父母真正放心。

心理学上有一种"锚定效应"，简单来说，你当下的行为和想法是你自己当下拍拍脑袋想出来的吗？看是如此，其实不然，是受你之前经验和他人说法综合影响的结果。之前经验和他人说法是锚，你当下的行为和想法是船；锚定在哪儿，你这艘船也就离锚八九不离十。其实凤姐的那句话就是一种锚定（Anchoring），所以人家可怜你还不可怕，最可怕的是你也顺着这个思路开始可怜自己，有了这个心理锚定，你终将活成他们可怜你的样子。

接下来是遇到挫折时。

孙悟空遇到的挫折大不大？红孩儿差点烧死他，铁扇公主一扇子差点扇死他，太上老君的金刚琢差点打死他，观音菩萨的紧箍咒差点疼死他，黄眉怪的那副铙钹差点把他化成脓水……

林黛玉的挫折也不少，时不时有人说说坏话，老奶母说她："真真这林姐儿，嘴比刀子还尖。"赵姨娘说："怨不得别人都说那宝丫头好……若是那林丫头，他把我们娘儿们正眼也不瞧，哪里还肯送我们东西？"史湘云说她："专挑人的不好，你自己便比世人好，也不犯着见一个打趣一个。"薛宝钗偷听到小红的私情事，为了自保就说："我才在河那边看着林姑娘在这里蹲着弄水儿的。"更不用说宝钗有金锁也有金玉良缘之念，常常去怡红院找宝玉，而最后大家设个调包计假说是给宝玉娶黛玉实际上却送去了宝钗。

这挫折大不？对一个少女来说确实大，黛玉怎么办呢？又回到自怜的老路上——

"既你我为知己，则又何必有金玉之论哉；既有金玉之论，亦该你我有之，则又何必来一宝钗哉！所悲者，父母早逝，虽有铭心刻骨之言，无人为我主张。"

但是问题是，宝钗也是青春少女，宝玉和她是未娶未嫁，她就算追求宝玉也是正常，那么大家竞争也就是了，但是黛玉的缺点是，又归咎于自己没有父母。如果是一个现代版的你，有父母就保证能嫁给意中人？有父母就保证婚后一定幸福？显然最重要还是得靠自己嘛！

而且黛玉的更大问题是，有什么事自己怄着，不但不积极寻求帮助，还要把帮自己的人赶跑。紫鹃忠心耿耿为她的婚事谋划："我倒是一片真心为姑娘。替你愁了这几年了，上无父母下无兄弟，谁是知疼着热的人？趁早儿老太太还明白硬朗的时节，作定了大事要紧。……若娘家有人有势的还好些，若是姑娘这样的人，有老太太一日还好一日，若没了老太太，也只是凭人去欺负了。"但是黛玉什么反应？黛玉听了，便说道："这丫头今日可疯了？怎么去了几日，忽然变了一个人？我明儿必回老太太退回去，我不敢要你了。"

当然，你会说，张老师，林黛玉是封建淑女，封建淑女就得是这个调调，死不承认是因为害羞是因为端庄，瞧你，以为我真说林黛玉呐！说的就是你，读红楼要学林黛玉的做派，恐怕就是林黛玉的下场！

相比而言，林黛玉的挫折比孙悟空的小多了，就算人家想你死，起码也不敢明火执仗过来烧死你毒死你，就是要让你膈应让你郁闷让你生气慢慢怄死你。那你就非得上这个套儿？

别的地方咱也不熟悉，仍以我的两个学长为例。那北大中文系状元陆步轩后来以卖肉为生，受邀回母校演讲时说："我给母校丢了脸、抹了黑，我是反面教材。"那北大数学系的张益唐在美国因为导师不给写推荐信找不到工作，只能在餐厅递盘子、洗碗，送快递，没有固定工作和收入，温饱都是问题，常常穷到兜里摸不出一分钱，只能借住在朋友家的地下室，做了个籍籍无名的临时讲师十四年！

这世界上，谁不曾被生活打得体无全肤，为生存吃尽千辛万苦，这一点，即使你考上北大也不能幸免。啊，多么痛的领悟！

但是，陆步轩、张益唐和孙悟空都不认输啊！

最后的故事你也知道：

当年被嘲笑的猪肉佬出了好几部新书，如《北大屠夫》《猪肉营销学》《屠夫看世界》；还有他卖猪肉卖到分店开到全国各地，身家已经过亿。

张益唐以一篇《素数间的有界距离》封神，在沉寂三十年后，终于名扬世界，又获得麦克阿瑟天才奖，并得到美国普林斯顿高等研究院访问学者的邀请，被直接聘为正教授。

孙悟空为什么封"斗战胜佛"？只因我执甚深，在修行途中必须不断秉持"无我"正见，与"我要、我想、我厌、我畏"奋斗，直至战胜一切挫折考验打击磨难，战胜一切恐惧忧郁愤怒消沉，直至金甲披身。

正义可能迟到，但永不缺席。但是你啊，总得熬得过去。

亲爱的朋友，难得来人生一遭，不要做林黛玉，做孙悟空吧！让你、你的亲人，还有我们，见证你，百炼成圣、斗战封佛！

《红楼梦》之人物百态

堂吉诃德和林黛玉

少年的时候，我只觉得堂吉诃德可笑，荒谬！跟着他的桑丘也只是脑袋不灵光，要不然怎么会投靠这样一个主子？

堂吉诃德是以当骑士为己任的，可是他既不相貌堂堂，做事也疯疯癫癫，竟然还要大战风车！跟着这样的主子有什么奔头？

然而，等到长大了，想法可能会有所改变。

举一个小例子，驴子们的个性都比较轴，这也与它们的生活习性有关。由于经常独自生活，它们的性格比较敏感，只有这样才能及时发现捕食者，所以人很难像驾驭其他驯化动物那样，让驴干些它认为危险的事情。想让驴子听从指挥，你得先取得了驴子的信任。

所以想想《堂吉诃德》里驮着桑丘冲向风车的驴，得是多信任桑丘。

驴尚如此，人可得知！桑丘对堂吉诃德该是多么信任啊！所以堂吉诃德是幸福的，在落魄潦倒，夕阳西下的时候，还有桑丘这么一个死心塌地的朋友跟随着他远走天涯，不离不弃。但是反过来一想，堂吉诃德一定是有他的人格魅力，所以才能感召到这样的朋友。

在《红楼梦》中，也有这样有缺陷、但是非常有人格魅力的人，那就是林黛玉。

要看一个人真实的一面，要看他（她）怎么对待身边的人。

紫鹃喜欢林黛玉，首先就是她的日常生活的精致和优雅。她住的潇湘馆，贾政认为："若能月夜坐此窗下读书，不枉虚生一世。"满地竹影参差，苔痕浓淡，糊窗的是霞影纱，学舌的是白鹦鹉。刘姥姥到了她这儿，"只觉得满屋子的东西都只好看，都不知叫什么，我越看越舍不得离了这里"。要知道她是刚看完缀锦阁，里面奇珍异宝无奇不有，但是又来到林黛玉的屋子，依然觉得美不胜收，甚至都舍不得离开，那可见里面陈设之优雅精致了。

不光如此，黛玉和宝玉拌了嘴，生着气，还不忘叮嘱侍女紫鹃："把屋子收拾了，撂下一扇纱屉子来，看那大燕子回来，把帘子放下来，拿狮子倚住，烧了香就把炉罩上。"

那个平时有点尖酸，心眼又小又讲话不留情面的姑娘，在自己气到"哭了半晌"的时刻，犹能记得要等燕子归来再放下门帘。

心理学上有个名词，叫作"踢猫效应"，指的就是典型的坏情绪的传染，由地位高的传向地位低的，由强者传向弱者，无处发泄的最弱小的便成了最终的牺牲品。

而在失意之时，也能不轻贱比自己弱小的人或物，不拿别人撒气，在翻涌的情绪中依然保留一丝悲悯与自制，这是善良。

她对飞来的燕子都那么充满怜爱，更不要说对她身边的人了。

宝玉急了会给开门的丫头一个窝心脚，迎春任人带走了司棋，惜春撵走了入画，王熙凤更不用说，火上头来用簪子扎丫头的嘴，连身边的平儿都要挨打，就连公认是最平和宽大的宝钗，也是当面骂了靛儿，不分青红皂白地呵斥了莺儿。但是翻遍全书，你应该从来找不到林黛玉打骂下人的描写。这是因为她身体羸弱打不了别人吗？就是打不了，至少也能骂吧？何况她是久病，又兼久咳伤肺、不寐伤肝，容易动肝火，照理更容易对身边的人发脾气，然而通篇我们也找不到她骂身边丫头的记录。

一个人能忍住对外面的人不发脾气，那或许还有趋利避害的可能

《红楼梦》之人物百态

性存在，但是一个人能忍住对身边的人不发脾气，尤其是对身边的下人不发脾气，那是真正的有涵养，所以紫鹃喜欢她生活优雅，更敬重她品格贵重。

紫鹃看中林黛玉的第二点，是林黛玉重人不重物。贾宝玉来看林黛玉，他自己有一个玻璃绣球灯，但是这么一个贵公子，因为觉得这灯太贵重，而舍不得用，林黛玉怕他下雨路滑摔跤，因此把自己的玻璃绣球灯举手相赠。

> 黛玉听说，回首向书架上把个玻璃绣球灯拿了下来，命点一支小蜡来，递与宝玉，道："这个又比那个亮，正是雨里点的。"宝玉道："我也有这么一个，怕他们失脚滑倒了打破了，所以没点来。"黛玉道："跌了灯值钱，跌了人值钱？……怎么忽然又变出这'剖腹藏珠'的脾气来！"宝玉听说，连忙接了过来。

我们知道，薛宝钗曾经为史湘云安排了一顿螃蟹宴，这顿螃蟹宴，让刘姥姥念佛不止，因为这一顿饭就够庄户人家过一年的，要二十五两银子，可是这玻璃绣球灯，能让打碎了不知多少玻璃缸玛瑙碗的贵公子都心疼得不舍得用，可见它一定比这个螃蟹宴还要昂贵得多了。

那几篓螃蟹是伙计送给薛蟠的，所以宝钗只是用哥哥的礼物慷他人之慨，并没有动用到自己的东西，可是这玻璃绣球灯是林黛玉自己的。

一个人有一百万愿意给你花一万，和一个人自己有一百万愿意给你花一百万，这个是很不同的。

紫鹃第三看重，也是最看重林黛玉的是，林黛玉对人的好是真心的，不计较得失，无所谓利益。

贾政在外面当官，捎来了家信，说很快就回来了，这边宝玉着了急，因为父亲回来就要查问他的功课，可是他现在连每天该练的字都没有写。立即宝钗和探春就站出来笑着说，这有什么当紧，我们每个人临两篇给他也就是了，这一下可让王夫人心头的石头落了地，宝玉不会挨打骂了。

之后宝玉每天突击用功天天写字，宝钗和探春也送来替他写的两篇，可是到了最后还有五十张字没有着落，正在着急之际，没想到林黛玉托丫头偷偷送来了五十张。

谁知紫鹃走来，送了一卷东西与宝玉，拆开看时，却是一色老油竹纸上临的钟王蝇头小楷，字迹且与自己十分相似，喜的宝玉和紫鹃作了一个揖，又亲自来道谢。

要说会做人，还是宝钗会做人，当着众位大人的面，公开表态说要给宝玉帮忙，宽了王夫人的心，赢得了贾母的欢喜，最后帮了吗？帮忙写了两张。这样一对比，林黛玉肯定是不会做人的，要说当天林黛玉也在场，宝钗和探春表态的时候，林黛玉却一声不吭。在大人的印象中她只会和宝玉吵架，不会为宝玉分忧，然而，实际上她却给宝玉写了五十张，而且都是模仿着宝玉的字迹来写的。

不管练过还是没有练过书法的，试试就知道了，写一张字不容易，要模仿别人的笔迹写一张字就更难了，何况是写五十张呢。这五十张字不能写得太好，写得太好不像宝玉写的。又不能和宝玉写的字水平一样，那会看起来毫无进步，也会让舅舅生气的。于是呢，她的字必须跟宝玉的字非常相似，但又比宝玉写的要好一点点，这样能让舅舅看出宝玉每天果然有进益了。

而且我们不要忘了林黛玉是个病人，从小常年有病的，所以贾母接了她来，连让她做针线都舍不得，怕她劳碌着了，"旧年好一年的工夫，做了个香袋儿，今年半年，还没见拿针线呢"。就是希望她好好静养。

宝玉一个健康人，天天用功还有五十篇做不出来，但是为了给宝玉赶这个功课，她一个病人，一边咳嗽，一边日赶夜赶模仿宝玉的笔迹挣命似的给他写了五十张，这个时候，在一旁研墨伸纸的是谁呢？那一定是紫鹃。

紫鹃知道，为着姑娘的病体，应该劝她不要写，但是更知道为着姑娘的心，她必须容许她写，就在这漫漫长夜，咳嗽声声中，从她的字里行间，紫鹃照见了林黛玉的真心。

宝玉挨打的时候，送过来一丸丸药的是宝钗；宝玉做不出功课的时候，自告奋勇代劳的也是宝钗。宝钗会做人，人人都看在眼里，别人也都记着宝钗的好。但是林黛玉不会做人，她只会背着人哭红了眼睛，也只会背着人偷偷地给宝玉送上五十篇写好的字；别人都记得林黛玉不周不备的地方，却往往不知道林黛玉默默地站在背后全心全力的妥帖与好处。然而日久见人心，紫鹃和宝玉作为当事人终究是感受得到的。

从不当着大家的面儿露好，宝玉得了什么荣誉别人也根本想不到有她的功劳，反而自己还花了时间累了病，这姑娘咋这么傻！

但是不知道为什么，这姑娘这么傻，他们却这么感动，这么怀念她！

空对着山中高士晶莹雪，终不忘世外仙姝寂寞林！

宝玉偏偏不爱"素颜"的宝姐姐

《红楼梦》里的女孩子化妆吗？

首先，那些大丫头是化的。金钏儿见了宝玉，打趣他说："我这嘴上是才擦的香浸胭脂，你这会子可吃不吃了？"宝玉见了鸳鸯，见她脖颈的白腻不在袭人之下，便猴上身去涎皮笑脸地说道："好姐姐，把你嘴上的胭脂赏我吃了罢。"金钏儿是王夫人的大丫头，鸳鸯是贾母的大丫头，这说明她们身边的大丫头还是很注重形象打扮的。

其次还有凤姐和尤二姐。凤姐过生日的时候，和贾琏大闹了一场，贾琏看到的她"也不盛妆，哭的眼睛肿着，也不施脂粉，黄黄脸儿，比往常更觉可怜可爱"。联系到凤姐彩绣辉煌的出场——"粉面含春威不露"，可知凤姐"往常"是很重视美容的。

尤二姐被凤姐赚入贾府，没了头油，问善姐要，有了王熙凤授意的善姐没好气地劝她省省，而且给她的茶饭都系不堪之物，所以尤二姐渐次黄瘦了下去。贾琏有了秋桐固然喜新厌旧，但少了胭脂水粉的滋润，又没了正常食物的营养，又黄且瘦的尤二姐想来也不大能够像贾母初见时夸赞的那样，比王熙凤还齐全些。最后二姐吞金，在临死前挣扎着穿好了衣服做了最后一次人生的打扮，贾琏见到二姐"比生前更觉美貌"，又是心疼又是良心发现，不觉抚尸痛哭。"娶妾娶色"，这是最让人心酸的说明了。

不光是凤姐、尤二姐这样的年轻媳妇，年纪大些的夫人也不会疏懒此道。

尤氏去探望李纨，跟来的丫头媳妇们问："奶奶今日中晌尚未洗脸，这会子趁便可净一净好？"尤氏点头，李纨忙命素云来取自己的妆奁，素云又将自己的脂粉拿来，笑道："我们奶奶就少这个。奶奶不嫌脏，这是我的，能着用些。"李纨道："我虽没有，你就该往姑娘们那里取去，怎么公然拿出你的来？幸而是他，若是别人，岂不恼呢。"

这一段一击两鸣。贾珍的夫人尤氏，虽说是填房，年纪不可能太大，但是又是尤二姐尤三姐的姐姐，所以也不可能太年轻，然而也是要有必要的妆饰的。李纨虽然不算年纪大，但青春丧偶。"岂无膏沐，谁适为容？"她要是打扮，是要惹人非议的，所以作为寡妇的李纨，没有脂粉，虽处绮罗丛中，却似槁木死灰一般。

另外，还有王夫人、贾母，到了正式场合，比如元妃省亲之时，也都是"按品大妆"。

由此可见，是否梳妆打扮，不仅仅只是爱美，其实也透露了一个人的地位或者心境。

那么大家最爱的林妹妹化不化妆呢？

肯定有的人认为林妹妹是素颜的，不都是推崇"素面朝天"的美人么？

宝玉一时兴起，要和秦钟一起上学。开学那天，宝玉辞了贾母、贾政等长辈，准备去学校，忽然想起，还没有向黛玉告别，别的姐妹就算了，但是林妹妹是必须去告个别的，所以急忙跑去向黛玉作辞，正好此时黛玉已起床，正在窗下对镜晨妆，宝玉就嘱咐一大堆话，其中还有一句是"那胭脂膏子，也等我来再制"，所以，林妹妹是打扮的。1987年版电视剧《红楼梦》的剧照更是借鉴了《女史箴图》，又化用了温庭筠的《菩萨蛮》："懒起画蛾眉，弄妆梳洗迟。照花前后镜，花面交相映。"活画出一副美人图了。

真正素面朝天的是谁呢？——宝姐姐！薛姨妈早就说了："宝丫头古怪着呢，他从来不爱这些花儿粉儿的。"

可是她的这种素净却让老太太都觉得太过了。

而且，一个很关键的问题是，以前我们觉得宝玉不喜欢宝钗是因为宝钗追求"好风频借力，送我上青云"，总是劝说宝玉走仕途经济之路，两人志趣不投，难以有心灵上的共鸣。

可是引入妆饰这个角度，我们恐怕不免发现，宝玉和宝钗的审美情趣都大相径庭，两个人生活在一起也许都不能互相欣赏。

先看打扮，宝玉是："头上戴着束发嵌宝紫金冠，齐眉勒着二龙抢珠金抹额；穿一件二色金百蝶穿花大红箭袖，束着五彩丝攒花结长穗宫绦，外罩石青起花八团倭缎排穗褂；登着青缎粉底小朝靴。"

黛玉："掐金挖云红香羊皮小靴，罩了一件大红羽纱面白狐狸里的鹤氅，束一条青金闪绿双环四合如意绦，头上罩了雪帽。"

宝钗："头上挽着漆黑油光的纂儿，蜜合色棉袄，玫瑰紫二色金银鼠比肩褂，葱黄绫棉裙，一色半新不旧。"

蜜合色是何颜色？须知"蜜合"二字本是中药用语，即指一般做丸药时除将各色药材碾碎备用之外，还须准备蜂蜜朱砂等物，与药末和匀，团而为丸，蜂蜜起黏结、祛苦涩的作用，朱砂取颜色红艳，去邪祟的作用。因此蜂蜜之金黄与朱砂之丹红相掺和，应当就是所谓"蜜合"之色，多数典籍偏重于"微黄而带红色"。

所以从服装颜色搭配上，其实宝黛都喜欢"大红""青金"等亮色，而宝钗喜欢的是"半新不旧""微黄带红"的暗色，哪两个更匹配呢？

再看房间搭配：

怡红院："门上挂着葱绿撒花软帘。……四面墙壁玲珑剔透，琴剑瓶炉皆贴在墙上，锦笼纱罩，金彩珠光，连地下踩的砖，皆是碧绿凿花。"

潇湘馆：精致。用刘姥姥的话说："满屋子的东西都只好看，都不知叫什么，我越看越舍不得离了这里。"

蘅芜苑："雪洞一般，一色玩器全无，案上只有一个土定瓶中供着数枝菊花，并两部书，茶奁茶杯而已。床上只吊着青纱帐幔，衾褥也十分朴素。"

宝玉见了《燃藜图》，就要皱眉，而到了秦可卿精心修饰过的屋子——"案上设着武则天当日镜室中设的宝镜，一边摆着飞燕立着舞过的金盘，盘内盛着安禄山掷过伤了太真乳的木瓜。上面设着寿昌公主于含章殿下卧的榻，悬的是同昌公主制的联珠帐"，宝玉含笑连说："这里好！"

两者相形而下，显然宝玉更喜欢精致的潇湘馆而对雪洞一般的蘅芜苑不大感兴趣。

当然，精致和朴素，美妆和素颜，每个人是"萝卜白菜，各有所爱"，然而，对于宝玉来说，精致和美妆是他擅长和特别喜爱的，平儿理妆一节可算是做了最充分的说明了：

　　宝玉忙走至妆台前，将一个宣窑瓷盒揭开，里面盛着一排十根玉簪花棒，拈了一根递与平儿。又笑向他道："这不是铅粉，这是紫茉莉花种，研碎了兑上香料制的。"平儿倒在掌上看时，果见轻白红香，四样俱美，摊在面上也容易匀净，且能润泽肌肤，不似别的粉青重涩滞。然后看见胭脂也不是成张的，却是一个小小的白玉盒子，里面盛着一盒，如玫瑰膏子一样。宝玉笑道："那市卖的胭脂都不干净，颜色也薄。这是上好的胭脂拧出汁子来，淘澄净了渣滓，配了花露蒸叠成的。只用细簪子挑一点儿抹在手心里，用一点水化开抹在唇上，手心里就够打颊腮了。"平儿依言妆饰，果见鲜艳异常，且又甜香满颊。宝玉又将盒内的一枝并蒂秋蕙用竹剪刀撷了下来，与他簪在鬓上。

　　林妹妹爱晨妆，宝姐姐喜素颜，其实也代表了不同的人生态度。《韩非子·显学》里说道："故善毛嫱、西施之美，无益吾面，用脂泽粉黛，则倍其初。"在曹雪芹心中，林妹妹一定是更像"翠生生出落的裙衫儿茜，艳晶晶花簪八宝填，我一生爱好是天然"的杜丽娘的。

　　从服饰妆容的角度看，宝玉的理想对象不是宝姐姐，除了三观不一致，还有审美不相投。

　　宝玉理想的婚姻生活，不仅不能有"仕途经济"的啰唆，恐怕还是要有"张敞画眉"的精雅追求。林妹妹眉尖若蹙，而且是"罥烟眉"，淡淡的，宝玉大有施展之处；而宝姐姐"眉不画而翠"，又好"半新不旧"，不爱"花儿粉儿"，可让宝玉如何措手呢？

任是"芜菁"也动人？

如果将红楼女子比作植物，我们都很熟悉，黛玉是芙蓉，宝钗是牡丹，但是实际上在《红楼梦》第十九回宝黛玩闹，黛玉还被比为"香芋"，那么宝钗会是什么呢？我们可以从《种芹人曹霑画册》中推断，宝钗是"芜菁"。

《种芹人曹霑画册》是目前红学界关注的一个热点，也是目前发现的、为数不多的关于曹雪芹的待考文物。

《画册》以紫檀木作封面，贴有绫质行书题签《种芹人曹霑画册》，落款为"光绪壬辰年秋月忘忧山人玩"。画册高 31.5 厘米，宽29.4 厘米。全册共收设色写意画八幅，内容依序为芜菁、芋头、残荷、茄子、秋海棠、东陵瓜、渔父与鸬鹚、峭石与灵芝，每幅画均在左侧附有题诗。

《种芹人曹霑画册》与《红楼梦》有一定联系，其中隐含了不少《红楼梦》情节和人物元素，可与之对看。

第一幅《芜菁》隐喻"宝钗"。乍一看，其一，芜菁是一种较为常见和廉宜的蔬菜，以此为喻似乎唐突了宝钗。其二，依香草美人的传统，宝钗的喻象更接近于她的别号"蘅芜君"中的"蘼芜"。《红楼梦》第十七至十八回，贾政、宝玉和众清客来到未来由宝钗居住的蘅芜苑，但见一株花木也无，只有许多异草："或有牵藤的，或有引蔓的，或垂山巅，或穿石隙，甚至垂檐绕柱，萦砌盘阶，或如翠带飘摇，或如金绳盘屈，或实若丹砂，或花如金桂，味芬气馥，非花香之可比。"通过宝玉的口说出"那香的是杜若蘅芜"，其中，蘅芜，是两种植物"杜衡""蘼芜"的简称。"蘼芜"这种香草，在古典诗歌中似乎与弃妇特别有缘。《古诗十九首》有"上山采蘼芜，下山逢故夫"之诗，唐代诗人赵嘏《蘼芜叶复齐》言"掬翠香盈袖，看花忆故夫"，清客所引鱼玄机诗《闺怨》道"蘼芜满手泣斜晖，闻道邻家夫婿归"，都暗示了宝钗未来的命运。

宝钗的"蘅芜君"和黛玉的"潇湘妃子"都是以居所的植物"蘼芜"和"竹子"为名，而且这两种植物亦具有人格象征的意味。但同时，《红楼梦》还单独赋予了林黛玉一种蔬果的名称——"香芋"，那么，宝钗又为何不能另有一种蔬果作为隐喻呢？第一幅画很像萝卜，而且曹雪芹画萝卜也未尝不可，为何单单点明它是"芜菁"？首先，"芜菁"确实重了"蘅芜君"的"芜"。其次，"芜菁"的谐音是"无情"，正照应《红楼梦》第六十三回宝钗抽到的花签"任是无情也动人"。再次，芜菁有种种宜人之处，刘禹锡的《嘉话录》说："诸葛所止，令兵士独种蔓菁者，取其才出甲可生啖，一也；叶舒可煮食，二也；久居则随以滋长，三也；弃不令惜，四也；回则易寻而采之。五也。冬有根可劚食，六也。比诸蔬属，其利不亦博哉？刘禹锡曰：'信矣。'三蜀之人也，今呼蔓菁为诸葛菜，江陵亦然。"蔓菁即芜菁在北方的称呼，它还有一个雅号"五美菜"。据明代文学家张岱的《夜航船》记载："蜀人呼之为诸葛菜。其菜有五美：可以生食，一美；可菹酸菜，二美；根可充饥，三美；生食消痰止咳，四美；煮食可补人，五美。故又为五美菜。"

最后，芜菁另一个名字可能更为著名——"葑"。

《诗经·邶风·谷风》提到："采葑采菲，无以下体？德音莫违，及尔同死。"

其中，葑是芜菁，菲是萝卜。芜菁和萝卜的叶子和根都可以吃，但根有好吃的也有不好吃的，不可因根不好吃了，而将叶也扔掉，比喻夫妇是以礼义品行而结合的，不能随随便便就嫌弃对方。"德音莫违，及尔同死。"夫妇之间应以德音相勉，不要违背，这才是白头偕老、相守一生的夫妇之道。

《谷风》中的妻子全无失德之处，却无端被丈夫抛弃。宝姐姐也正像"芜菁"一样，才情、容貌、谈吐、女红、家世，无一不美，嫁给宝玉，也并无任何过失之处，甚至还秉持"停机之德"，时时以"仕途经济"的"德音"规箴宝玉，却遭到了宝玉离家出走、遁入空门的残酷打击。

综观曹雪芹对"芜菁"的构想：在其"谐音"表层意义上，他指出宝钗"无情"的一面，她对宝玉并非心灵上的吸引和精神上的共鸣，无法"一见钟情"和"日久生情"；在其深层意义上，他又借《谷风》中"葑菲被弃""中心有违"的寓意将她比作为丈夫所弃的弃妇。显然，曹雪芹有以此象征薛宝钗命运与人格的构思。

本文为香港研究资助局资助项目"《种芹人曹霑画册》文化生态学研究"（项目编号：UGC/FDS13/H02/19）的阶段性成果。

"讨好型" 人格过不好这一生

——宝钗正解

　　宝玉成婚之后出家为僧，让事事完美的宝钗寡居一生。很多人为之愤愤不平，认为宝玉若愿意安于现状，和宝钗原本可以成为一对神仙眷属。宝钗不但才貌双全，而且有理家才干，想必能让宝玉的小日子过得妥妥帖帖。这想法就错了，宝钗的"讨好型"人格让她过不好这一生。

　　"讨好型"是萨提亚提出的生存姿态之一，特点是非常关注他人的情景，却丝毫不在意自己，常常以一种令人愉快的面目出现，因此在大部分文化和家庭中得到高度的接纳。

　　熟悉吗？第五回宝钗一登场，"行为豁达，随分从时……便是那些小丫头子们，亦多喜与宝钗去顽"。

　　第十八回元妃省亲，宝钗写诗夸赞元春道："睿藻仙才盈彩笔，自惭何敢再为辞。"也就是说元春姐姐写诗写得太好了，让我们都很自惭形秽不敢提笔写了。然而，明明元春是不擅长诗词的，而宝钗则是大观园中数一数二的才女。

　　第二十二回宝钗过生日，承欢贾母，"宝钗深知贾母年老人，喜热闹戏文，爱吃甜烂之食，便总依贾母往日素喜者说了出来，贾母更加欢悦"。

　　第三十二回王夫人打了金钏儿，撵了出去，结果金钏儿含羞跳井自尽，连贾政都认为："执事人操克夺之权，致使生出这暴殄轻生的祸患。若外人知道，祖宗颜面何在！"王夫人一贯吃斋念佛，这一慈善人设在金钏儿跳井面前面临崩塌，王夫人心中极度不安。此时宝钗提出了"贪玩落井说""糊涂活该说"："姨娘是慈善人，固然这么想。据我看来，他并不是赌气投井。多半他下去住着，或是在井跟前憨顽，失了脚掉下去的。他在上头拘束惯了，这一出去，自然要到各处去顽顽逛逛，岂有这样大气的理！纵然有这样大气，也不过是个糊涂人，也不为可惜。"王夫人放下了心中重负，想让林黛玉拿过生日新做的衣服给金钏儿做棺材中的妆裹又怕她忌讳，现叫裁缝赶制，此时宝钗忙道："我前儿倒做了两套，拿来给他岂不省事。况且他活着的时候也穿过我的旧衣服，身量又相对。"王夫人道："虽然这样，难道你不忌讳？"宝钗笑道："姨娘放心，我从来不计较这些。"

讨好型人格确实会在人际交往中带来许多便利和好处，但是也要分分对象，这个世界上不是什么人都能被讨好的。

第五十五回王夫人请宝钗理家，想不到"园内的人比先放肆了许多。先前不过是大家偷着一时半刻，或夜里坐更时，三四个人聚在一处，或掷骰或斗牌，小小的顽意，不过为熬困。近来渐次放诞，竟开了赌局，甚至有头家局主，或三十吊五十吊三百吊的大输赢。半月前竟有争斗相打之事"。

其实在宝钗理家以前，还记得吗？第二十回宝钗的大丫鬟莺儿和贾环也在赌。仔细想想，这是很不寻常的。你可以想象晴雯和贾环在赌吗？或者紫鹃与贾环在赌吗？甚至是袭人、平儿或者侍书、入画？没有！哪怕没上没下的怡红院，也只是几个丫鬟在一起玩抓子儿赢瓜子儿，而不太可能丫鬟还跟外面的爷们儿去赌。莺儿作为宝钗的大丫鬟能跟贾环一起赌，而且还牵扯到了银钱，必然是得到了宝钗的许可，但是这一点首先就是治家不谨。

其次，当贾环输了又要赖，莺儿愤愤不平的时候，宝钗首先是呵斥了莺儿，不由分说，裁定是莺儿的错。当然，这一次又是宝钗的讨好型人格占了上风，在两害相权的时候，委屈自己的侍女以讨好贾府的少爷："越大越没规矩，难道爷们还赖你？还不放下钱来呢！"但是宝钗低估了人性，没想到一个小女奴也有情绪，忍不住把宝玉和贾环做了比较："一个作爷的，还赖我们这几个钱，连我也不放在眼里。前儿我和宝二爷顽，他输了那些，也没着急。下剩的钱，还是几个小丫头子们一抢，他一笑就罢了。"一向自卑的贾环忍不住就哭了："我拿什么比宝玉呢。你们怕他，都和他好，都欺负我不是太太养的。"贾环一向不受贾府人待见，宝钗本来想通过和贾环的交往，来给贾环留下美好的印象，甚至中间不惜颠倒黑白斥责侍女，然而弄巧成拙，当贾环回想此事时，他的感受恐怕未必是美好的。

有一个非常著名的故事。一个小孩儿，小时候偷针，但是他的母亲不但没有纠正他，反而认为他做得对，所以这个小孩儿一直做坏事，直到长大了触犯刑法，临刑之际，对母亲充满了怨恨，这就是"小时偷针，长大偷金"的故事。

假如说贾环长大了还是一个无赖，他回想此事时，是一件不美妙的回忆。假如说贾环长大了变成了一个高尚的人，他回想此事时，会怎样评价和对待宝姐姐呢？恐怕最少也是敬而远之。

所以，这样的讨好型人格，要么给人家留下了不美妙的用户体验，要么使人家对自己疏远甚至留下负面评价，这和初衷不是南辕北辙吗？

如果被讨好的对象是正派的，善良的，对方看到你的用心，会给予鼓励和肯定。因此，贾母王夫人林黛玉史湘云等都对宝钗给予了善解人意、温柔体贴、"好姐姐"等评价。

但是如果被讨好的对象是居心不良的呢？这些人心知肚明，宝钗不愿意得罪人、好面子，万一就是出了什么事儿，也要看关系、看利害、搞平衡，不是法不责众，就是丢车保帅，所以这些人就敢胆大

《红楼梦》之人物百态

妄为。

宝钗不禁止那些丫鬟婆子们去赌，还自言因自己的缘故贾府有一个小角门任意开锁："我在园里住，东南上小角门子就常开着，原是我走的，保不住出入的人就图省路也从那里走，又没人盘查。"最终必将酿出贾母所说的大祸。

> 贾母忙道："你姑娘家，如何知道这里头的利害。你自为要钱常事，不过怕起争端。殊不知夜间既耍，就保不住不吃酒，既吃酒，就免不得门户任意开锁。或买东西，寻张找李，夜静人稀，趁便藏贼引奸引盗，何等事作不出来。况且园内的姊妹们起居所伴者皆系丫头媳妇们，贤愚混杂，贼盗事小，再有别事，倘略沾染些，关系不小。这事岂可轻恕。"

果然，"绣春囊事件"就发生了。虽然说，邢夫人将绣春囊拿给王夫人，是邢夫人作为大房却没能管家，因此拿去责备她和王熙凤有治家之权却有失职之嫌，故而实质是和王夫人的权力之争，但是，"绣春囊事件"确实是可怕的，因为它出现在大观园，而贾府（包括薛府）的未婚小姐都住在大观园，一旦传扬出去，将对她们的婚嫁产生致命影响，而对四大家族产生不可估量的可怕打击。

所以这是"讨好型人格"的第二个问题，就是招致灾祸。

因此，凤姐理家失之过严，所以"上下没有不怨恨我的"，但是这些怨怼还只是集中在凤姐一个人身上；而宝钗理家却失之过宽，以致有些小人敢为所欲为，最终给家族带来可怕的灾难。

"讨好型人格"，让你失去底线，也葬送了幸福！

风雨阴晴任变迁

——叹宝钗

《红楼梦》第二十二回灯谜中有一诗：

> 朝罢谁携两袖烟，琴边衾里总无缘。
>
> 晓筹不用鸡人报，五夜无烦侍女添。
>
> 焦首朝朝还暮暮，煎心日日复年年。
>
> 光阴荏苒须当惜，风雨阴晴任变迁。

谜底是"更香"。我曾以此诗给学生出题，问他们认为这首诗是谁做的，要求他们结合文本阐释自己的观点。

这首诗，不同版本有不同说法，有说是黛玉做的，有说是宝钗做的。所以我这个也是开放式的问题。

学生答是黛玉做的也对，此诗很像爱情中的黛玉，日日焦首煎心，又姻缘无份，琴边衾里总无缘。

学生答是宝钗做的也对，此诗很像婚后的宝钗。宝钗虽与宝玉成婚，但宝玉离家出走，琴边衾里总无缘，且为人耻笑，如清人就有讥讽"夺婿何如计未成"，故日日焦首煎心也。

如果学生答是黛玉宝钗都有可能，也对，即结合两者答之。

不料今天和王培光教授谈及，他的见解角度生新——宝钗是一位真正的君子，所以她到最后修到了"风雨阴晴任变迁"之境界。也即不管外界风言"风雨"，我心自岿然不动。

我突然想到了《诗经·郑风·风雨》：

> 风雨凄凄，鸡鸣喈喈。
>
> 既见君子，云胡不夷？
>
> 风雨潇潇，鸡鸣胶胶。
>
> 既见君子，云胡不瘳？
>
> 风雨如晦，鸡鸣不已。
>
> 既见君子，云胡不喜？

不知如果这首诗是宝钗写的，是写宝钗，有没有反用《诗经·郑风·风雨》的典故？《风雨》本意写妻子乍见到久别的丈夫时的喜悦心情。但此诗是永远不见，而宝钗守身不贰，终成据儒家标准从任何角度都无可挑剔的淑女（虽现代看来何其凄凉）。

宝钗也是成长的。

在年少之时，也看过当时被认为的小黄书《西厢记》《牡丹亭》，也嫁祸过黛玉，也曾在午睡的宝玉身边绣过鸳鸯肚兜，她也曾经是一个有私心有小嫉妒的少女啊。而最后，一日一日的修行，成为求仁得仁贤良淑德的淑女。

然而最后，人生这条漫长的旅途，宝钗终究还是一个人上路。一如你我，终究才会了悟，人生是一场一个人的战争，与这个世界，也与自己。

抄检大观园时，探春说道："可知这样大族人家，若从外头杀来，一时是杀不死的。这些古人曾说的，'百足之虫，死而不僵'，必须先从家里自杀自灭起来，才能一败涂地！"

可知不止大族人家，即是一个人自己，若从外头杀来，一时也是杀不死的；势必自己灰心丧志，才能一败涂地。

不知到了最后，宝钗会不会回到她最初来贾府时住进的梨香院。"雨打梨花深闭门"，梨香院当初的寓意就是如此罢？作者何其忍心！宝姐姐纵再不好，也罪不至此罢！即使再不喜欢宝姐姐的人，只怕也忍不住潸然泪下了。

所以宝姐姐是修到了"风雨阴晴任变迁"的儒家境界么？不理睬人家的讥笑，也不要人家的可怜，花开花落，宠辱不惊。

但愿如此！

我们应该怎样做兄弟？

——宝玉与贾环关系启思

今本后四十回缺了贾环与宝玉的对决，这恐怕是个疏漏之处。
诗经《棠棣》是赞颂兄弟感情的：

> 棠棣之华，鄂不韡韡。
>
> 凡今之人，莫如兄弟。
>
> 死丧之威，兄弟孔怀。
>
> 原隰裒矣，兄弟求矣。
>
> ……
>
> 兄弟既翕，和乐且湛。

大意是：高大的棠棣树鲜花盛开的时节，花萼花蒂是那样的灿烂
鲜明。普天下的人与人之间的感情，都不如兄弟间那样相爱相亲。生
死存亡重大时刻来临之际，兄弟之间总是互相深深牵挂。无论是谁流
落异乡抛尸原野，另一个历尽苦辛也要找到他……兄弟们亲亲热热聚
在一起，是那样和谐欢乐永久永久。

但这要是放在贾环与宝玉身上，恐怕完全不适用。

小说叙事笔法中有一条叫作草蛇灰线，千里伏脉。也就是一直会
有隐隐约约的暗示，到最后来一个大的爆发，这时你才发现这一切皆

有伏笔。以此而论，前八十回中埋伏了几处非常明显的伏笔，但是后四十回却缺乏了一个爆发作为照应跟收束。

第一，贾环发狠要烫瞎宝玉的眼睛。《红楼梦》第二十五回，宝玉在外吃了酒回到家，王夫人让他躺下休息一会。

> 宝玉听说便下来，在王夫人身后倒下，又叫彩霞来替他拍着。宝玉便和彩霞说笑，只见彩霞淡淡的，不大答理，两眼睛只向贾环处看。宝玉便拉他的手笑道："好姐姐，你也理我理儿呢。"一面说，一面拉他的手，彩霞夺手不肯，便说："再闹，我就嚷了。"
>
> 二人正闹着，原来贾环听的见，素日原恨宝玉，如今又见他和彩霞闹，心中越发按不下这口毒气。虽不敢明言，却每每暗中算计，只是不得下手，今见相离甚近，便要用热油烫瞎他的眼睛。因而故意装作失手，把那一盏油汪汪的蜡灯向宝玉脸上只一推。

第二，贾环向贾政告密说宝玉强奸金钏不遂，导致金钏跳井，以致贾政发狠要把宝玉打死。《红楼梦》第三十三回贾环告密，致使贾政怒打宝玉。

> 贾环见他父亲盛怒，便乘机说道："方才原不曾跑，只因从那井边一过，那井里淹死了一个丫头，我看见人头这样大，身子这样粗，泡的实在可怕，所以才赶着跑了过来。"贾政听了惊疑，问道："好端端的，谁去跳井？我家从无这样事情，自祖宗以来，皆是宽柔以待下人。——大约我近年于家务疏懒，自然执事人操克夺之权，致使生出这暴珍轻生的祸患。若外人知道，祖宗颜面何在！"喝令快叫贾琏、赖大、来兴。小厮们答应了一声，方欲叫去，贾环忙上前拉住贾政的袍襟，贴膝跪下道："父亲不用生

气。此事除太太房里的人，别人一点也不知道。我听见我母亲说……"说到这里，便回头四顾一看。贾政会意，将眼一看众小厮，小厮们明白，都往两边后面退去。贾环便悄悄说道："我母亲告诉我说，宝玉哥哥前日在太太屋里，拉着太太的丫头金钏儿强奸不遂，打了一顿。那金钏儿便赌气投井死了。"话未说完，把个贾政气的面如金纸，大喝"快拿宝玉来！"一面说一面便往里边书房里去，喝令："今日再有人劝我，我把这冠带家私一应交与他与宝玉过去！我免不得做个罪人，把这几根烦恼鬓毛剃去，寻个干净去处自了，也免得上辱先人下生逆子之罪。"众门客仆从见贾政这个形景，便知又是为宝玉了，一个个都是咂指咬舌，连忙退出。那贾政喘吁吁直挺挺坐在椅子上，满面泪痕，一叠声："拿宝玉！拿大棍！拿索子捆上！把各门都关上！有人传信往里头去，立刻打死！"

第三，《红楼梦》第六十二回贾环怀疑彩云跟宝玉有私情。

赵姨娘正因彩云私赠了许多东西，被玉钏儿吵出，生恐查诘出来，每日捏一把汗打听信儿。忽见彩云来告诉说："都是宝玉应了，从此无事。"赵姨娘方把心放下来。谁知贾环听如此说，便起了疑心，将彩云凡私赠之物都拿了出来，照着彩云的脸摔了去，说："这两面三刀的东西！我不稀罕。你不和宝玉好，他如何肯替你应。你既有担当给了我，原该不与一个人知道。如今你既然告诉他，如今我再要这个，也没趣儿。"彩云见如此，急的发身赌誓，至于哭了，百般解说，贾环执意不信，说："不看你素日之情，去告诉二嫂子，就说你偷来给我，我不敢要。你细想去。"说毕，摔手出去了。急的赵姨娘骂："没造化的种子，蛆心孽障。"气的彩云哭个泪干肠断。……彩云赌气一顿包起来，乘人不见时，来至园中，都撖在河内，顺水沉的沉漂的漂了。自己气的夜间在被内暗哭。

第四，贾赦说将来世袭的前程跑不了是贾环所袭。《红楼梦》第七十五回中秋夜宴，击鼓传花作诗之时，不料这次花却在贾环手里。

贾环近日读书稍进，其脾味中不好务正也与宝玉一样，故每常也好看些诗词，专好奇诡仙鬼一格。今见宝玉作诗受奖，他便技痒，只当着贾政不敢造次。如今可巧花在手中，便也索纸笔来立挥一绝与贾政。贾政看了，亦觉罕异……贾赦乃要诗瞧了一遍，连声赞好，道："这诗据我看甚是有骨气。想来咱们这样人家，原不比那起寒酸，定要'雪窗荧火'，一日蟾宫折桂，方得扬眉吐气。咱们的子弟都原该读些书，不过比别人略明白些，可以做得官时就跑不了一个官的。何必多费了工夫，反弄出书呆子来。所以我爱他这诗，竟不失咱们侯门的气概。"因回头吩咐人去取了自己的许多玩物来赏赐与他。因又拍着贾环的头，笑道："以后就这么做去，方是咱们的口气，将来这世袭的前程定跑不了你袭呢。"

这些事件，一环套一环，一浪更比一浪高。

彩云和彩霞是什么人？一是金钏儿曾对宝玉说："你去东院拿环哥和彩云去。"一是来旺之子请求王熙凤娶彩霞为妻，赵姨娘求贾政说情，又要贾环去讨要彩霞。这说明彩云和彩霞都是与贾环有私情的两个丫鬟。宝玉当着贾环和彩霞玩笑，触怒了贾环，所以故意把油灯推到他脸上，立心想要把他破相或者是烫瞎变成残疾；又向贾政告密，希望借刀杀人，能把宝玉打死。更不用说宝玉自己认了彩云的偷盗，会给贾环心里埋下什么样的刺。彩云和彩霞不过是两个和贾环有私情的丫鬟，不是妻，不是妾，不是屋里人，甚至连通房大丫鬟都不是，但是宝玉仅仅和她们说说笑笑，或者是出于好意瞒了赃物，贾环就要立心害死宝玉，可见贾环是一个睚眦必报之人。

除了和丫鬟之间的纠葛，更重要的是贾赦的一番话更反映出了贾环恨宝玉的实质，也就是嫡子和庶子不可调和的矛盾。嫡子能够继承爵位、继承家产；相比之下，庶子不仅不能继承爵位，恐怕家产也没份或少得可怜。《红楼梦》第一百七回写了贾母临终分家产。

> 却说贾母叫邢王二夫人同了鸳鸯等，开箱倒笼，将做媳妇到如今积攒的东西都拿出来，又叫贾赦、贾政、贾珍等，一一的分派说："这里现有的银子，交贾赦三千两，你拿二千两去做你的盘费使用，留一千给大太太另用。这三千给珍儿，你只许拿一千去，留下二千交你媳妇过日子。仍旧各自度日，房子是在一处，饭食各自吃罢。四丫头将来的亲事还是我的事。只可怜凤丫头操心了一辈子，如今弄得精光，也给他三千两，叫他自己收着，不许叫琏儿用。如今他还病得神昏气丧，叫平儿来拿去。这是你祖父留下来的衣服，还有我少年穿的衣服首饰，如今我用不着。男的呢，叫大老爷、珍儿、琏儿、蓉儿拿去分了，女的呢，叫大太太、珍儿媳妇、凤丫头拿了分去。这五百两银子交给琏儿，明年将林丫头的棺材送回南去。"分派定了，又叫贾政道："你说现在还该着人的使用，这是少不得的。你叫拿这金子变卖偿还。这是他们闹掉了我的，你也是我的儿子，我并不偏向。宝玉已经成了家，我剩下这些金银等物，大约还值几千两银子，这是都给宝玉的了。珠儿媳妇向来孝顺我，兰儿也好，我也分给他们些。这便是我的事情完了。"

这里面，男性中有上一辈的贾赦、贾政，有下一辈的贾珍、贾琏、贾宝玉，下下一辈的贾蓉、贾兰；女性中有上一辈的邢夫人、王夫人，有下一辈的尤氏（珍儿媳妇）、李纨（珠儿媳妇）、王熙凤、林黛玉、惜春。但是有贾环吗？没有！这里面，能分到家产的，不管是儿子、孙子、儿媳、孙媳、孙女、外孙女，都是"嫡出"的！庶子的地位，可见一斑了。

要想嫡庶相安，不外乎这几种情况：第一，嫡子在智谋和武力上，都远超庶子，自然可以制下；第二，庶子虽然在智谋和武力上超过嫡子，但不愿相争，自向外闯出一片天地；第三，嫡子庶子相差不多，但出于礼法、实力、情分等种种考虑，愿意维持兄友弟恭的现象。显然，贾环和宝玉的情形都不符合。

而且，贾环绝对不是一个善罢甘休的人，看看他对巧姐就知道了。贾环与巧姐的几次交集，巧姐还只是一个襁褓中的小孩子，根本不可能与贾环还有什么利害关系。甚至有一次贾环似乎对巧姐还并无恶意，只是看了看她的药，结果药洒了反而招致了凤姐一顿责骂。但是就在这种情况下，多年之后，贾环居然密谋要把巧姐卖掉。

> 贾环本是一个钱没有的，虽是赵姨娘积蓄些微，早被他弄光了，那能照应人家。便想起凤姐待他刻薄，趁贾琏不在家要摆布巧姐出气，遂把这个当叫贾芸来上，故意的埋怨贾芸道："你们年纪又大，放着弄银钱的事又不敢办，倒和我没有钱的人相商。"贾芸道："三叔，你这话说的倒好笑，咱们一块儿顽，一块儿闹，那里有银钱的事。"贾环道："不是前儿有人说是外藩要买个偏房，你们何不和王大舅商量把巧姐说给他呢？"贾芸道："叔叔，我说句招你生气的话，外藩花了钱买人，还想能和咱们走动么。"贾环在贾芸耳边说了些话，贾芸虽然点头，只道贾环是小孩子的话，也不当事。恰好王仁走来说道："你们两个人商量些什么，瞒着我么？"贾芸便将贾环的话附耳低言的说了。王仁拍手道："这倒是一种好事，又有银子。只怕你们不能，若是你们敢办，

我是亲舅舅，做得主的。只要环老三在大太太跟前那么一说，我找邢大舅再一说，太太们问起来你们齐打伙说好就是了。"

可见贾环卖巧姐的肇因看来不是因为巧姐，而是因为巧姐的母亲凤姐。然而，凤姐做得最过分的也只不过是责骂了贾环，而且很多情况下还是归因于赵姨娘不好好教育贾环，凤姐还是把贾环当成一个少爷来对待的。

比如第二十回，贾环和莺儿玩，输了钱，垂头丧气地回到家里。赵姨娘见他这般，便骂他是下流没脸的东西。凤姐听在耳内。便隔窗说道："……环兄弟小孩子家，一半点儿错了，你只教导他，说这些没味儿的话作什么！"然后叫贾环："环兄弟，出来，跟我顽去。"接着凤姐向贾环道："你也是个没气性的！时常说给你：要吃，要喝，要顽，要笑，只爱同那一个姐姐妹妹哥哥嫂子顽，就同那个顽……输了几个钱？就这么个样儿？"凤姐这是教育贾环别自降身份和丫头玩，要玩和姐妹哥嫂玩。然后又告诫贾环要有当少爷的样子，要大气，别小肚鸡肠。教育完贾环，凤姐回头叫丰儿去取一吊钱来给贾环，然后把贾环送到姑娘们那里玩。

第二十五回，贾环故意烫伤宝玉，王夫人气得大骂贾环，还是凤姐替贾环解围。凤姐三步两步地上炕去替宝玉收拾着，一面笑道："老三还是这么慌脚鸡似的，我说你上不得高台盘。赵姨娘时常也该教导教导他。"凤姐一句话，王夫人不骂贾环，骂起了赵姨娘。

第三十六回，王夫人和凤姐讨论袭人的月钱时，宝玉等人不能使用一等大丫头，只能使二等丫头。袭人虽然是一两银子的大丫头，但是袭人属于贾母，王夫人要把袭人从贾母的编制里调出来给宝玉，凤姐说："若不裁他（袭人）的，须得环兄弟屋里也添上一个才公道均匀了。"

可是仅仅因为凤姐的几次责骂，还没有任何利益冲突，贾环就种下了祸心，甚至要把巧姐卖掉，那如果是和贾环有直接的利益冲突的宝玉呢？在前八十回，贾环不是要把他烫瞎，就是要把他弄死，怎么会到了后四十回就完全偃旗息鼓了呢？

在后四十回中，首先，宝玉和贾环都长大了，甚至宝玉还成了婚，继承家产问题也迫在眉睫了。其次，能够辖制贾环的王熙凤被休了，或者是被边缘化了，她在贾府中已经不受重视，更不可能对贾环形成威慑。再次，宝钗也不可能治得了贾环，宝钗在自己家里连夏金桂都对付不了，又怎么可能对付得了贾环呢？最后，宝玉自己既没有眼力，也没有手段。对于小时候差点被烫瞎或者差点儿被打死，他甚至都没有怀疑过贾环的用心。贾家规矩，弟弟都怕哥哥。宝玉却不要人怕他。他想着："兄弟们一并都有父母教训，何必我多事，反生疏了。况且我是正出，他是庶出，饶这样还有人背后谈论，还禁得辖治他了。"宝玉小时候都这样，长大了呢？宝钗是儒家的，她会信奉君君臣臣，父父子子，兄友弟恭，以德报怨。宝玉是佛家的，会信奉"世间谤我、欺我、辱我、笑我、轻我、贱我、恶我、骗我，如何处治乎？……只是忍他、让他、由他、避他、耐他、敬他、不要理他。再待几年，你且看他。"然而，宝玉宝钗这样一对夫妇，以这样的应对，会处理好和贾环的关系吗？

我们不要忘了，《红楼梦》开头的甄士隐的一场小荣枯是贾府的预演，甄士隐带着自己仅剩的财产投奔岳父，最终被连哄带骗，岳父些须与他些薄田朽屋，甄士隐落得渐渐露出那下世的光景来，这是对末世的恶的亲属关系的痛切揭露。作为呼应，宝玉从贵公子沦落到最终"寒冬噎酸齑，雪夜围破毡"会不会也跟贾环有什么联系？

我们都期待经营一份很好的人际关系，尤其是更亲近的亲属关系。兄友弟恭，手足相亲，是大家共同的向往，但是，假如说遇到贾环这样的恶兄弟呢？仅仅靠以德报怨的感化恐怕不能奏效。那么，我们究竟应该怎么做兄弟？这恐怕是留给阅读过《红楼梦》的读者一个见仁见智群策群力的开放性问题。

"漠视型"孩子，会长成贾环！

——从《红楼梦》看怎样做父亲

常听有人说我们要理解贾环，似乎他长成这样都是因为他庶出的身份："如果贾宝玉不是衔玉而生，上上下下捧凤凰一样捧着他，而是像贾环那样一个恶劣的生长环境，贾宝玉的表现会怎样，很难说。"

其实，这个，倒未必了。

庶出、不受待见，就一定得长歪吗？远的不说，咱就说大家最熟悉的康雍乾三个皇帝，他们都是庶出的。

康熙皇帝的亲生母亲是孝康章皇后佟佳氏，佟佳氏不是康熙皇帝父亲顺治皇帝福临的正妻，生前并不是皇后，她之所以被称为皇后，还是追封的；雍正皇帝的母亲乌雅氏原是康熙皇帝的德妃；乾隆皇帝的母亲钮祜禄氏也只是雍正皇帝的一个妃子。

要说不受待见，庶出的皇子想要登临大宝，上位之前，那可是分分钟提着脑袋过日子的，成长过程中不要说受冷遇了，被人背后捅刀暗中下毒都是常事，还能比这更不受待见？那也没见康雍乾三皇帝长成贾环那个样子啊。

当然，家里人偏心是有的。比如说贾母给贾宝玉赐过鹿肉和风腌果子狸，给兰小子赐过肉，给林妹妹赐过鸡髓笋，给凤姐赐过粥，给贾环赐过什么好吃的吗？没有！

但是一个人成才不成才，和他小时候吃的饭食精美不精美有必然联系吗？如果有的话，曹刿论战时，就不会说"肉食者鄙，未能远谋"了！

还有人认为，贾环就是受了生母赵姨娘的拖累，跟着赵姨娘，能学好吗？

这个就更需要辨析一下，从生的角度，赵姨娘也生了探春那样聪明又能干的女儿，凭什么贾环就天悬地隔了呢？从养的角度，我们可能更熟悉了："子不教，父之过！"

是的，贾环变成今天这个样子，贾政有不可推脱的关系。

第一，宝玉上学之前，贾政特地把他叫来申斥了一顿，目的就是让他好好学习。但是贾环上学之前，贾政训诫过他什么没有？没有！

第二，贾政还把跟着宝玉的仆人叫来，从他那里了解一下宝玉的学习情况。那么贾政通过贾环的仆人了解贾环的学习情况了没有？没有！

第三，贾政经常查考宝玉的功课，以至于黛玉、探春、宝钗都忙着替宝玉临字帖交功课。甚至有一次宝玉赶不过来，晴雯还让他装病。但是贾政有查考过贾环的功课吗？没有！

第四，贾政让宝玉的仆人转告学堂的老师，《诗经》什么的不用学，最重要的是学八股文。那么贾政让学堂里的老师关注贾环的学习内容了吗？没有！

以上四条，《红楼梦》中贾政对贾环的学习方面，都未提及。联系到贾政做个砚台的谜语说个怕老婆的笑话，《红楼梦》里都记得清清楚楚，不提及贾政对贾环的学业，就意味深长了。

我们不要小看了八股文。年轻时诗酒放诞的贾政，并没有多么欣赏宝玉在诗词歌赋方面的才华，相反却督促宝玉从事当年他自己也不喜欢的八股文学习，这其实才代表了贾政对宝玉真正的深沉的爱。因为贾赦袭了爵，贾政原欲以科甲出身，只是皇上额外开恩，遂赏了政老爹一个主事的官衔。世事承平已久，他们不能再走武官的道路；他们是世家，又不能走经商的道路；所以只剩下一条科举考试的路，而科举考试就要考八股文。因此，政老爹才说，哪怕再念三十本《诗经》也没用，最重要的还是学习八股文！

贾政希望宝玉快些长大，快些懂事，快些能够承担起支撑贾府的重任。政老爹自己走上了社会，当了官，明白了这个社会需要什么。他知道诗词歌赋不是取得官职的必由之路，所以，哪怕明知道儿子擅长诗词歌赋，却要强迫他去学八股文，这跟当代的父母明明知道孩子喜欢游戏，却不得不强迫他喜欢学习，是一样的心情。

政老爹虽然天天骂宝玉"孽畜""无知的孽障""天天在内帏厮混将来必淫魔色鬼无疑了"，但是在内心深处，他仍然是把宝玉作为自己的继承人，作为未来贾府的希望，所以他非要逼宝玉学八股文不可！

至于贾环，哪怕他从来没有这些"喜欢在内帏厮混""不爱读书"的风评，但是贾政根本就没打算培养他，所以并不十分关心他的学习，也不查考他的功课，更不强迫他学什么八股文。

所以爱的反义词是恨吗？不是的。爱之深，恨之切也。贾政天天骂宝玉，是恨铁不成钢的爱。

爱的真正反义词是漠然。你好不好，坏不坏，爱咋咋地吧。

而贾政的态度，会辐射传递给贾府各色人等，又尤其传递给王夫人、赵姨娘和贾环这个孩子本身。

在漠视中长大的孩子，会有如下症状：

痛恨"宠儿"。所以贾环用种种远远超越了儿童水平的恶毒手段去伤害或陷害宝玉。

非常自卑，无法信任别人。所以贾环不相信彩云和彩霞对他的真心。在莺儿、芳官这些丫头面前，也常常流露出极度的不自信："欺负我不是太太养的。"他越这样，大人们越觉得他"行为猥琐，举止荒疏"，越不想让他见客以免贻笑大方。所以去大司马王子腾这样的舅舅家，就是宝玉探春等人可以去，贾环却不能去。可是越封闭，贾环就越成井底之蛙，这构成了一个恶性循环。

无法走入亲密关系。彩霞真心爱他，却被来旺之子求婚。赵姨娘赶紧让贾环去求，贾环却觉得没什么大不了，不过是一个丫头，这个去了将来还有。可是在父母之命媒妁之言的清代，就算他好命没娶到夏金桂那样的泼妇，真的还能碰见一个贴心贴肺对他好的女孩子吗？

先不过是贾政漠视了他，到了后来他自己也放弃了自己。不光是他的学业上，将来他的社交和个人生活上，大概率来说，也很可能是不幸福的。

所以，不要漠视孩子！不论是父母还是老师！这也是我认为，我们应该从《红楼梦》中领悟到的一个正面社会价值！

曹雪芹写得符合科学

我们读者，以及贾府自身，一般不都认为，宝玉比起贾珠，是天悬地隔吗？你看，人家贾珠不到二十岁就进了学，娶了妻，生了子，是公认的家族宁馨儿、未来之光，以至于王夫人在宝玉挨打的时候，不小心流露了心声："珠儿啊，我的珠儿啊，若是你还活着，就打死一百个，我也不管了！"（这可是亲妈！心疼宝玉一秒钟。）

宝玉呢？抓周的时候只抓了脂粉钗环，又喜欢在内帏里厮混，把他父亲给气得半死："将来必淫魔色鬼无疑了。"更因不喜读书，让贾政王夫人明里暗里多多少少都感到失望。

但是，我突然发现，似乎没人注意到——最终，宝玉是和贾珠一样，都是不到二十岁已娶妻生子中了举！

你看宝玉十九岁结婚，十九岁去考试中了举，中举后他就离家出走，然而那时他已经有了一个遗腹子。

他哥哥贾珠头悬梁锥刺股天天努力，亦不过一第。宝玉不爱用功天天玩，最终结果一样！这基因还不强大？！不要忘了，宝玉是"衔玉而生"，"置之于万万之人中，其聪俊灵秀之气，则在万万人之上，其乖僻邪谬不近人情之态，又在万万人之下"。虽然乡试会使万万普通人大感为难，但宝玉"聪俊灵秀之气，则在万万人之上"，一第又何足道哉！

所以后四十回为什么安排宝玉十九岁结婚中举生子？为什么不是十八或者二十？可见"十九岁"是一个特别的选择，是为了呼应一开头的贾珠的！《世说新语》中说"珠玉在前，觉我形秽"，也就是别人太优秀了，使我自惭形秽的意思。那么，宝玉的这个中举，就恐怕是曹雪芹的亲笔，或者至少有原意！

　　群友"这里的黎明静悄悄"点名问我："张惠，你既然提到贾珠，那咱们做个假设，如果贾宝玉有孩子了也会兰桂齐芳么？会有什么差异？就按照书里写的和薛宝钗。"

　　我答道："以宝钗天天督促宝玉仕途经济的个性，她生了孩子之后，一定要天天督促儿子读书中举。"

　　"这里的黎明静悄悄"说："我认为和宝钗的孩子会强过和黛玉的孩子。和黛玉的孩子是绝对不能走仕途经济路的。"

　　我莞尔一笑："别忘了黛玉的老师是进士，爹是探花。仅仕途而论，和黛玉的孩子会强过和宝钗的孩子。不管是基因还是人脉！"

　　不过，和"这里的黎明静悄悄"的对答，也启发了我，我也提出请大家想想：贾政心中的宝玉媳妇第一人选，一定是黛玉，而绝不是宝钗！

　　别听莺儿说"我们姑娘的学问，我们姨老爷也常夸呢"，这都是虚的。就比如宝钗还专门给宝玉改诗，宝玉原来写"红香绿玉"，宝钗给他改成了"绿蜡"。可是最终怡红院的定名是怡红院，跟什么绿玉绿蜡一点儿关系都没有。然而黛玉所拟的"凸碧""凹晶"，贾政一个字不改都用了。人家对你真欣赏，还是假欣赏，这才是最说明问题的。

　　另外，贾珠娶的妻子李纨是什么人？是国子监祭酒的女儿。而黛玉是什么人？是探花、兰台寺大夫的女儿。贾政最欣赏的是读书人的，尤其是读书中举的人的后代！而宝钗祖上所谓的紫薇舍人，这个官职未必是读书科考出来的。如今薛蟠也不过是赖祖父旧情分，从事皇商之业。

再加上薛蟠又是公认的"薛大傻子",而且宝钗进京来的时候,薛蟠就为了香菱打死了人。哪家的父亲昏了头了会给自己的儿子找这么一个大舅子呀?这不埋了一个定时炸弹吗?而且这薛蟠又娶了一个"河东狮"夏金桂,弄得家里鸡犬不宁。最终在家里夏金桂搞出了投毒死人事件,在外面薛蟠搞出了殴打死人事件,也不知谁给的勇气让贾家在这种情况下还和薛家联姻,是不是梁静茹啊?

我的学生关绣盈在昨天的文章下面留言感叹道:"难怪古人说娶妻求贤,妈妈的基因可是注定了未来继承人的智商啊!"

此言得之!我再举个例子,举最俗的。王夫人生了两子一女,长子贾珠不到二十岁读书中举,次子贾宝玉不到二十岁读书中举,长女贾元春入宫做了皇妃加封贤德妃。即使我们对王夫人的某些行为处事有非议,在数据面前,恐怕也不得不承认,人家的基因是优秀的。

Facebook 的创始人扎克伯格娶的老婆看起来样貌像大妈,但扎克伯格觉得是自己高攀了她!股神巴菲特也说一生最好的投资是选对了老婆。

反之,如果只看颜值或者只看家财,也不管对方的头脑和品行,就慌不迭地赶去联姻,要么生下愚钝的继承人,要么生下的孩子聪明却耳濡目染地近墨者黑,这其实也是家族"富不过三代"的秘密。

最终,我认为,群友"尧曰"的总结太到位了——"也就是说,曹雪芹写得非常科学?"

亲爱的朋友们,你们觉得呢?

晴雯与茶

在晴雯出场和谢幕之时，茶都或隐或显地伴随在她周围。这些描写，在结构上，是一种照应笔法，也是千红一"哭"由隐到显的层层推进；在象征上，是一种"颠倒"，是理想世界走向幻灭的缩影。晴雯与茶的精心结撰，也是曹雪芹十年辛苦不寻常的精益求精。

和《红楼梦》中其他人物不同，晴雯与茶的关系并不是一种偶然的现象，相反，茶是晴雯本人从风流灵巧到因受毁谤而夭寿命运的写照。晴雯初次出场是在第八回，伴随她的是一种罕见的茶——"枫露茶"。这种茶据宝玉说"是三四次后才出色的"，而且为此茶宝玉还大动干戈，摔了杯子，骂了茜雪，还扬言要回了贾母，撵了自己的乳母。可见这种罕见的枫露茶的设定，是衬托了晴雯的娇宠地位。

也正像"三四次后才出色"的枫露茶一样，晴雯在《红楼梦》中，逐渐显露出是丫鬟之中宝玉心上第一等女孩儿的地位。她撒娇地抱怨说，为把宝玉写的字贴在门斗上，手都冻僵了。宝玉赶紧携了晴雯的手替她焐着，抬头同看贴在门斗上的字。这举动显得极为亲昵，反映出宝玉对这个丫鬟的疼爱。对晴雯，宝玉没有什么做主子的架子。他可以和穿着紧身小衣的晴雯在床上互相胳肢，可以任意让晴雯拿硬话顶撞而不生气。相反，要是晴雯生了气，他会低声下气，百般逗哄，甚至纵着她撕扇子作千金一笑。晴雯的地位渐至和"副小姐"

相伴，故而差不多在《红楼梦》一书的中段，也是晴雯短暂一生的中段，茶再次出现并对晴雯形成了暗喻。那是在第五十一回，在怡红院中，门上吊着毡帘，晴雯只在熏笼上围坐，让麝月伺候着她漱口、吃上好细茶。

接着是急转直下的落差，第七十七回因王善保家的进谗言，勾起了王夫人回忆起晴雯削肩膀水蛇腰"妖精似的"长相和"正在那里骂小丫头"的掐尖要强、尖酸刻薄的个性，挑动了王夫人一直以来对"好好的宝玉""被这蹄子勾引坏了"的担忧，导致了病重的晴雯被撵出大观园，回到哥嫂家中，无人照料，草帘蓬户，在外间房内爬着，睡在一领芦席上。再一次，茶又悄然登场。晴雯因渴了半日请宝玉代为递茶，宝玉看时，虽有个黑沙吊子，却不像个茶壶。只得桌上去拿了一个碗，也甚大甚粗，不像个茶碗，未到手内，先就闻得油膻之气。所谓的茶是绛红的，也太不像茶，并无清香，且无茶味，只一味苦涩，略有茶意而已。以至于东观阁本特意点出"怡红院无此茶"。

曹雪芹特别善于借昨是今非的巨大反差三致意焉，书中第十九回写袭人母兄已是忙为宝玉另齐齐整整摆上一桌子果品来，袭人却见总无可吃之物，脂砚斋夹批道："以此一句留与下部后数十回'寒冬噎酸齑，雪夜围破毡'等处对看。"第二十六回"只见凤尾森森，龙吟细细"处，甲戌、庚辰、戚序、蒙府等本都有双行夹批曰："与后文'落叶萧萧，寒烟漠漠'一对，可伤可叹！"但是今本与脂砚斋所见之本不同，因此难以领略到曹雪芹所希望给予读者的审美震撼。然而在晴雯与茶的关系上，在我们相信同出一人之手的前八十回中，出现了同样的却更强烈的对比。第五十一回和第七十七回，晴雯曾两次吃茶，但地点、铺卧、茶具却有天壤之别。第五十一回是在怡红院中，门上吊着毡帘，晴雯围坐在熏笼上，让麝月伺候她漱口吃茶；第七十七回是在表哥多浑虫家里，门上挂着草帘，晴雯睡在芦席土炕上，将并无清香，且无茶味，只一味苦涩，略有茶意的茶当作甘露一般灌下。饱饫烹宰的金屋宠婢最后沦落到饥餍糟糠，犹如一盆才透出嫩剑的兰花，送在猪圈里，又是何等凄凉的对照。最后在第七十八回挽结了晴雯的死，宝玉祭奠晴雯时，所备祭物之一又回到最初的"枫露之茗"，达到一种"人面不知何处去，桃花依旧笑春风"的凄怆之美。

然而，《红楼梦》如果这样描写晴雯与茶仅仅只为对比和照应，那还是太轻看了它的价值。庚辰本评《红楼梦》说："《石头记》用截法、岔法、突然法、伏线法、由近渐远法、将繁改简法、重作轻抹法、虚敲实应法种种诸法，总在人意料之外，且不曾见一丝牵强，所谓'信手拈来无不是'是也。"

《红楼梦》在结构上的匠心独具、浑然一体之处，正可以晴雯与茶的关系见之。晴雯是第五回宝玉在太虚幻境中的簿册上所看到的第一个人，说她"霁月难逢，彩云易散"。紧接着，警幻仙子让小丫鬟捧上了出在放春山遣香洞，又以仙花灵叶上所带之宿露而烹就的仙茶——"千红一窟（哭）"。如果将其定义为晴雯与茶的首度结缘，当为不诬。幻境中所饮之茶为千红一窟，众美之眼泪，而千红一哭者，岂非血泪乎？

转思第八回枫露茶，为枫露点茶的简称。枫露制法，取香枫之嫩叶，入甑蒸之，滴取其露。清顾仲（生卒年不详）《养小录·诸花露》载："仿烧酒锡甑、木桶减小样，制一具，蒸诸香露。凡诸花及诸叶香者，俱可蒸露。入汤代茶，种种益人，入酒增味，调汁制饵，无所不宜。"将枫露点入茶汤中，即成枫露茶。枫者何色？第四十六回提到枫树时，庚辰本曾双行夹批道："千霞万锦绛雪红霜。"露者何形？圆润如珠，晶莹如泪。如果脂砚斋指出"绛珠"实为"血泪"之寓，那么，细思"枫露"亦非"血泪"乎？

再看第七十七回晴雯临死之前喝的粗茶："绛红的，也太不成茶。……并无清香，且无茶味，只一味苦涩，略有茶意而已。""绛红的"又"并无清香，且无茶味，只一味苦涩"的，又岂非血泪乎？

《红楼梦》之人物百态

这三种茶概括了晴雯的一生，书中曾经交代过晴雯的来历，从"当日系赖大家用银子买的""进来时，也不记得家乡父母"这些信息判断，晴雯也很可能是被人贩子拐卖或者和家乡父母失散而被卖，如同千红一窟一样，最初就带有悲剧的出身。

　　但是晴雯被卖入贾府，侍奉老太太，最终给了宝玉并随之进入大观园，暂时过上了可意的生活。怡红主人贾宝玉不但饮食上劳己心，而且心理上顺其意，晴雯还可以指挥比自己低一等的丫鬟服其劳，几乎可以说是心满意足，再无别项可生贪求之心。一如受宝玉青睐备受珍视的"枫露茶"。

　　然而最终她因被疑勾引宝玉而被撵出大观园。由于晴雯不知家乡父母，只有姑舅哥哥这一门亲戚，所以出来就在他家。她的哥嫂是何人呢？一个是"一味死吃酒"的多浑虫，一个是和贾琏鬼混过并且"恣情纵欲，满宅内便延揽英雄，收纳材俊"的灯姑娘。心比天高的晴雯最终沦落到这样一个肮脏下贱的去处并香消玉殒，又正暗合了粗茶的无香和苦涩。

　　因此，这三种茶相互之间有着隐含的联系。千红一窟是仙界中的茶，枫露茶是大观园这个理想世界的茶，而最后这个不知名的粗茶则是大观园之外现实世界中肮脏之处的茶。千红一窟和"三四次后才出色"的枫露茶，都寓了一个"红"字，而最后这个不知名的粗茶则明指是"绛红的"。千红一窟据宝玉品来，"清香异味，纯美非常"；枫露茶虽然没有明写其味，但出在务精务洁的怡红院，又是宝玉特别留心之物，应该也是一种色香味上等的好茶；唯独这个粗茶，色泽难看，口感粗劣，似乎与千红一窟和枫露茶放在一起都是一种亵渎。然而，这个粗茶，毋宁说才是真正的"千红一窟"。"清香异味，纯美非常"的千红一窟只是变相，绛红和苦涩才是由女儿血泪凝成的茶的正色和正味。

　　这三种茶又不仅仅是晴雯的一生，也是众美悲惨命运的缩影。金陵诸钗都隶属于"薄命司",先天就伏下了不幸的种子。而在下世为人之际,大都成了大观园的居民,园内花招绣带,柳拂香风,或读书,或写字,或弹琴下棋,作画吟诗,以至描鸾刺凤,斗草簪花,低吟悄唱,拆字猜枚,无所不至,有一段十分惬意的日子。

　　然而无可避免的是,"堪怜咏絮才"的黛玉"玉带林中挂";"可叹停机德"的宝钗"金簪雪里埋";绮罗丛中霁月光风的史湘云"湘江水逝楚云飞";精明强干总揽大权的王熙凤"哭向金陵事更哀";贵为王妃的元春痰疾而薨,"虎兕相逢大梦归";精于理家"才自精明志自高"的探春远嫁,"千里东风一梦遥";温柔沉默的"金闺花柳质"迎春惨死,"一载赴黄粱";"气质美如兰,才华阜比仙"的妙玉被劫,"终陷淖泥中";擅于丹青的绣户侯门女惜春出家,"独卧青灯古佛旁";克己守节教子成名的李纨"枉与他人作笑谈":哪一个逃过了剧烈颠倒的悲惨命运?因此,再倒回去反思,千红一窟——枫露茶——粗茶,岂不正是千红一"哭"由隐到显的层层推进?而这斑斑血泪、玉殒香消的由隐到显,岂不也正是所有大观园群芳悲剧命运的一个象征?

晴雯"病死"？

——你从未想过的袭人"催命符"

近日见群中讨论宝玉大病初愈，需要拄拐，群友大不以为然，大致认为宝玉十几岁少年，大可不必如此。闻之不禁哑然失笑，说这话的人一定是龙精虎猛，几乎从未得过大病。

要知道大病新愈，身体虚弱，脚下虚浮。因此走路需要拐杖支撑，和他年纪大小并没有很大关系。再加上贾府风俗生了病，只要清清静静饿几顿就好了。生病再加上挨饿，所以身体就更加虚了。

生了病饿几顿，这个法子有用吗？在贾府中应该是有几分道理的。因为贵族主子天天山珍海味，再加上四体不勤，使得消化不良，脾胃不好，不思饮食，肢体懒怠。这个时候清清静静地饿几顿，使肠胃清空，重新投入运转，这和斋戒以及辟谷的原理是类似的，所以会有一定效果。

然而，由此我却突然想到了晴雯的病。晴雯最初生病，就是要清清静静地饿几顿，然而这种治疗方法对她却是不适宜的。因为第一，晴雯平时就不爱吃油腻之物。宝玉给她留的是豆腐皮包子。她让小丫鬟小燕去小厨房给她要炒芦蒿，柳嫂子忙问肉炒鸡炒，小燕说："荤的因不好才另叫你炒个面筋的，少搁油才好。"第二，晴雯虽然在怡红院里很受宠，地位类似于副小姐，可是丫鬟的日常杂务她还是要做的，诸如为宝玉穿衣服，洗了手拿新沥的果子吃，给黛玉送手帕，以及为穿衣镜罩镜袱，还有病补雀金裘等等。吃的不油腻，做活又多，所以这个时候清清静静饿几顿是不适宜的。

虽然如此，只要好好休养，应该并无大碍。然而，很不幸，立即她就又遇上了抄检大观园。王夫人听信谗言将她赶走，这个时候有一个耐人寻味的细节——"晴雯四五日水米不曾沾牙，恹恹弱息，如今现从炕上拉了下来，蓬头垢面，两个女人才架起来去了。"

这就有些奇怪了，要知道清清静静地饿几顿，只是不吃饭或者少吃饭，但是从来不能不喝水的。按照现代医学的分析，人即使是绝食七天也未必会死，但是只要断绝饮水几天，人就可能脱水而死。那么晴雯不吃饭，为什么还要不饮水呢？一来可能是贾府挨饿的风俗，二来可能是晴雯病中兼着气恼，三来就耐人寻味了，怡红院的丫头，怎么都不管晴雯呢，尤其是第一号贤良人袭人？

当然有人可能说如果不管也是怡红院里所有丫头都不管，怎么单单只问袭人呢？这就好比是首长问责制，一个城市里面出了问题，哪怕这个问题不是市长直接负责的，但是第一问责人就是市长。袭人是怡红院里的头号大丫头，李嬷嬷说："满屋子的人，哪个不是袭人拿下马的。"而且袭人也是以此自居，常说："一时我不到，就有事故。"即使这个时候怡红院里的丫鬟们拜高踩低，不理晴雯，此时作为怡红院中头号贤良人的袭人，也应该关怀一下，不至于让晴雯四五天都不吃不喝。真是贤良的话，知道晴雯生气生病难以下咽，至少也该劝她饮些茶汤，何至于就完全不闻不问了呢？

晴雯是真的不要喝水了吗，看她临死之际，宝玉去看望她，她还请宝玉代为递水。那茶碗甚大甚粗，满是油腻；茶水也毫无清香，更无茶味，只是一味苦涩，略有茶意而已。晴雯却像得了甘露，一气灌下去了，因为据她所说："渴了这半日，叫半个人也叫不着。"

这个时候又涉及一个很少有人注意的细节。宝玉请袭人关照晴雯，袭人说："我才已将他素日所有的衣裳以至各什各物总打点下了，

《红楼梦》之人物百态

都放在那里。如今白日里人多眼杂，又恐生事，且等到晚上，悄悄的叫宋妈给他拿出去。我还有攒下的几吊钱也给他罢。"这又被人认为是袭人贤良的一个确凿证据。

然而耐人寻味的是，假如袭人不送这一包贵重东西，只怕晴雯还能活得久些。晴雯是被人拐卖的，记不得家乡父母，被赶出大观园后，只能去他表哥和表嫂那里。他的表哥是只知喝酒的多浑虫，他的表嫂是淫荡的灯姑娘。当病重的晴雯被赶到他们家里，灯姑娘为什么自顾自去串门子，不管坑上的晴雯，致使她渴了半日也叫不着人来倒茶呢？

请注意，玄机在此处——晴雯死了之后，"剩的衣履簪环，约有三四百金之数，他兄嫂自收了为后日之计"！

要知道王夫人赶晴雯的时候吩咐，只许"把他贴身衣服撂出去，余者好衣服留下给好丫头们穿"。然而袭人却巴巴地收拾了晴雯所有的好东西，给送到灯姑娘那里。那么这些价值三四百金的衣履簪环，是晴雯好了对灯姑娘有利呢，还是晴雯死了对灯姑娘有利呢？

这包袭人巴巴地收拾了送来的衣履簪环，倒真的有可能成了晴雯的催命符了！

"十分浑厚恰聪明"，读《红楼梦》的应有境界

《晴雯"病死"？——你从未想过的袭人"催命符"》文在公众号上一发，没想到捅了马蜂窝。

一时间，有说我"阴谋论"的，甚至还有上纲上线，认为如有此论，即不堪师表的。

"我家老黄对教师这个行业的定位一直是'为人师表，温润如玉，如沐春风'，当然也不乏一些教师行业的另类。老师可以错，但是如果怀的是阴谋，怎么教书育人啊？"

中国红楼梦学会会长张庆善说："在学术的范围内，以学术的方式开展批评和争鸣，是应该支持和鼓励的。但令人遗憾的是，现在营造一个良好的学术环境很不容易，非学术性的干扰很多，因此每一个正直的学者，也要坚持严肃的学术批评。没有健康的严肃的学术批评，就不可能营造出良好的学术环境。"我此时才深切体会到他这段话的深刻含义。

好奇怪，为什么现在的人一方面批评没有学术自由，一方面又容不得一点不同的声音？

对于袭人的质疑，并非自我作祖，自《红楼梦》问世之后，就不绝于缕。著名国学大师吴宓先生也持此说，甚至认为"宝钗似宋江，袭人、熙凤似吴用，黛玉、晴雯似晁盖……晁盖中箭，宋江独哭，晴

雯被逐，袭人独哭"。

吴宓先生幸而不生在此世，否则不知该被批成什么样子。

我想，即使我说的话不对，批评观点就可以了，有必要上升到人身攻击的高度吗？而且哪怕是批评我的骂我的留言，我也都放出来；从来也不因为是批评我的骂我的，就让他们的留言不见天日。怎么拥钗拥袭派，却没有学到宝钗袭人的宽宏大量呢？

在这一点上，我比较欣赏胡联浩先生，他虽然和我意见不同，但主要是就事论事，这样也让我反思自己的提法有没有漏洞。我的再思考是：

袭人的主观意愿未必想害死晴雯，可是客观效果确实加速了她的死亡。一个重病的没有亲人却怀有重金的人，处境是很危险的，想想秦钟就知道了。第十六回，宝玉去看望临死的秦钟，"唬的秦钟的两个远房婶母并几个弟兄都藏之不迭"。此时脂砚斋批得切："妙！这婶母弟兄是特来等分绝户家私的，不表可知。"

客观条件影响甚至创造着人的心理变化，而局外人的言行很可能是促使客观条件演进的因素。这包贵重衣履簪环送来，可能使她的哥嫂希望她尽快死去。就像秦钟的远房婶母和弟兄希望秦钟尽快死去一样，秦钟还没有死，他们就把秦钟放在草席上了。晴雯渴了这半日，也没有半个人来给她倒水。"此时多浑虫外头去了，那灯姑娘吃了饭去串门子，只剩下晴雯一人……在外间房内爬着。"

试问亲人病死在即，我若真心待她，不在身边照料，还有心思串门子乎？灯姑娘这至少是不作为吧？无怪晴雯死之速也！

再看后文："谁知他哥嫂见他一咽气便回了进去，希图早些得几两发送例银。王夫人闻知，便命赏了十两烧埋银子。又命：'即刻送到外头焚化了罢。女儿痨死的，断不可留！'他哥嫂听了这话，一面得银，一面就雇了人来入殓，抬往城外化人场上去化了。剩的衣履簪环，约有三四百金之数，他兄嫂自收了为后日之计。"

连几两烧埋银子都贪图的，她哥嫂是什么见利忘义之人昭然若揭，怎不为希图这三四百金的衣履簪环望其速死呢？

　　大家读《红楼梦》，读了之后互相攻击，回头试想成何趣？原是见贤思齐，择其善者而从之，其不善者而改之，这方是至贵至坚。如若不然，先自杀自灭起来，致使一败涂地，也无怪乎外人看红学研究的笑话了。

　　"一种温柔偏蕴藉，十分浑厚恰聪明"，这是清人评价宝钗的话，我希望不论是钗粉还是黛粉，都能达到这个境界。

令人毛骨悚然又幡然而悟的"寄居蟹"夏金桂！

夏金桂，是妥妥的"寄居蟹人格"。

别以为寄居蟹很可爱，它们非常邪恶。

寄居蟹刚出生时本体较为柔软，易被捕食。长大后，必须要找一个适合自己的房子，就向海螺、贝壳等发起进攻，把海螺弄死、撕碎。然后钻进去，用尾巴钩住螺壳的顶端，几条短腿撑住螺壳内壁，长腿伸到壳外爬行，用大螯守住壳口。这样，它就搬进了一个环保坚固的新家。

要分辨的是，寄居蟹和寄生虫还不一样。寄生虫一般要和宿主"共生"，宿主如果挂了，它也活不了，所以一般情况下还希望宿主活着。但是寄居蟹不同，它要活得好，得把宿主弄死。

"寄居蟹人格"的一个重要特征，便是获得无与伦比的"控制权/话语权/优越感"，让对方卑微到失去自我。只有这样，他们才能完全控制那个贝壳，当成自己的盔甲。

因此，如果"寄居蟹"潜伏在你的身边，你将失去的不仅仅是健康、事业、人际关系和自信心，你甚至可能失去灵魂或者生命。

薛蟠，就是"寄居蟹"夏金桂的"完美受害人"。

为了方便理解，可以用唱歌选秀比赛来比喻。一个真实演唱水平只有40分的寄居蟹，凭着自己精通灯光舞美以及假唱（强大的气场和自抬身价），而在台上营造出 70 分的水准，因此吸引到了 70 分的选手与他（她）组成一对组合。

毫无疑问，夏金桂和薛蟠就是如此的一对组合。夏金桂只有 40 分，她虽然模样俊俏，但是恐怕还比不上和秦可卿比较相似的香菱。虽然据称她略通文翰，但水平如何不得而知，自始至终根本没有她联诗对句甚至提笔写字的记录。就连她最自傲的家世，首先，她家只是一个普通商家，而薛家是四大家族之一；其二，她家的商业经营模式非常单一——只有桂花。一则门槛太低导致竞争者很多，二则万一遇上大规模病虫害或者极端天气（旱涝冰雹）等，将是毁灭性打击。

而薛蟠是四大家族中薛家的独生子；家中豪奢；而且大部分时候对女性的态度还很体贴，比如说对薛姨妈和宝钗，惹了妹妹生气还会赔不是，外出还会给妹妹带胭脂水粉书籍土特产，这在那个年代是非常罕见的；审美能力还很高，他喜欢的女性是香菱和林黛玉，这比什么脏的臭的都往床上拉的贾琏不知高了多少个段位。

但正因为"寄居蟹"极度自恋，他们在意识中很缺少自知之明。因此，他们会相信自己就是 70 分，甚至是 80 分，90 分。

当他们和 70 分的搭档合作时，总觉得自己吃亏了，就会立刻开始打压受害人，让本来性格纠结的受害人越来越自我怀疑，逐渐相信自己的水平不是 70 分，而只有 60 分。

> 薛蟠本是个怜新弃旧的人，且是有酒胆无饭力的，如今得了这样一个妻子，正在新鲜兴头上，凡事未免尽让他些。那夏金桂见了这般形景，便也试着一步紧似一步。一月之中，二人气概还都相平；至两月之后，便觉薛蟠的气概渐次低矮了下去。

有人或许会问，受害人被"寄居蟹"吸引可以理解，为什么当"寄居蟹"开始对他们进行控制和打压时，他们不选择离开？

这是因为"寄居蟹"擅长的心理控制和情绪操控，让你掉入陷阱很难再爬出来。

　　一日薛蟠酒后，不知要行何事，先与金桂商议，金桂执意不从。薛蟠忍不住便发了几句话，赌气自行了，这金桂便气的哭如醉人一般，茶汤不进，装起病来。请医疗治，医生又说："气血相逆，当进宽胸顺气之剂。"薛姨娘恨的骂了薛蟠一顿，说："如今娶了亲，眼前抱儿子了，还是这样胡闹。人家凤凰蛋似的，好容易养了一个女儿，比花朵儿还轻巧，原看的你是个人物，才给你作老婆。你不说收了心安分守己，一心一计和和气气的过日子，还是这样胡闹，咻嗓了黄汤，折磨人家。这会子花钱吃药白遭心。"一席话说的薛蟠后悔不迭，反来安慰金桂。金桂见婆婆如此说丈夫，越发得了意，便装出些张致来，总不理薛蟠。薛蟠没了主意，惟自怨而已，好容易十天半月之后，才渐渐的哄转过金桂的心来，自此便加一倍小心，不免气概又矮了半截下来。

起初受害人对"寄居蟹"的霸道和暴躁肯定又怕又恨，甚至想过解散组合关系，另觅拍档。但"寄居蟹"在开始肯定不愿意放弃自己的猎物，它会用许多途径增加解散的难度和成本，必要时也会伪装一下。

偶尔，当受害人妥协，做了对"寄居蟹"有利的事后，"寄居蟹"会突然变脸，大大表扬受害人。

一贯受到打压的人，在偶尔受到赞美和肯定时，会尝到分外"甜"的滋味。

　　金桂道："要作什么和我说，别偷偷摸摸的不中用。"薛蟠听了，仗着酒盖脸，便趁势跪在被上拉着金桂笑道："好姐姐，你若要把宝蟾赏了我，你要怎样就怎样。你要人脑子也弄来给你。"金桂笑道："这话好不通。你爱谁，说明了，就收在房里，省得别人看着不雅。我可要什么呢。"薛蟠得了这话，喜的称谢不尽，是夜曲尽丈夫之道，奉承金桂。

为了不断地得到这种"甜"的感觉（其实是多巴胺分泌增加），受害人就会本能地不断去做讨好"寄居蟹"的事。

"寄居蟹"则在悄悄提高奖励的标准，以保持大部分时间依然是对受害人的打压。

……

不光如此，夏金桂还打压薛蟠身边所有的人，一是嫁祸给香菱，假装香菱要以镇魇法咒死自己，让不分青红皂白的薛蟠顺手抓起一根门闩来，一径抢步找着香菱，不容分说便劈头劈面打起来，一口咬定是香菱所施。最后香菱只能跟着宝钗，跟薛蟠断绝。

二是打压宝钗。

金桂道："我从小儿到如今，没有爹娘教导。再者我们屋里老婆汉子大女人小女人的事，姑娘也管不得！"

……

金桂听了这几句话，更加拍着炕沿大哭起来，说："我那里比得秋菱，连他脚底下的泥我还跟不上呢！他是来久了的，知道姑娘的心事，又会献勤儿；我是新来的，又不会献勤儿，如何拿我比他。何苦来，天下有几个都是贵妃的命，行点好儿罢！别修的像我嫁个糊涂行子守活寡，那就是活活儿的现了眼了！"

一是讽刺未出阁的姑娘不该管人家的夫妻事，二是讽刺宝钗想当贵妃而不得，正戳到宝钗的心病。宝钗听了这话，又是羞，又是气。

三是打压薛姨妈。

金桂听了这话，便隔着窗子往外哭道："你老人家只管卖人，不必说着一个扯着一个的。我们很是那吃醋拈酸容不下人的不成，怎么'拔出肉中刺，眼中钉'？是谁的钉，谁的刺？但凡多嫌着他，也不肯把我的丫头也收在房里了。"薛姨妈听说，气的身战气咽道："这是谁家的规矩？婆婆这里说话，媳妇隔着窗子拌嘴。亏你是旧家人家的女儿！满嘴里大呼小喊，说的是些什么！"……金桂意谓一不作，二不休，越发发泼喊起来了，说："我不怕人笑话！你的小老婆治我害我，我倒怕人笑话了！再不然，留下他，就卖了我。谁还不知道你薛家有钱，行动拿钱垫人，又有好亲戚挟制着别人。你不趁早施为，还等什么？嫌我不好，谁叫你们瞎了眼，三求四告的跑了我们家作什么去了！这会子人也来了，金的银的也赔了，略有个眼睛鼻子的也霸占去了，该挤发我了！"一面哭喊，一面滚揉，自己拍打。

……

薛姨妈道："你们是怎么着，又这样家翻宅乱起来，这还像个人家儿吗！矮墙浅屋的，难道都不怕亲戚们听见笑话了么。"金桂屋里接声道："我倒怕人笑话呢！只是这里扫帚颠倒竖，也没有主子，也没有奴才，也没有妻，没有妾，是个混帐世界了。我们夏家门子里没见过这样规矩，实在受不得你们家这样委屈了！"

最终导致了什么结局呢？没人敢管夏金桂，也没人管得了夏金桂。"薛蟠急的说又不好，劝又不好，打又不好，央告又不好，只是出入咳声叹气，抱怨说运气不好。"

最终受害人慢慢失去"自利"的动机，意志被"寄居蟹"所操控。

他们逐渐变得只要和"寄居蟹"在一起，便会不自觉地感到巨大的压力、压抑、烦躁、矛盾、绝望……但他们又说不上来到底为什么。他们闪过对"寄居蟹"的恨意，但又无比内疚：明明对方是最爱自己的人呀（把贴身丫鬟都给了自己），是最无私奉献、为自己好的人呀……那，一定是自己的问题。

这种真心的伪装，导致受害人无法察觉真正的病因，而总是在自己身上找毛病。如果去医院，可能被诊断为抑郁症、双向情感障碍、躁狂症……

《红楼梦》借小厮之口清楚叙述了薛蟠"抑郁"和"躁狂"最终闹出人命的经过。

> 小厮道："小的也没听真切。那一日大爷告诉二爷说。"说着回头看了一看，见无人，才说道："大爷说自从家里闹的特利害，大爷也没心肠了，所以要到南边置货去。这日想着约一个人同行，这人在咱们这城南二百多地住。大爷找他去了，遇见在先和大爷好的那个蒋玉菡带着些小戏子进城。大爷同他在个铺子里吃饭喝酒，因为这当槽儿的尽着拿眼瞟蒋玉菡，大爷就有了气了。后来蒋玉菡走了。第二天，大爷就请找的那个人喝酒，酒后想起头一天的事来，叫那当槽儿的换酒，那当槽儿的来迟了，大爷就骂起来了。那个人不依，大爷就拿起酒碗照他打去。谁知那个人也是个泼皮，便把头伸过来叫大爷打。大爷拿碗就砸他的脑袋一下，他就冒了血了，躺在地下，头里还骂，后头就不言语了。"

所以，"寄居蟹人格"的特点总结如下：

1. 嘴上的道德感极强，爱标榜自己多么善良，经常从道德上抨击他人，尽管他们自己常常做不道德的事。很虚伪。

2. 整日强调自己的付出，要求别人感恩。

3. 喜欢自吹自擂，给自己的脸上贴金。

4. 打压受害者，从根本上否定对方，摧毁对方的自信和自尊。

5. 极度自恋，从来不认为自己有错，从不反省内疚。如果有人指出他们的缺点，他们会暴怒。

6. 有表演天赋，变脸很快。

"寄居蟹"的受害人有何表现？

1. 自我怀疑，格外在意"寄居蟹"的情绪和肯定，与人交往时自信心很低，变得越来越退缩，内向，不敢说话，笨嘴笨舌。

2. 消沉，心灰意冷，自暴自弃，颓废。孩子可能表现为成绩下降，甚至辍学。成年人可能沉迷游戏，事业没起色，甚至长久失业。

3. 若去看医生，被诊断为各种精神疾病：抑郁症、双向情感障碍、躁狂症……

4. 抑郁型受害人会有自残行为，严重者会自杀。

5. 躁狂型受害人会有殴打和袭击弱小者的行为，严重者会致死。

再重复一遍：如果"寄居蟹"潜伏在你的身边，你将失去的不仅仅是健康、事业、人际关系和自信心，你甚至可能失去灵魂或者生命。

对于受害人，只有两条忠告——看透、离开。

《红楼梦》现实和现代意义之深刻，你，真的看懂《红楼梦》了吗？

贾探春：锡名排玉合玫瑰

玫瑰作为贾探春的别名，实际上暗含了三种寓意。一语容括了她的容貌、性格、才能、命运，"十年辛苦不寻常"，曹雪芹命名之时，不知是不是也"吟安一个字，捻断数茎须"？然而，没有辛苦的推敲，怎能有艺术绝境的登临，而令人服膺不已？

"玫瑰"的第一重寓意是探春的容貌和性格。第六十五回中兴儿说探春的诨名是"玫瑰花"，并解释为"玫瑰花又红又香，无人不爱的，只是刺扎手"。探春有"削肩细腰，长挑身材，鸭蛋脸面，俊眼修眉，顾盼神飞"的美貌，又有"文彩精华，见之忘俗"的气质，不枉"又红又香"的赞誉。再者，三姑娘的性格也是有大主意、不容冒犯的，不像迎春绵软懦弱。打王善保家的那一巴掌，大杀趋炎附势小人的气焰。然而，更要指出的是，抄检大观园之时，探春自命是个"窝主"，"纵丫头们偷了来，只藏在我处"，因此只许看自己的东西，不许抄检丫头。

试想，实际上林黛玉房中紫鹃被抄出了宝玉的寄名符等物，迎春房中司棋被抄出了表弟潘又安私赠的表记，惜春房中入画被抄出了替哥哥收藏的往日受赏的银两。探春房中的丫头呢？有两种可能。一是也有私藏，哪怕很小，就如入画只不过替亲哥哥存起来往日受赏的银两免得被吃酒赌钱的叔叔婶婶胡乱花用，但是解释权在抄检方那里，可以是一笑而过，也可以是雷霆万钧。因此，如果探春的丫头也有私藏，而探春不许查丫头，有过失者何等庆幸感激。一是纤尘不染，凤姐听到探春所言，也不由佩服探春的担当。如果把秋爽斋比作一个小单位或小公司，探春就是这里的领导，而她在抄检大事临头之际表现出了冷静、有担当、有威严的领导才能，"有刺扎手"，才是一朵不容随便攀折的真玫瑰。

"玫瑰"的第二重寓意是探春的才能。之前去赖大家做客，探春发现，"一个破荷叶，一根枯草根子，都是值钱的"。赖大家的园子，除他们带的花，吃的笋菜鱼虾之外，一年还有人包了去，年终足有二百两银子剩余。故而，探春得到理家的授权之后，举一反三，把大观园也承包给嬷嬷婆子，以实现大观园的自给自足。

虽然后文写到宝姐姐为免分配不均生出是非，让得了营生的老妈妈分一些利润给那些没得到的："你们只管了自己宽裕，不分与他们些，他们虽不敢明怨，心里却都不服，只用假公济私的多摘你们几个果子，多掐几枝花儿，你们有冤还没处诉。"但是毕竟，探春是大方案的提出者，宝姐姐是完善者，探春应是更胜一筹的，更体现"世事洞明皆学问"的才干，是玫瑰红香馥郁的一面。《红楼梦》人物中林语堂最喜欢探春，也是最欣赏她的有担当，有创新意识，敢想敢做。

但就在兴利除宿弊的理家过程中，探春对于舅舅丧事的处理很是让人诟病。她的亲舅舅死了，按规矩应给二十两丧葬银子。母亲赵姨娘因为袭人的母亲死了都能得到四十两，而且自己女儿探春现在身居理家高位，满以为应该照管自家，所以坚持多要，以争脸面："如今你舅舅死了，你多给了二三十两银子，难道太太就不依你？"

探春接下来的这句话被人认为是她的一个大缺点："谁是我舅舅？我舅舅年下才升了九省检点，那里又跑出一个舅舅来？我倒素习按理尊敬，越发敬出这些亲戚来了。"即使深爱探春之人也多有格格难下之感，认为她不认自己的亲舅舅赵国基，反而高攀王夫人的兄弟王子腾，有悖孝道，数典忘祖，有"绝情"之憾。

然而，要深刻理解古代人物，要把人物还原到他（她）的时代背景中去，而不能以今律古。譬如古代有八母，八种身份不同的母亲，即嫡母、继母、养母、慈母、嫁母、出母、庶母和乳母。

嫡母：妾的子女称父之正妻为嫡母。对于嫡母，服制是斩衰三年。

继母：父亲的后妻称为继母，对于继母，服制也是斩衰三年。

养母：过继儿子称收养他的母亲为养母。对养母服制是斩衰三年。

慈母：妾所生之子，其母死后，其父令别的妾抚育，此别妾就是此子的慈母。

嫁母：亲母因父亲死后再嫁，称作嫁母。为嫁母服齐衰杖期。

出母：被父亲休弃的生母称作出母。为出母服齐衰杖期。

庶母：父亲的妾称为庶母。士为庶母服缌麻。

乳母：父妾之中曾乳育己者称她为乳母。为乳母服缌麻。

探春是庶出，按照古时规定王夫人是她的嫡母，她要叫王夫人为太太、母亲，她是属于王夫人名下的孩子。赵姨娘是她的庶母，她要叫赵姨娘为姨娘，不能称母亲，更别说叫她的兄弟舅舅了。所以赵姨娘当众那样说，探春很生气，不仅没脸，还会得罪王夫人，被人认为不知规矩。

类似的我们还可以看到，贾环与莺儿赶围棋输了钱，回家向赵姨娘哭诉，赵姨娘正恨铁不成钢地骂他，凤姐在窗外经过，都听在耳内，便隔窗说道："他现是主子，不好了，横竖有教导他的人，与你什么相干！"

从生活教养上来看，也许很多人没注意到的是，探春是跟着王夫人长大的。宝玉三春等原是在贾母处，黛玉来了后，贾母把三春移到王夫人处教养。即使民间俗语中也有"生母没有养母亲",因此,探春和王夫人更亲近。

第一,王夫人确实是个好嫡母,因为她基本不找探春麻烦,还愿意让探春管家,因此探春感谢嫡母培养之恩。

第二,王夫人也会让探春去王子腾家做客,贾环可没有份儿。"这日王子腾的夫人又来接凤姐儿,一并请众甥男甥女闲乐一日。贾母和王夫人命宝玉、探春、林黛玉、宝钗四人同凤姐去。"这变相承认了王子腾和探春的舅甥关系。

第三,在三春之中,王夫人最疼探春。王熙凤曾经指出:"太太又疼她,虽然面上淡淡的,皆因是赵姨娘那老东西闹的,心里却是和宝玉一样呢。"虽然和宝玉一样有些拔高,但和迎春惜春这样的主子姑娘比起来,王夫人对她是更看重的。不然,探春所居的秋爽斋何以阔朗气派至此?

从品格修养上来看,王夫人虽可能有伪善的一面,但大体来看,是淑女和正人。而赵姨娘则是公认的昏聩愚昧、颠顸粗鄙,屡屡让贾探春蒙羞。而赵国基也是处处奴才相,伺候贾环读书,但凡贾环来了,赵国基就得站着。

《出师表》所言:"亲贤臣,远小人,此先汉所以兴隆也;亲小人,远贤臣,此后汉所以倾颓也。"

是以探春做出了一种超血缘的选择。玫瑰有刺,这刺是令人不悦,却也是一种自保、自清的手段。

贾府三代中,贾赦、贾政及林黛玉母亲贾敏取名皆从"文"旁,贾珠、贾琏、贾宝玉、贾环取名皆从"玉"旁,贾兰、贾蓉、贾蔷、贾芸取名皆从"草"旁,则探春的"玫瑰"诨名不可谓没有深意。王墀《增刻红楼梦图咏》对探春题诗赞道:"一帆风雨海天来,爽气秋高远俗埃。脂粉本饶男子气,锡名排玉合玫瑰。"《说文》有解:"玫,石之美者,瑰,珠圆好者。"玫瑰也是一种玉石!作为贾府未来希望的玉字辈男性的能力如何呢？贾珠早死，贾琏除了鬼混，其才干不如凤姐远矣。宝玉呢？是一个不管事的"富贵闲人"，贾环除了讨人嫌憎外，余无他能。从探春理家的才干和"必须先从家里自杀自灭起来，才能一败涂地"的见识来看，她实在是高出那些以"玉"旁为名的男性，故而脂砚斋批道："使此人不远去，将来事败，诸子孙不致流散也，悲哉伤哉！"将探春的能力推举到维系家族存续的地位，因此，从实质上来说，探春确实具备"玉质"。

"玫瑰"的第三重寓意是探春的命运。玫瑰花是一种奇特的花，它必须离开母亲才能繁茂。

《花镜》有言："玫瑰一名徘徊花，处处有之，惟江南独盛。其木多刺，花类蔷薇而色紫，香腻馥郁，愈干愈烈。每抽新条，则老本易枯，须速将旁根嫩条移植别所，则老本仍茂，故俗呼为离娘草。"

这真是不期然地照应了探春的终身：探春在花签中抽到了杏花，"日边红杏倚云栽"，预兆是得贵婿的，后来是嫁作海外王妃，果成离娘之草。

当然有人可能认为，女儿家大了嫁了人自然都要"离娘"，未必非得照应玫瑰。又且《红楼梦》后四十回探春不还回家省亲，不也没有真正完全"离娘"吗？

首先，《红楼梦》后四十回未必都是曹雪芹的原稿，若按前八十回的伏笔"清明泣涕江边望，千里东风一梦遥"来说，探春是不可能有回家省亲之举的。其次，探春的"离娘"，是永无再见之意。

《触龙说赵太后》即透漏出这个习俗，赵太后送女儿燕后出嫁时，燕后上了车，赵太后还握着她的脚后跟哭泣，舍不得她出嫁；但每逢祭祀赵太后为她祈祷时，却次次都祈祷说："一定别让她回来啊。"这是从长远考虑，希望她有子孙相继为王。因此，探春作海外王妃若果然幸福无虞，是断不该回来的，回来可能就意味着被休弃，这和普通女子出嫁后可以回门等等是不能混同的。

玫瑰花离娘而茂，却永远骨肉分离，天各一方，这固然是悲剧，但是我们读《红楼梦》，却未尝不可以用积极的眼光来看待。探春"才自清明志自高"，但身为庶女，"如今有一种轻狂人，先要打听姑娘是正出庶出，多有为庶出不要的"。若嫁在近处，未必能嫁得身份高贵，若探春如此才干而沉沦下僚，身份卑微四处掣肘，岂非更是怀才不遇郁郁而终的悲剧？更何况赵姨娘蝎蝎蛰蛰，探春嫁在近处，更不知受其何等带累，惹出何等笑柄。

倒不如飘然远去，各自安好。若似 1987 年版《红楼梦》电视剧剧本改编，探春被南安太妃收为义女远嫁和亲，可能反是更好，这样探春永远撕下了"庶出"的标签，脱离了天天以羞辱女儿为能事宣扬她是奴才所生的生母，离开原生家庭，可以在海外施展她的一番抱负。就如她当日宣称的那样："立一番事业，那时自有我一番道理。"不是更好？

你看那《风尘三侠》中的虬髯客，本有争夺天下之志，见李世民神气不凡，遂倾其家财资助李靖，使辅佐李世民成就功业。后虬髯客出走海外，入扶余国自立为王。

《水浒传》中，宋江北上的时候，李俊伙同童威、童猛留下，没有跟着去朝廷，就去了当时的方外之地暹罗，做了海外一个小国的国王，倒也很是逍遥自在。

那么探春去做一个海外王妃，又何悲之有？她虽然没有扶振贾家家声，以她庶出和姑娘的身份，理家也不过凤姐病了暂时代替，在那个体制内，她虽有此才干也未必能够施展。可是在海外的夫家，在一个不敢歧视和低看的新环境里，又焉知她不会成为一个上下称颂的未来大家族贾太君呢？

不钻牛角尖，路越走越宽！

自古穷通皆有定，离合岂无缘？

心转天地变，各有福无限。

奴去也，莫牵连！

三春小议

——迎、探、惜三春另解

《红楼梦》中，贾府四姐妹元春、迎春、探春、惜春的命名暗寓"原应叹息"，寄予作者"由来好物不坚牢，彩云易散琉璃脆"的惋惜，构思精巧已经令人叹赏。然而，独立于"原应叹息"整体寓意之外，迎春和探春的命名又各有自己的个体寓意。

迎春此名在贾家四姊妹中，唯其兼具"迎春花"花名的含义。迎春花是一种不甚珍贵的草花，明王象晋《群芳谱》云："迎春花一名金腰带，人家园圃多种之。"《本草》则说："人家处处栽种之。"这和迎春因庶出的身份而不甚受贾赦邢夫人关爱是比较相称的。《增刻红楼梦图咏》对迎春题诗道："紫云洲畔水云空，感应只传不语中。闲谱群芳数花落，此花最不耐东风。"

"水云空"暗指迎春的嫁与死，迎春由贾赦做主，嫁给了大同府人氏，祖上系军官出身，现袭指挥之职的孙绍祖，此人是个骄奢淫逸、作践妇女的虐待狂，"子系中山狼，得志便猖狂。金闺花柳质，一载赴黄粱"，迎春不堪他的虐待出嫁一年之后便死去了。迎春花开于春先，春初已落；而迎春嫁后一载被折磨致死，少年早夭，也确实是四姊妹中死时最年轻的。故而，"迎春"此名，本身已经暗喻了迎春早死的悲惨命运。

探春在《红楼梦》中还有一个别致的别名，第六十五回中兴儿说探春的诨名是"玫瑰花",并解释为"玫瑰花又红又香,无人不爱的,只是刺扎手"。这似乎是对探春"顾盼神飞,文彩精华"的"美貌"以及在理家和抄检大观园中表现出来的"厉害"的双重概括。然而,探春的玫瑰之名另有深意。王墀《增刻红楼梦图咏》对探春题诗道:"一帆风雨海天来,爽气秋高远俗埃。脂粉本饶男子气,锡名排玉合玫瑰。"

"一帆风雨"化用《红楼梦》十二支曲咏探春之《分骨肉》中的"一帆风雨路三千"。"海天来"则照应后文探春做了海外王妃,点探春远嫁。"爽气秋高"点探春"秋爽斋"名及其素性阔朗的胸襟。"脂粉本饶男子气"化用探春给宝玉的帖子"孰谓莲社雄才,独许须眉;不教雅会东山,让余脂粉",表现其不让须眉的豪迈气概。至于"锡名排玉合玫瑰",则见出作者的独特识见。如《贾探春:锡名排玉合玫瑰》一文中所论,探春理家的才干与见识高出同辈男性,从实质来说,确实具备"玉质"。况且,在命名上,也有先例可循,第二回谈到"元迎探惜"姊妹的命名时,贾雨村评论道,甄家的风俗,女儿之名,亦皆从男子之名命字,不似别家另外用这些"春""红""香""玉"等艳字的,何得贾府亦乐此俗套?冷子兴解释这是三姐妹都从"元春"之春的缘故,并说:"上一辈的,却也是从弟兄而来的。现有对证:目今你贵东家林公之夫人,即荣府中赦、政二公之胞妹,在家时名字唤贾敏。"敏从赦从政,也是"文"字辈的。因此,不由使我们深思曹雪芹以"玫瑰"冠探春,暗喻她以"玉"排行,应该不是泛泛之言,不独红香有刺之谓也。

"琴棋书画四分春,若论才华总不贫。"贾家四春的丫鬟分别名为抱琴、司棋、侍书、入画,而《红楼梦》中也隐约透露出其主人分别具有对应的雅好。元春不明。迎春应会下棋,迎春的两个丫鬟司棋、绣橘,合起来取棋局之意;而迎春好棋,书中还有多次点明,如第七回送宫花,周瑞家的来到抱厦中,就"只见迎春、探春二人正在窗下下围棋"；迎春出嫁后，宝玉睹物思人，作《紫菱洲歌》怀念她，内有"不闻永昼敲棋声，燕泥点点污棋坪"，可见紫菱洲里是常常闻得迎春"敲棋之声"的。探春的两个丫鬟分别叫侍书、翠墨，而探春书房内"案上磊着各种名人法帖，并数十方宝砚，各色笔筒，笔海内插的笔如树林一般"，说明她精于书法。惜春的两个丫鬟分别叫入画、彩屏，惜春会画画，所以贾母命她画大观园。第四十回贾母带着刘姥姥宴游大观园时，曾指着惜春对刘姥姥笑道："你瞧我这个小孙女儿，他就会画，等明儿叫他画一张如何？"喜得刘姥姥不住称赞："我的姑娘，你这么大年纪儿，又这么个好模样，还有这个能干，别是个神仙托生的罢。"

但是，惜春的"能画"的特点，不仅是她的一种才能与雅好，还暗示了惜春将来出家的悲剧命运。

《增刻红楼梦图咏》题惜春画道："暖香别坞小壶天，小妹丹青剧自怜。色即是空空是色，从来画理可参禅。"

"暖香"点惜春"暖香坞"的住所，"小妹"点惜春排行最幼。最妙又是后两句，"色"双关"颜色""物色"，又以"空"结之，且把惜春"能画"和"出家"两个看似无关的特点天衣无缝地融为一体，又反过来让人深思：让"出家"的惜春具备"琴棋书画"中"画"的才能，是不是曹雪芹独具匠心的安排？

由此可见，迎春的名字预示了她的早死，探春的别名暗示她的"胜男"才干，惜春"能画"则是对她将来出家的一种暗示。这些都从另一侧面补充和丰富了"千红一窟（哭）""万艳同杯（悲）"的悲剧意味，从而使我们对《红楼梦》的结构精深，一唱三叹低回不已。

《红楼梦》之人物百态

牵牛花巧姐，"织女"式命运

《红楼梦》十二钗中有好几个，人们都恨不得掰开揉碎了反复讲，古时有为钗黛之争几挥老拳者，现在连探春、袭人都分黑、粉好几派，真个是"第相祖述复先谁"了。但《红楼梦》中可资讨论者正复不少，何如一空依傍，另辟蹊径？比如大家何不谈谈贾巧姐呢？

不谈巧姐是因为她太令人困惑了。她不但在《红楼梦》中资料极其匮乏，而且年龄也扑朔迷离，忽大忽小。第七回"奶子正拍着大姐儿睡觉"，第二十七回"巧姐"在园子里和丫鬟们玩耍，第二十九回奶子"领着"巧姐坐车，可见已渐渐长大，可是到了第六十二回"奶子抱着巧姐"给宝玉拜寿，又缩小成婴儿状。第八十四回巧姐惊风，"奶子抱着，用桃红绫子小棉被儿裹着"，顶多四岁。第九十二回，开读《列女传》，至少八岁。第一百一回，奶子因巧姐夜里不睡，"往孩子身上拧了一把，那孩子哇地一声大哭起来了"，又缩回了两到三岁。第一百十七回，就骤然"年纪也有十三四岁了"。所以很难解释清楚。再者巧姐既乏事迹，更少言语，分析起来着实难以下手，这可能是诸家敬而远之的原因之一。

有没有什么比较特别的角度？

十二钗多以花为比，宝钗是牡丹，黛玉是芙蓉，探春是杏花，李纵是老梅，甚至有些丫头子也分得花签，比如麝月是荼蘼。但是很多正钗是不详的，尤其是巧姐，若她是花，该是朵什么花？我想，与巧姐最相似的花，是牵牛。

很多人以为牵牛花是"夕颜"，其实这是两种非常不同的花。牵牛花有个俗名叫"勤娘子"，顾名思义，它是一种很勤劳的花。每当公鸡刚啼过头遍，绕篱紫架的牵牛花枝头，就开放出一朵朵喇叭似的花来。牵牛花另一个日本名字叫"朝颜"，是黎明开放的。而夕颜，是傍晚开放，不及天亮便凋零，可理解为"傍晚的容颜"。

夕颜所对应的美人，最有名的，在《源氏物语》：

这里的板垣旁边长着的蔓草，青葱可爱。草中开着许多白花，孤芳自赏地露出笑颜。源氏公子独自吟道："花不知名分外娇！"随从禀告："这里开着的白花，名叫夕颜。这花的名字像人的名字。这种花都是开在这些肮脏的墙根的。"这一带的确都是些简陋的小屋，破破烂烂，东歪西倒，不堪入目，这种花就开在这些屋子旁边。源氏公子说："可怜啊！这是薄命花。给我摘一朵来吧！"

美人夕颜实际上是头中将的下堂妾，被正室逐离。光源氏知道乳母生病，前往探病，偶然看见了隔壁家的夕颜。夕颜清秀且天真无邪的样子令他一见钟情，两人遂在夜里时常密会往来。不过夕颜从不肯透露她的真实身份，光源氏也隐瞒自己的身份与她来往。光源氏某日带她到山上一间隐秘的房子去幽会，她却因光源氏另一个情人六条妃子的生魂诅咒受惊而死，得年只有十九岁。

相比夕颜，说巧姐像牵牛花（朝颜）是更贴切的。牵牛花也是一种相对来说比较低贱的花，田间地头，蔓生皆是，与《红楼梦》第五回里预示巧姐的最终结局终老乡间相符："后面又是一座荒村野店，

《红楼梦》之人物百态

有一美人在那里纺绩。其判云：势败休云贵，家亡莫论亲。偶因济村妇，巧得遇恩人。"

再者，《红楼梦》第九十二回写到巧姐慕贤良，亦大有深意。许多大人君子一听到巧姐要学习《列女传》，就像听到宝玉要去中举一般，立即拉长了脸，恨不得连连否决。理由是宝玉若是中举岂不损害了他的反封建形象？巧姐去慕贤良更是封建余毒了。但是，如果说中举破坏了宝玉的形象，那么，刚出场的宝玉爱吃女孩嘴上的胭脂，爱在内帏厮混，厌恶仕途经济，难道数年之后，已经长大的宝玉还是爱吃女孩嘴上的胭脂，爱在内帏厮混，厌恶仕途经济，前后没有任何变化，才是宝玉形象的完整？作者的高明之处，不在于塑造完整性格的形象；而是给予宝玉人世中所能给予的极致形式，用他处在一次次最高点上所做的行为和自省，来揭示中国文化的各种层次性。宝玉不可能永远喝酒作诗吃螃蟹，作者已经作了很多安排，他让宝玉梦游太虚幻境，看龄官画"蔷"，挨打，经历金钏跳井和晴雯被逐，甚至结婚、中举、生子——作者让宝玉尝试了不同的人生，每一次都把他推到顶峰上来观察。书中有太多的不一致、不完整、不合理，但它的意义不在于一致、完整和合理，而是在推至顶峰之时对人性的洞察，这才是《红楼梦》更深刻的地方。

同理，巧姐也是，《列女传》虽有其封建、落后的一面，但也有值得借鉴与深思之处，就像不能因《二十四孝》里有郭巨埋儿，就一律抹倒。宝玉告诉巧姐的列女都是什么样的？守节的没讲，引刀割鼻、怨妒类谈得也少，主要是贤与才。

终《红楼梦》全书，宝玉是从少年到青年，但作者不是，写作时他已是四十华年的中年了。凉热备尝，眼界遂大，感慨遂深，还会和少年心性一般么？只怕很多东西都会价值重估。

他写《红楼梦》的目的是什么？是"忽念及当日所有之女子，一一细考较去，觉其行止见识，皆出于我之上"，是记录其"小才微善"。才，恐怕巧姐是有限的，且不论抄家时她年纪较小，恐未曾完成完整的诗书教育，后来又下嫁民家，也不像香菱还能进入大观园与众多才女吟咏进益。而且，即使同在大观园中的迎春探春也比宝钗黛玉逊色多多。是以巧姐即使在贾府长大，才学恐怕也难与薛林争胜。所以，巧姐能够进入十二正钗之列，很有可能在"善"在"德"！

我们知道作者是很会狡狯手法的，像薛林那样的，还说是"小才"，所以巧姐，恐非仅仅是"微善"。而且《红楼梦》中绝少有闲文，并惯会草蛇灰线，伏脉千里，所以巧姐的"微善"也许和第九十二回的"慕贤良"有着千丝万缕的联系。

在《红楼梦》后四十回贾府破败后，她险些被王仁、贾环等人卖给一个外藩王爷做妾，幸而刘姥姥、平儿合力将她救出，最后嫁到姓周的富农家，丰衣足食。但根据书中判词及伏笔，巧姐更有可能是嫁给了刘姥姥的外孙板儿。

"那大姐儿因抱着一个大柚子顽的，忽见板儿抱着一个佛手，便也要佛手。丫鬟哄他取去，大姐儿等不得，便哭了。众人忙把柚子与了板儿，将板儿的佛手哄过来与他才罢。那板儿因顽了半日佛手，此刻又两手抓着些果子吃，又忽见这柚子又香又圆，更觉好顽，且当毬踢着玩去，也就不要佛手了。"此处共有四处脂批。庚辰双行夹批："小儿常情遂成千里伏线。"庚辰双行夹批："柚子即今香团之属也，应与缘通。佛手者，正指迷津者也。以小儿之戏暗透前回通部脉络，隐隐约约，毫无一丝漏泄，岂独为刘姥姥之俚言博笑而有此一大回文字哉？"蒙侧批："伏线千里。"蒙侧批："画工。"

作者写"这柚子又香又圆"，谐音"香橼"。批书人注明"应与缘通"。香橼为果名，似橘。子肉甚厚，白如芦菔，女工竞雕镂花草，渍以蜂蜜。亦名香橼。此外，又可用作砧木，但只可嫁接佛手，对其他种类严格不亲和。因此巧姐和板儿的柚子佛手互换之举极有可能是姻缘兆始。这也就是薛姨妈所说的"千里姻缘一线牵"。只要月下老人"暗里只用一根红丝把这两个人的脚绊住,凭你两家隔着海,隔着国,有世仇的,也终久有机会作了夫妇"。

巧姐嫁给姓周的富农,都被认为是做梦都想不到的下嫁。更不要说嫁给当初曾畏畏葸葸去她家打秋风的刘姥姥的外孙。一般女子,如果从侯门嫁到荒村这等下嫁,多半是哭哭啼啼,怨天尤人的。但我想,这一定不是巧姐。

巧姐的巧,一般多认为是因为她生在七月初七日子不好,第二十一回染了痘疹,这在当时是险症,死亡率很高。第四十二回撞了花神发热,第八十四回惊风。三灾六难不断,所以第四十二回,凤姐让刘姥姥给起名字,刘姥姥说:"就叫他是巧哥儿,这叫作'以毒攻毒,以火攻火'的法子。姑奶奶定要依我这名字,他必长命百岁。日后大了各人成家立业,或一时有不遂心的事,必然是遇难成祥,逢凶化吉,却从这'巧'字上来。"因此最后刘姥姥把她救了。

但我认为,巧姐的巧,除了这些,还有多重含义。巧姐生于七夕,终日纺绩,暗喻其为织女,而织女本是"天孙",南朝梁宗懔《荆楚岁时记》:"天河之东有织女,天帝之女也。"暗喻巧姐有着天潢贵胄的出身。其次,织女下嫁贫寒的凡夫俗子牛郎,也合乎巧姐的丈夫板儿微贱的身份。再次,巧姐应该是手艺精巧的。《上山采蘼芜》里都谈到新人"织缣日一匹",旧人"织素五丈余",可知女红一道,同是女子而大有差别,《红楼梦》中也提到有一种"慧绣":"凡这屏上所绣之花卉,皆仿的是唐、宋、元、明各名家的折枝花卉,故其格式配色皆从雅,本来非一味浓艳匠工可比。每一枝花侧皆用古人题此花之旧句,或诗词歌赋不一,皆用黑绒绣出草字来,且字迹勾踢,转折,轻重,连断皆与笔草无异,亦不比市绣字迹板强可恨。"因觉这样笔迹说一"绣"字,反似乎唐突了,所以改称"慧纹",若有一件真"慧纹"之物,价则无限。织女本来就是"年年织杼劳役,织成云锦天衣"。巧姐实其名,应该是在此道上颇见精妙的。况且刘姥姥家本贫寒，为救她更是倾家荡产，巧姐婚后很有可能是以纺绩针黹补贴家用，甚至养家糊口。

说到此处，可能又有君子嗒然失色，恨不得为巧姐一哭。然而，我们常常不免以二元论来衡量和评价事物。如果纺绩是公侯夫人所做，往往是赞美不绝，如《诗经·葛覃》赞扬后妃"为絺为綌，服之无斁"，说她们在父母家里从事女工，纺纱织布。又如《汉书·张安世传》说："安世尊为公侯，食邑万户，然身衣弋绨，夫人自纺绩。"但是纺绩的如果是贫家女子，则视之为本等，甚至觉得对方可怜。所以我们会认为贾巧姐从侯门之女下嫁到荒村纺绩是一种悲剧。

然而，十二钗各有其美，最小的巧姐能够得附骥尾，一定不会仅仅因为她是王熙凤的女儿这么简单，贫富都夷优自若，嫁与豪室寒门，只是活动天地大小而已，而"主中馈，助蒸尝""奉箕帚，操井臼"，不是一样的么？不要忘了，巧姐是牵牛花，不是柔弱无主、暗自伤怀的夕颜，而是与日同起、和露而开的朝颜！比起夕颜的洁白、柔软、楚楚可怜，朝颜们都是积极向上、明亮鲜妍的存在啊！富不骄，贫不谄，嫁与豪富夫家淡然，嫁与贫寒夫家安然，即使身入寒门，亦能令满堂雍熙，方不负宜室宜家，我想，这才是真正大家之女贾巧姐。

为何要把吃醉了酒的芳官扶到宝玉的床上去？

——"贤"袭人的不解之举

你们袭粉们听着！

我如今不与你们辩论袭人与宝玉偷试云雨情是否越礼，也不与你们辩论宝玉出家后袭人不与宝玉守节是否不守礼。

实际上也没啥可辩的。袭人与宝玉偷试云雨情心中自辩的理由是："袭人素知贾母已将自己与了宝玉的，今便如此，亦不为越礼。"然则晴雯被撵出去时老太太说什么？"但晴雯那丫头我看他甚好，怎么就这样起来。我的意思这些丫头们那模样儿言谈针线多不及他，将来只他还可以给宝玉使唤得。"老太太的意思是什么？宝玉的准姨娘只有一个，是晴雯！本来就轮不到你，还辩什么越礼不越礼？

再则，既试了，是宝玉的人了，为何宝玉出家了，宝钗守得，袭人守不得？袭人又自己说"原没过了明路"。那时过了明路，不要说老太太，先问王夫人允得允不得？即使没过得明路，甚至没有肌肤之亲的，为何人家晴雯就可以说"我就一头碰死了，也不出这个门"？那个时候还不是王夫人要撵她，而是宝玉生了气说要让她出去。当然，你们又会说我这个时节谈守节是啥时代了冥顽不灵还"封建贞节观"。这也奇了，那袭人你辩她"守礼"时用的是"封建"标准，你辩她"守节"时又不许用"封建"标准，你不是偷换概念双重标准么？

但我如今不理这个，且只问你一件事：

吃醉了酒，袭人为何要把芳官扶到宝玉的床上去？

《红楼梦》第六十三回怡红院开夜宴，文中写道：

袭人等又用大钟斟了几钟，用盘攒了各样果菜与地下的老嬷嬷们吃。彼此有了三分酒，便猜拳赢唱小曲儿。……芳官吃的两腮胭脂一般，眉梢眼角越添了许多丰韵，身子图不得，便睡在袭人身上："好姐姐，我心跳的很。"袭人笑道："谁许你尽力灌起来。"小燕四儿也图不得，早睡了。晴雯还只管叫。宝玉道："不用叫了，咱们且胡乱歇一歇罢。"自己便枕了那红香枕，身子一歪，便也睡着了。袭人见芳官醉的很，恐闹他唾酒，只得轻轻起来，就将芳官扶在宝玉之侧，由他睡了。自己却在对面榻上倒下。

有论者认为是因芳官醉酒不便将其扶太远，太远了恐怕她吐酒。但是，袭人"自己在对面榻上倒下"，对面榻上能有多远？"而将芳官扶到了宝玉之侧"，就不能让芳官和自己挤一挤吗？

袭人往日对芳官亲密么？不见得。芳官的干娘拿了芳官的月钱，反而补贴自己的女儿，还用女儿洗头的剩水给芳官洗。芳官不平，与干娘吵闹。而袭人也是因宝玉发了话，让袭人以后照顾芳官，才"起身至那屋里取了一瓶花露油并些鸡卵、香皂、头绳之类，叫一个婆子来送给芳官去，叫他另要水自洗，不要吵闹了"。

要真是"好姐姐"，这些东西不早为芳官准备好了，还等着芳官哭闹挨打哪？——袭人所谓的对芳官好，是看主子的脸色，不是真与芳官亲厚。

又则干娘不服，吵闹之际，袭人对麝月说了一句意味深长的话："我不会和人辩嘴，晴雯性子太急，你快过去震吓他两句。"

《红楼梦》之人物百态

这倒也奇了。我们记得，袭人可是最会"说话"的。看她与王夫人分析为免宝玉和黛玉宝钗都住大观园惹人闲话，应该把宝玉搬出园子（其实最主要的是远离黛玉，宝钗不过陪衬耳），何等头头是道，何等滴水不漏。

还有，她假装家人要赎她回去，驳斥宝玉"贾府不会放她"的猜想，趁宝玉不舍之际和宝玉"约法三章"，如要装出喜欢读书的样子，不要吃人家嘴上的胭脂（其实最重要的也是后者，免得和其他女子亲近），又何等入情入理，何等令人信服。怎么突然不会和人辩嘴了呢？其实道理很简单——卖乖讨好自己上前，得罪人的事儿让别人出头！

而且，是袭人把芳官扶到宝玉床上。然而第二天早上，袭人却又第一个说："不害羞，你吃醉了，怎么也不拣地方儿乱挺下了。"意思是芳官自己不知分寸，袭人把自己的责任推脱得干干净净。

要知道，金钏死在第三十二回，其肇死原因在第三十回已有交代，是因她和宝玉说了几句私情话，王夫人听见了，指着骂道："下作小娼妇，好好的爷们，都叫你教坏了。"于是便撵了出去，金钏不堪如此耻辱，最终跳井自尽。

第三十二回金钏因此而死，大家可是知道厉害的，第六十三回还把芳官扶到宝玉的床上去？

和宝玉说了几句私情话后果即如此，那与宝玉同床而眠被传扬出去呢？

所以第七十七回里，王夫人就呵斥芳官道："唱戏的女孩子，自然是狐狸精了！上次放你们，你们又懒待出去，可就该安分守己才是。你就成精鼓捣起来，调唆着宝玉无所不为。"又喝命："唤他干娘来领去，就赏他外头自己寻个女婿去罢。把他的东西一概给他。"

可叹芳官们，太天真了果然不好，致蹈杀机而不觉。悲哉伤哉！

《红楼梦》中情商"最高"的是袭人

现代人对于情商非常注重，那么，如果回到《红楼梦》文本，谁的情商最高呢？我认为袭人是实力派选手。

有人认为情商最高的是老太太，我认为不是。老太太地位高，她一开始就是出自四大家族"贾史王薛"中的史家。史家是什么家族？"阿房宫，三百里，住不下金陵一个史。"她嫁的是什么家族？"贾不假，白玉为堂金作马"的贾家。从重孙媳妇做起，到现在自己有了重孙媳妇，成了贾府的最高女家长。出身高贵，夫家高贵，自己又生儿育女，地位稳固。老太太肯定情商高，但是显然她的好牌多，占了多少优势。

袭人呢？出身普通人家，又被卖到贾府。"当日原是你们没饭吃，就剩我还值几两银子，若不叫你们卖，没有个看着老子娘饿死的理。"可见袭人幼时艰辛苦状。进府之后，也不过是个丫鬟。可以说，出身低，起步晚，没靠山，而且资质也不过中等以上，容貌、女红、口齿都不如晴雯。像这样能够混上怡红院丫鬟席位中的头把交椅，不是靠情商高靠什么？

有人认为情商最高的是王熙凤。我认为也不是。王熙凤用大家的月钱放高利贷，赚得盆满钵满；收静虚三千两银子拆散别人的婚姻，导致两人殉情而死；用坐山观虎斗的方式逼死尤二姐……看起来赫赫扬扬，那只是胆大妄为，不是情商高。克扣大家的月钱弄得怨声载道，高利贷的票据将来抄家的时候也成了罪证；逼死人命东窗事发，等待她的是曹雪芹早就埋伏好的"一从二令三人木，哭向金陵事更哀"，也就是被休。但是若按她的所作所为产生的后果来看，恐怕不是仅仅被休就可以解决的。而且凤姐的失败不能归结为运气不好或者偶然因素，她的行为必然会为自己招来祸殃。一个真正情商高的人，至少懂得趋利避害，什么钱能赚什么钱不能赚。一个把自己安身立命的位子都玩没了的人，敢说是情商高？

那袭人呢？请注意，有的人认为袭人和晴雯同属怡红院的大丫头，地位待遇差不多，实际上差很多的。袭人本是月钱一两的丫鬟，但帐是算在老太太头上的，晴雯麝月等的月钱是一吊。后来，王夫人不让袭人再从老太太那里领取薪水，而是自己每月拿出二两银子一吊钱来给袭人。袭人"二两月银"的规格和贾府中的姨娘是一样的。作为一个丫鬟，袭人在薪金上享受王夫人特殊津贴，在生活上享受姨娘待遇，是相当体面的。

袭人作为怡红院的丫鬟，能够越级提拔，得到直属领导宝玉的顶头上司——王夫人的赏识，不仅提高了工资，而且潜在地升了职，这个升职是很快就可以落实的。袭人能从一堆同事里面脱颖而出，尤其是把各方面都比她优秀的晴雯甩出了不止一条街，不是靠情商高靠什么？

从感情的角度，凤姐就更失败了。虽然她和贾琏也有青梅竹马的过往，新婚时也有蜜里调油的时光，但是一切渐渐变质。虽然一百二十回的版本没有直接写到凤姐被休，但是在被认为出自他手笔的前八十回里，在他们的婚姻存续期间，贾琏已经两次诅咒她的死亡。

第四十四回，贾琏和鲍二家的鬼混被凤姐发现，贾琏反而气得从墙上拔出剑来要杀凤姐："不用寻死，我也急了，一齐杀了，我偿了命，大家干净。"

如果说第四十四回是逼急了，一时发狠，但第六十五回贾琏偷娶尤二姐时，贾琏"又将凤姐素日之为人行事，枕边衾内尽情告诉了他，只等一死，便接他进去。二姐听了，自是愿意"。贾琏已经是天天盼着凤姐死了。

你看袭人在怡红院时，宝玉天天惦记着给她留糖蒸酥酪等好吃的东西，时时刻刻"袭人姐姐"不离口，为了不让她走还答应她的各种要求以表明心迹。即使袭人嫁了别人，仍只是慨叹"谁知公子无缘"。这样一比，凤姐失败不失败？袭人厉害不厉害？

还有人认为情商最高的是薛宝钗。但是仔细想想，宝钗婚前争了多久，人家宝玉心中缠缠绵绵还是只有一个黛玉。婚后没过多少天，丈夫干脆离家出走了。一个大户人家的小姐，又不好意思改嫁，只能窝窝囊囊地守寡。把自己这一生经营得这么憋屈，这也叫情商高？反而袭人呢？之前假装说要走，把宝玉吓得要死，不但泪痕满面，而且又是赌咒又是发誓："你说，那几件？我都依你。好姐姐，好亲姐姐，别说两三件，就是两三百件，我也依。"之后虽然一心爱慕黛玉，但是仍然记挂着，恐怕还只有黛玉袭人这几个，还是同死同归的。在宝玉的人生设想中，黛玉和袭人就是他的娇妻美妾。而且，不能说这仅仅是因为古代男子三妻四妾很平常，那宝玉第一感觉怎么不是晴雯呢？也不能说黛玉作为那个时代的大家闺秀也必须遵循这种规矩，允许宝玉纳妾，因为不要忘了，宝玉还曾冲口而出，袭人死了他做和尚去，还惹得黛玉说他"做了两个和尚了"。这说明袭人不仅是在他身边，而且也曾走入他的心里。袭人甚至能从黛玉手里夺得一点席位，诸位看官细想想，不是靠情商高靠什么？最后人家袭人还嫁了有房有地的蒋玉菡，并且是做了正头娘子。

所以，《红楼梦》里的袭人：

1. 超越自己的出身阶层，从最底层逆袭。

2. 和同事（丫鬟）相比，地位稳固。

3. 和领导（小姐、少奶奶）相比，笑到最后。

但是，要做到这样成功靠什么？

时时刻刻不忘表忠心。袭人过去曾在贾母面前服侍，因为她温柔和顺，贾母将她给了宝玉。过去她为贾母服务时，心中只有一个贾母，现在她为宝玉服务，心里又只有一个宝玉。

揣摩主人的心理，王夫人后期的核心特质甚至可以被高度浓缩为"爱子"，也就是非常关注自己的儿子宝玉。当府中的事情与宝玉的利益无关时，一般说来，她可以用平淡的心态来处理；但只要与宝玉的利益有关，她就会立刻变得非常警觉和敏感，以雷霆手段给予严厉处置，金钏儿只因和宝玉调笑就被王夫人逐出贾府含恨自杀就是一个最好的例子。

袭人揣摩出了这一点，因此宝玉因琪官、金钏儿两事并发而被贾政毒打后，王夫人问袭人知不知道缘故，她当然佯作不知金钏儿事件，反而奇峰突起地说宝玉就应该教训。

袭人道："论理，我们二爷也须得老爷教训两顿。若老爷再不管，将来不知做出什么事来呢。"王夫人一闻此言，便合掌念声"阿弥陀佛"，由不得赶着袭人叫了一声"我的儿，亏了你也明白，这话和我的心一样。我何曾不知道管儿子，先时你珠大爷在，我是怎么样管他，难道我如今倒不知管儿子了？只是有个原故：如今我想，我已经快五十岁的人，通共剩了他一个，他又长的单弱，况且老太太宝贝似的，若管紧了他，倘或再有个好歹，或是老太太气坏了，那时上下不安，岂不倒坏了，所以就纵坏了他。我常常掰着口儿劝一阵，说一阵，气的骂一阵，哭一阵，彼时他好，过后儿还是不相干，端的吃了亏才罢了。若打坏了，将来我靠谁呢！"说着，由不得滚下泪来。

袭人见王夫人这般悲感，自己也不觉伤了心，陪着落泪。又道："二爷是太太养的，岂不心疼。便是我们做下人的服侍一场，大家落个平安，也算是造化了。要这样起来，连平安都不能了。那一日那一时我不劝二爷，只是再劝不醒。……"

这特别像心理学上的共情能力，或称移情能力，指的是一种能设身处地体验他人处境，从而达到感受和理解他人情感的能力，因此这也是最快拉近距离的方式。但是遗憾的是，袭人的"共情"目的却在于疏远和中伤黛玉，故所进之言为："我只想着讨太太一个示下，怎么变个法儿，以后竟还教二爷搬出园外来住就好了。""如今二爷也大了，里头姑娘们也大了，况且林姑娘宝姑娘又是两姨姑表姊妹，虽说是姊妹们，到底是男女之分，日夜一处起坐不方便，由不得叫人悬心，便是外人看着也不像。"这里袭人把林姑娘放在宝姑娘前面，实则里面的宝姑娘只是虚晃一枪，可以说是把宝黛的关系向王夫人挑明了，而袭人对黛玉的贬低正投合了王夫人的心事，引起王夫人极大的反应，两人推心置腹。她抓住王夫人的爱子心理，取得了信任和应有的承诺。从此她不仅享有了更多的物质待遇，而且也得到了宝玉准姨娘的暗中承诺："我就把他交给你了，好歹留心，保全了他，就是保全了我。我自然不辜负了你。"

得罪人的事从来自己不出头。春燕之母芳官干娘来吵，袭人唤麝月道："我不会和人辩嘴，晴雯性子太急，你快过去震吓她两句。"袭人知道王夫人不喜婢女和宝玉太亲近，于是自从王夫人抬举了她之后，总是远着宝玉，而让晴雯负责睡宝玉的外床夜晚照顾宝玉。袭人说这个不自重那个不自重，自己却是唯一和宝玉试过云雨的。

如果这就是情商高的表现的话，我佩服，却不爱她。

《红楼梦》之人物百态

因为没有很多很多爱，她们选了很多很多钱

《红楼梦》中的邢夫人、王熙凤和李纨有共同点吗？一般人的第一反应是，这几个人除了有亲属关系之外，八竿子打不着啊，但其实她们有一个显著的共同点——贪财。

邢夫人不用说，《红楼梦》第七十五回她的弟弟邢大舅抱怨道，"我母亲去世时我尚小，世事不知。他姊妹三个人，只有你令伯母年长出阁时，一分家私都是他把持带来。"邢夫人做姑娘的时候就把家里的财产搜刮得干干净净，当作嫁妆才能嫁到王侯之家的贾家。高嫁了之后，一味吝啬，也不管娘家的兄弟，以致兄弟的日子过得捉襟见肘，穷到需要寄居在蟠香寺的房子里，领着女儿来投靠贾家后，邢夫人又把邢岫烟安置在迎春屋里，让邢岫烟蹭迎春的东西使。

邢夫人的这种安排，给邢岫烟带来了很大的烦难，因为月钱不够使用，岫烟还被迫当了自己的棉衣，她告诉宝钗：

"姑妈打发人和我说，一个月用不了二两银子，叫我省一两给爹妈送出去，要使什么，横竖有二姐姐的东西，能着些儿搭着就使了。姐姐想，二姐姐也是个老实人，也不大留心，我使他的东西，他虽不说什么，他那些妈妈丫头，那一个是省事的，那一个是嘴里不尖的？我虽在那屋里，却不敢很使他们，过三天五天，我倒得拿出钱来给他们打酒买点心吃才好。因一月二两银子还不够使，如今又去了一两。

前儿我悄悄的把棉衣服叫人当了几吊钱盘缠了。"

李纨更不用说，大观园结诗社，李纨领着众姑娘们问王熙凤要钱，王熙凤半开玩笑半揭露地说：

"亏你是个大嫂子呢！把姑娘们原交给你带着念书学规矩针线的，他们不好，你要劝。这会子他们起诗社，能用几个钱，你就不管了？老太太，太太罢了，原是老封君。你一个月十两银子的月钱，比我们多两倍银子。老太太、太太还说你寡妇失业的，可怜，不够用，又拉着个小子，足的又添了十两，和老太太，太太平等。又给你园子地，各人取租子。年终分年例，你又是上上分儿。你娘儿们，主子奴才共总没十个人，吃的穿的仍旧是官中的。一年通共算起来，也有四五百银子。这会子你就每年拿出一二百两银子来赔着他们顽顽，能几年的远限？他们各人出了阁，难道还要你赔不成？这会子你怕花钱，调唆他们来闹我。"

王熙凤贪财是大家有目共睹的。她拆散张金哥与周守备之子的婚约，得到了三千两银子。"自此凤姐胆识愈壮，以后有了这样的事，便恣意的作为起来。也不消多记。"她还利用管家的职权，把丫鬟们的月份银子钱拿去放高利贷，因此常常拖欠很长时间还没有发月例。平儿告诉袭人："这个月的月钱，我们奶奶早已支了，放给人使了。等别处的利钱收了来，凑齐了才放呢。""这几年拿着这一项银子，翻出有几百来了。他的月例公费又使不着，十两八两零碎攒了放出去，只他这梯几利钱，一年不到，上千的银子呢。"袭人得知了王熙凤拖欠月例的真正目的，不由惊讶道，她还缺这个银子使？

对啊，难道她们还缺这个银子使？怎么如此贪财呢？

在简单化道德批评之外，也有这样一种可能，甚至也许是邢夫人、李纨和王熙凤自己都意识不到的：她们的贪财源于缺乏安全感，而且是特定时代特定人群的缺乏安全感。

她们都生活在古代，一个讲求"在家从父、出嫁从夫、夫死从子"的三从时代。不管是邢夫人的出身小家门户，李纨的出身书香门第，还是王熙凤的出身名门望族，在出嫁了之后，她们的社会身份、地位和价值是要由她们的丈夫决定的。在女子无法用其他方式实现自己价值的情况下，丈夫就是她们的修行，婚姻就是她们的战场，是战功煊赫还是惨淡收场，这几乎是唯一的评价标准。

因此，她们需要丈夫的认可，而为了获得这种认可，不得不殚精竭虑，惨淡经营。邢夫人"只知奉承贾赦以自保"，即使丈夫已经儿孙绕膝，依然要左一个小老婆，右一个小老婆，她也毫不在意，甚至要亲自说和鸳鸯来给自己的丈夫做妾：

"你跟了我们去，你知道我的性子又好，又不是那不容人的人。老爷待你们又好。过一年半载，生下个一男半女，你就和我并肩了。家里人你要使唤谁，谁还不动？现成主子不做去，错过这个机会，后悔就迟了。"

王熙凤生日宴上，贾琏和鲍二家的偷情，王熙凤闹了一场，最后也不得不忍下。贾琏后来偷娶尤二姐，王熙凤心中恨得咬牙切齿，表面上却和和气气把尤二姐接入贾府，并且姐妹相称，以博一个"贤良之名"。

她们的目标向来都是更弱的女性——鸳鸯、鲍二家的、尤二姐，而不是她们的丈夫。只因哪怕她们看起来多么气势汹汹，比如邢夫人拿了绣春囊问罪王夫人，暗示管家不力，比如王熙凤因贾蓉挑唆贾琏偷娶尤二姐而大闹宁国府，她们本质上，也只是菟丝和女萝，只能缠绕在乔木——她们的丈夫身上。乔木怎么可以倒塌？如果那样，菟丝和女萝何有立足之地？

所以看看李纨，因为她的丈夫贾珠死了，所以即使她的婆婆王夫人曾是管家婆，即使李纨自己也有管家的能力（虽然能力不如凤姐，但是毕竟凤姐病后，她和宝钗探春也一起管过家），她"顺理成章"地让出管家权，"居家处膏粱锦绣之中，竟如槁木死灰一般，一概无见无闻，唯知侍亲养子，外则陪侍小姑等针黹诵诗而已"。

贾珠已经死了，他不会再爱，也不会再保护李纨了。

而贾赦和贾琏呢？

贾赦对邢夫人怎么样？曹雪芹是很高明的，他早用了谐音法来暗示，可谓名如其人，"邢"同虚"赦"（形同虚设）。

贾琏对王熙凤呢？第四十四回，贾琏和鲍二家的鬼混被凤姐捉到，贾琏的反应竟然是气得从墙上拔出剑来要杀凤姐："不用寻死，我也急了，一齐杀了，我偿了命，大家干净。"第六十五回，贾琏已经是天天盼着凤姐死了，"又将自己积年所有的梯己，一并搬了与二姐收着，又将凤姐素日之为人行事，枕边衾内尽情告诉了他，只等一死，便接他进去。二姐听了，自是愿意"。

邢夫人、李纨和王熙凤，其实她们聚敛的钱财，足以丰度此生，甚至即使李纨为了儿子贾兰，其钱财也足够了，何况贾兰还是那么一个争气的孩子，他凭借自己的努力就能"威赫赫爵禄高登"。所以啊，她们的贪财，有个人因素，也有潜意识的恐惧。亦舒小说中的著名人物喜宝说："要么给我很多很多的爱，要么给我很多很多的钱。"因为没有安全感，钱变成了她们的安全感。因为没有很多很多爱，她们选了很多很多钱。

所以生在现代，我们比起哪怕是王侯贵族之家的女性，也已经有了更广阔的平台和权利。我特别希望，女性能够依靠自我的力量给自己很多很多爱，为自己挣很多很多钱，而不是依靠其他任何人。女人拥有更多独立，才能拥有更多选择，更多自由，更多欢笑。

若宝玉贫贱落魄了，晴雯袭人谁会陪宝玉终老？

红迷小朋友们经常会有一些奇奇怪怪的可爱想法，比如今天："浪花童子"说："花袭人虽然最后和蒋玉菡结婚，有了一个自己的归宿，多少也会有心理落差和心灵创伤。"

我说："创伤个啥呀？宝玉虽然是富家公子，他自己说过，虽然有钱又不归我使；但是蒋玉菡，你可以看看，有房子有地的。袭人嫁给宝玉，也不知道第几房小妾了。你看王夫人一直只是给姨娘待遇，却没有给什么正式的名分，到了宝钗，更是把她扫地出门了。她跟了蒋玉菡，可是正房娘子。再说了，当时袭人被宝玉踢了一脚，结果吐了血，当下心里就灰了半截，因素日常听人说'少年吐血，年月不保，纵然命长终是废人了'，想起此言，不觉将素日想着后来争荣夸耀之心尽皆灰了，眼中不觉滴下泪来，就是担心以后不能生育。袭人希望将来成为宝玉的小妾，如果不能生育，将来的命运可想而知，贾政的另一妾周姨娘就是袭人的前车之鉴。贾政实际上有一妻两妾：妻王夫人，妾赵姨娘和周姨娘。但是周姨娘没有孩子，每每在书里面出现，也只是为贾政打打帘子，就是个打酱油的角色。所以，很多读者甚至都感受不到周姨娘的存在。"

"浪花童子"说："感觉袭人离开的不仅仅是贾府繁华似锦的环境，更离开了平时一起玩耍嬉闹的姐妹，还有一直爱慕的宝玉（真喜欢未必在意名分），虽然嫁给蒋玉菡是正妻，但是内心肯定是第二选择。宝玉的性格为人和他父亲那样传统封建社会士大夫有天壤之别，所以袭人麝月晴雯都是希望一直伴随他的，感觉这是本心，未必在意身份和地位。"

给我笑的，我说："袭人出了名的拎得清，她还跟您想的一样，守着宝玉在乎情意？别让人笑死了。

"嫁给蒋玉菡是正妻，就算她自己不能生育了，别的妾生的孩子也得要认她为嫡母。别忘了袭人家都是很现实的，她本来不是奴才之身，只是因为家道中落，"当日原是你们没饭吃，就剩我还值几两银子，若不叫你们卖，没有个看着老子娘饿死的理"，所以她才卖身到贾府做了奴才。小小年纪就这么现实，你让她结婚的时候还什么情谊为重？

"所以《红楼梦》第五回，宝玉看的画册，画着袭人的象征是一领破席。曹雪芹如果没有褒贬之义，他说画着一领席子就可以了，为什么是一领破席？我认为这是他对袭人含有贬义，而这种贬义并不是出于封建贞操观，而更多的是一种对人品方面的遗憾，毕竟在王夫人逐晴雯那件事上，宝玉已经怀疑是袭人告密了。宝玉说：'怎么人人的不是太太都知道单不说，又单不挑出你和麝月、秋纹来？'"

"浪花童子"说："《红楼梦》本意上看，袭人、晴雯对宝玉都还是有情的。所以或许曹公本意会安排袭人陪伴宝玉落魄贫贱终老，也许？"

我说："假如晴雯袭人都活着，宝玉落魄了，晴雯会陪伴宝玉终老，袭人不会。

"晴雯会卖刺绣养活宝玉；袭人会说把我卖一个好人家，留点儿钱养活宝玉。

"晴雯先是被赖大家的买了，买了之后，晴雯想起还有一个姑舅哥哥流落在外，就央求赖家把她的姑舅哥哥也买进来，让他有一个稳定的营生，进来吃工食。

　　"袭人是家道中落，就卖了自身，让她的父母哥哥可以支持下去。江山易改，本性难移，一个人的行为模式是不会轻易改变的。

　　"再说你看，她们在书里各自表明的心志。晴雯说：'我一头碰死了，也不出这门儿。'袭人说：'难道作了强盗贼，我也跟着你罢？'

　　"你品，你细细品。"

　　沧海横流，方显英雄本色。

　　山穷水尽，才见一个人的真心。

胡庸医和胡太医是一个人吗？

我曾经发过《疫苗事件：胡庸医乱用虎狼药！》，群友鱼点灯说："胡庸医的虎狼药，把尤二姐的孩子也打下来了。"

我说："不是同一个。是胡君荣把尤二姐的胎儿打下来了，但是给晴雯看病的那个胡庸医不是胡君荣。"

1987年版电视剧《红楼梦》中这两个角色也是由两个不同的人出演。

芥舟发来一段原文——

> 谁知王太医此时也病了，又谋干了军前效力，回来好讨荫封的。小厮们走去，便仍旧请了那年给晴雯看病的太医胡君荣来。诊视了，说是经水不调，全要大补。贾琏便说："已是三月庚信不行，又常呕酸，恐是胎气。"

我一愣，也发了一段原文——

> 尤二姐惊醒，却是一梦。等贾琏来看时，因无人在侧，便泣说："我这病便不能好了。我来了半年，腹中也有身孕，但不能

预知男女。倘天见怜，生了下来还可，若不然，我这命就不保，何况于他。"贾琏亦泣说："你只放心，我请明人来医治。"出去即刻请医生。谁知王太医亦谋干了军前效力，回来好讨荫封的。小厮们走去，便请了个姓胡的太医，名叫君荣。

但是我立即意识到，莫非，版本不一样？

一查果然！

按照庚辰本，是两个人。

按照程甲本，是一个人。

如果是一个人的话，从创作的角度，胡庸医乱用虎狼药其实就更有着落了，写为同一个人效果更好。

因为胡君荣给晴雯治感冒，只是用药猛烈，但是有可能也见效快。再者晴雯并没有服用，因此究竟是好是坏很难断定。可是，如果这同一个胡君荣，连胎儿和瘀血都分不清，用药活活把人家胎儿打下来，那说明他确实是胡庸医，确实是乱用虎狼药！

而且从写作技巧上来讲，也是草蛇灰线伏脉千里，前头是晴雯，后头是尤二姐。除了晴雯和二姐的对比，也把宝玉跟贾琏做了一个对比。

宝玉一看胡庸医的药方里有枳实麻黄，就不让晴雯服用，改请了王太医。由于宝玉的细心，晴雯没有受害。

可是贾琏口口声声说爱尤二姐，实际上并不真正体贴她，所以任由小厮请了这么一个医生，害了尤二姐。当胡君荣说是瘀血要开下瘀血的方子，贾琏有怀疑，觉得又泛酸水又三个月没来例假，恐怕是胎气，但是他就没有宝玉这么细心。这可不是感冒什么的小病，但贾琏并没有再请另外一个医生看看，保险一下，这正照应了《红楼梦》第四十四回的批评——"贾琏惟知以淫乐悦己，并不知作养脂粉。"

如果胡庸医和胡君荣是一个人，在创作角度更能说得通了。胡庸医乱用虎狼药放在晴雯那儿还不是特别能够服众，或者还有争议；但如果胡庸医同时又是胡君荣的话，那胡庸医乱用虎狼药这句评语放在尤二姐这儿是名副其实。

这真是说明版本重要性的一个非常生动的例子，甚至还有可能对《红楼梦》成书产生一个猜测，也就是曹雪芹家里没准儿受过类似的庸医的害。第六十九回这个回目是说尤二姐的，但因为这回的批评重点在于王熙凤，所以曹雪芹重点突出了凤姐的手段与二姐的结局，以《弄小巧用借剑杀人，觉大限吞生金自逝》为标题，没有用庸医虎狼药之类的措辞喧宾夺主。但是这个标题和理念他念兹在兹，实难舍弃，因此把庸医虎狼药用在晴雯那儿了。

《红楼梦》也是一部宅斗剧？

前几日一文《为何要把吃醉了酒的芳官扶到宝玉的床上去？——"贤"袭人的不解之举》引起了激烈的讨论。有一群组中的探讨，不攻击，不谩骂，心平气和，有理有节，其结论亦颇具建设性。参与讨论者有：Grace，我，佟伟，远大理想，周宙，Judy 朱颜。

Grace：有个疑问，袭人扶芳官躺下的时候，没有其他人在场了吗？如果有的话，她这样做不是太明显了？

我：要先表扬一下 Grace。因为她显然和我意见不同，但是商榷的时候有理有据，心平气和，我认为这是学术讨论最正确的态度。

古代红学争论有一言不合，几挥老拳，现在也有互相谩骂的情况出现。我非常高兴，我们这个群里风气非常正。其实通过争议，双方也可以反思自己的观点，而且争论中会有很多闪光的地方出现，但是一旦滑入到攻击谩骂的层面，不但等而下之，而且也争辩不出来有用的东西了，所以我觉得我们群的风气非常可贵。

Grace：我只是有些疑问，并不是不同意您的观点。

我：明白。不同意都没关系，何况您只是有疑问呢？马上谈我自己的拙见。当然我首先声明一下，我并不是说觉得袭人是一个彻头彻尾、十恶不赦的大坏人。

Grace：通过昨天的讨论，我也觉得袭人心机深。可能她的一些行为已经是下意识的。

我：我也是通过大家的反应啊评论啊，意识到了挺多的东西。比如说有一个朋友回复说，芳官的容貌性格资质，公然是一个小晴雯，这可能是袭人最不喜欢的类型。

Grace：但是我觉得红楼的本意并不是写谁善谁恶，而是写出了人性的复杂。

我：对！复杂性。您说得真好！我也想说这个。

Grace：要不怎么会有曹公的千红一窟，万艳同杯之说？他的本意应该是悲悯的。

我：所以袭人可能不是有心对芳官坏，但是可能下意识地捉弄她一下，取笑她一下。但是有些玩笑是"玩火"，没事大家都好，有事就包不住。

您看芳官的干娘能跑到怡红院来给宝玉吹汤，虽然大丫头们笑她把她赶出去了，但是可以想见她离主子的距离是很近的。

他干娘也忙端饭在门外伺候。向日芳官等一到时原从外边认的，就同往梨香院去了。这干婆子原系荣府三等人物，不过令其与他们浆洗，皆不曾入内答应，故此不知内帏规矩。今亦托赖他们方入园中，随女归房。这婆子先领过麝月的排场，方知了一二分，生恐不令芳官认他做干娘，便有许多失利之处，故心中只要买转他们。今见芳官吹汤，便忙跑进来笑道："他不老成，仔细打了碗，让我吹罢。"一面说，一面就接。晴雯忙喊："出去！你让他砸了碗，也轮不到你吹。你什么空儿跑在这槅子里来了？还不出去。"

佟伟：和而不同。大家都是探讨的本意。

远大理想:《红楼梦》的人物角色活动反映了中国人的内心世界,是一次现实的说白,非常现实,可悲可泣才是生活。

我:我的小见识是:即使当时袭人扶芳官睡在宝玉之侧没人看到,但是第二天天那么迟了,袭人又说出那样的话,那个时候婆子们肯定早都起来了。

> 大家黑甜一觉,不知所之。及至天明,袭人睁眼一看,只见天色晶明,忙说:"可迟了。"向对面床上瞧了一瞧,只见芳官头枕着炕沿上,睡犹未醒,连忙起来叫他。宝玉已翻身醒了,笑道:"可迟了!"因又推芳官起身。那芳官坐起来,犹发怔揉眼睛。袭人笑道:"不害羞,你吃醉了,怎么也不拣地方儿乱挺下了。"芳官听了,瞧了一瞧,方知道和宝玉同榻,忙笑的下地来,说:"我怎么吃的不知道了。"宝玉笑道:"我竟也不知道了。若知道,给你脸上抹些黑墨。"说着,丫头进来伺候梳洗。

在古代,在大观园中,是一个没有隐私也不太可能有隐私的世界,因为你身边的人太多了。

本来芳官睡宝玉旁边可能还没人看到,但袭人这么一说呢?

佟伟:人多眼杂嘴杂根本瞒不住。

我:让讨厌芳官的那些人听到了、知道了又该如何呢?《红楼梦》里原句:"那起小人眼馋肚饱,连没缝儿的鸡蛋还要下蛆呢。"何况授人以柄?

其实别人看见袭人扶芳官去睡的,还好;正是没人看见第二天袭人再说是芳官自己做的,芳官真是醉了,所以也以为是自己的不是。

但是我说这个倒主要还不是谴责袭人,而是要提醒芳官们。你争强好胜,只是让人家一时下不来台;但人家随便还你一下子,后果是你承受不起。

再说芳官是跟柳五儿好，所以就跟宝玉说要把五儿弄进怡红院伺候。但你想怡红院的大总管是谁？你这是灭了谁的次序，越了谁的权？

Grace：这个解释，完美！红楼也是个宅斗剧啊。所谓理想的女儿国，不存在的。

我：大家没有利益冲突的话是你好我好的。但是一旦有利益冲突，那就得看人品心地了。

Grace：平静的表面下全是暗涌。是的，其实不光是红楼，现实中的职场也是一个样。

我：黛玉和湘云都看见了宝钗坐在熟睡的宝玉身边绣鸳鸯肚兜，湘云本来也想笑，但想到宝钗平日待他好，不但不取笑反而把林黛玉拉走。那你对比一下以前湘云说过这个戏子扮上活像林姐姐的模样。——一瞬间的反应都是日积月累的。

周宙：《红楼梦》最让人扼腕的是，一群可悲的人在一个本就可悲的处境下，还在互相伤害着。这也是为什么，那么多人喜欢史湘云的原因，因为她活得相对率性一些。

我：所以袭人心中要真是体恤芳官，这个时候断不能扶她睡在宝玉之侧。即使玩笑，也不能在这个方面开玩笑。宝玉只是给麝月梳梳头，晴雯就讽刺说交杯酒还没喝，就上了头了；再加上王夫人对宝玉和丫鬟、姑娘的交往行为最在意的。

Grace：所以晴雯也在妒忌咯？只是她是明的，袭人是来暗的。

我：所以晴雯死得快。只是逞嘴上的锋利。她还讽刺了袭人呢。"明公正道的，连个姑娘还没挣上去呢，就'我们'起来。别打谅你们背地里干的那些鬼鬼祟祟的事儿，我不知道。"——晴雯说出来袭人最怕的心病。这是生恐死得太慢啊。

Grace：怡红院就是个小江湖。围绕宝二奶奶、宝二姨娘，大家各种争夺。

我：但是晴雯吧，又真的太傻，用现在话说就是情商不够。使不出来那些手段，嘴里又好说。

Grace：唉！是的。晴雯太多把柄给人抓住了。

我：袭人从来不跟别人吵架。我觉得未必是她"不会拌嘴"的缘故。

Grace：是太圆滑了。

我：白先勇先生说过，《红楼梦》里面有两种人，一种是理性人物，一种是感性人物。理性人物，像宝钗、袭人、探春，男的像贾政他们这些人，他们是生存者。感性人物，像林黛玉、晴雯、尤三姐，她们像竹林七贤，她们的行为不合常规，而且反传统。中国社会到今天也是这样，我们的规矩挺大的，枪打出头鸟，像晴雯，太出头了。

Judy 朱颜：现代社会也如此呵，情商不够，行路难！

三

《红楼梦》之日常面面观

从明清继承法看林黛玉的财产

林如海有财产吗？

有！

《红楼梦》第二回交代，这林如海"乃是前科的探花，今已升至兰台寺大夫，本贯姑苏人氏，今钦点出为巡盐御史"。

盐乃关乎国计民生的重要物资，历代均由官营。清初盐法沿袭明制，基本上实行引岸制度。盐商运销食盐，必须向盐运使衙门交纳盐课银，领取盐引（运销食盐的凭证），然后才可以到指定的产盐地区向灶户买盐，贩往指定的行盐地区销售。据《明史》《清史稿》记载，朝廷通常在两淮、两浙、长芦、河东等地各派巡盐御史一人。清康熙三十年（1691）还曾在福建、两广等地派有巡盐御史。康熙五十九年（1720）至雍正四年（1726），陆续停两广、福建、长芦、河东、两浙等地盐差，仅在两淮还派有巡盐御史。明清时期，政府把盐业垄断管理机构两淮盐运使和两淮盐运御史设在扬州，使扬州成为全国最大的食盐集散地。林如海乃是"扬州盐政"，其俸禄非一般地方穷官可以相比。

也有人说，"扬州盐政"虽清贵富庶，但林如海从地方风纪和个人品德上来看，都不可能贪污，未必有钱。

林如海何必贪污？就不要扬州盐政俸禄一分钱，他自己也家底丰厚。《红楼梦》第二回道：

> 这林如海之祖，曾袭过列侯，今到如海，业经五世。起初时，只封袭三世，因当今隆恩盛德，远迈前代，额外加恩，至如海之父，又袭了一代；至如海，便从科第出身。虽系钟鼎之家，却亦是书香之族。

就宝玉这种几世祖，先前那些玻璃缸、玛瑙碗不知打碎了多少，林如海哪有反不如宝玉的道理？

就不算林如海的财产，林黛玉的母亲贾敏嫁妆岂会少的？

《红楼梦》第七十四回，王夫人叹道："只说如今你林妹妹的母亲，未出阁时，是何等的娇生惯养，是何等的金尊玉贵，那才像个千金小姐的体统。如今这几个姊妹，不过比别人家的丫头略强些罢了。"

民国时徐志摩的发妻张幼仪，家里只是宝山县的首富，父亲只是当地的名医而已。然而当时张家的嫁妆是专门去欧洲采购的，家具多到连一列火车都装不下。又何况贾敏是贾母的最小偏怜女，且嫁的是侯府探花呢？

那么，林如海的财产和贾敏的嫁妆，都到了哪里去了？

有人认为，古代女子没有继承权，纵有财产，也与林黛玉无份。

这又是想当然之语！

明代法律明确规定被继承人有子的情况下，女儿没有继承权；如果无子有女，则女儿可以继承遗产。《大明令·户令》规定："凡户绝财产，果无同宗应继者，所生亲女承分。无女者，入官。"清代女子的财产继承权可以通过遗嘱来确定，被继承人可以通过遗嘱给女儿一部分财产；在户绝的情况下，女儿可以继承所有财产。

《红楼梦》中说："这林家支庶不盛，子孙有限，虽有几门，却与如海俱是堂族而已，没甚亲支嫡派的。今如海年已四十，只有一个三岁之子，偏又于去岁死了。虽有几房姬妾，奈他命中无子，亦无可如何之事。今只有嫡妻贾氏生得一女，乳名黛玉。"

林如海死时，没甚亲支嫡派，无子，只有一未嫁室女林黛玉，如何不能继承财产？

何况他自病重即急召女儿回家，是冬底，第二年的九月初三才去世，差不多一年时间，并非猝死。林如海一开始就很为女儿打算，因怕黛玉"多病，年又极小，上无亲母教养，下无姊妹兄弟扶持"，因此在她年纪尚小时就送她依傍外祖母。难道临死之际，反而竟不为亲女做任何筹划？

即使林如海没有现银（这也是不太可能的），那古董、字画、图书、房屋、田产，究竟都到哪里去了？

何以贾琏带她回去奔丧了大半年回来，林妹妹突然就寄人篱下，一无所有了？细思恐极，一声叹息！

《红楼梦》之日常面面观

从贾琏带回三二百万外财看清代金融业的发达

"三二百万的财"来自《红楼梦》第七十二回贾琏道:"昨儿周太监来,张口一千两。我略慢了些,他就不自在起来,得罪人之处不少。这会子再发上个三二百万的财就好了。"

有红学学友认为:"刘心武猜测贾琏说的钱可能是贪污了林黛玉的财产,很多人就相信了。想一想三二百万两他拿得回来吗?"

首先这不是刘心武先生的创见,最早提出黛玉家产问题的是清人涂瀛,他在刊行于道光二十二年(1842)的《红楼梦论赞》的附录《红楼梦问答》中记载:

> 或问:"凤姐之死黛玉,似乎利之,则何也?"曰:"不独凤姐利之,即老太太亦利之。何言乎利之也?林黛玉葬父来归,数百万家资尽归贾氏,凤姐领之。若为贾氏妇,则凤姐应算还也;不为贾氏妇,而为他姓妇,则贾氏应算还也。而得不死之耶?然则黛玉之死,死于其才,亦死于其财也。"

> 或问:"林黛玉数百万家资尽归贾氏,有明征欤?"曰:"有。当贾琏发急时,自恨何处再发二三百万银子财,一'再'字知之。夫'再'者,二之名也。不有一也,而何以再耶?"

> 或问:"林黛玉聪明绝世,何以如许家资而乃一无所知也?"

曰："此其所以为名贵也，此其所以为宝玉之知心也。若好歹将数百万家资横据胸中，便全身烟火气矣，尚得为黛玉哉？然使在宝钗，必有以处此。"

1987 年，邓云乡先生所著《红楼风俗谭》出版，书中《林如海和"盐政"》一文引述俞平伯先生的信件也曾谈及黛玉家产之事：

只是潇湘俭妆上船，未免被作者瞒过。盐务是最阔之差，屡见记载，兄必知之。比北京之破落侯门为远胜矣。如此用笔，一洗熟套，以豪富骄人，尚得为潇湘女耶！

关于三二百万的财到底是铜钱还是银子，也已经大有争议。如取其最高格为白银，那么贾琏如何不显山不露水地瞒天过海从苏州带回京师，确实是一个问题。

学友所持之论即为，关于银子到底价值几何，今人大多毫无概念，经常犯错误。经常看到的就是电视剧里，一出手就是千两银票云云。却不知清代只发行了"大清宝钞"和"户部官票"。"大清宝钞"以制钱为单位，亦称"钱票"或"钱钞"；而"户部官票"是以银两为单位，亦称"银票"。

"大清宝钞"开始时面值为二百五十文（尚未见有实物）、五百文、一千文、一千五百文和两千文几种。后来陆续增发面值五千文、十千文、五十千文和百千文等大钞。该币面主色调均为蓝色和红色，上端横题"大清宝钞"四个汉字。

"户部官票"是用高丽苔纸印制的，面值有一两、三两、五两、十两和五十两五种，四周有龙纹。该币面主色调均为蓝色和红色，其票面上端方框中有"户部官票"四字，左面是满文，右面是汉文，均为双行书写；中间标明"二两平足色银××两"。

《红楼梦》之日常面面观

据此而论，即使贾琏兑换成最高面值的银票带回京师，三百万两也要六万张银票，这也太招摇了。

此说看似有理，实际上却忽略了除了银票，清代还有"会票"。

会票一词，含有以"合券"的方式，确认执票人无误的意思，系行使票券权利的必经程序，这种程序也是中国传统金融的典型取信方法，后世又称之为"合符""合同"，长期广泛运用于公私经济如稽税、文契、信贷等活动上。清代以后，合券的方法在金融活动的通用显然更为广泛，作为信用工具方面，基本上与西方同时或稍晚发展出来的各式现代票据不谋而合，都是一种债权人向债务人"提示"票券本身的"提示性票据"。西方国家最早的票据规范是出现于 1804 年的《拿破仑法典》，当时只有"汇票"与"本票"两种规定，"支票"则是迟至 1865 年才确立。但在票据的抽象含义上，清代会票并不稍减于西方票据。

《红楼梦》第十六回，贾蔷说："才也议到这里。赖爷爷说，不用从京里带下去，江南甄家还收着我们五万银子。明日写一封书信会票我们带去，先支三万，下剩二万存着，等置办花烛彩灯并各色帘栊帐幔的使费。"

这则会票，当系贾府以客户的身份，向钱庄所开出的支付命令。如果贾府当时乃委托他人前往取款，则此一会票将带有"支票"的性质，贾府得到无须自京携带现银前往江南的便利。

因此，贾琏也可能通过会票转移了这笔财产。一笔三二百万的巨款，可以变成一张会票，安全、便捷地从一个城市以转移到另一个城市，足见清代当时的金融业是多么的发达！

千金买马骨

——从《红楼梦》小厨房私房菜谈起

　　《红楼梦》里宝姐姐喜欢吃的油盐炒枸杞芽什么味儿？现在我可以负责任地告诉你们啦。原来是脆嫩里带着微微的韧劲，色泽清爽翠绿，落上几颗鲜红欲滴的枸杞子，不但看起来有"红杏枝头春意闹"的感觉，吃起来枸杞子的微甜也更丰富了枸杞叶的爽脆。

　　只是油盐炒枸杞芽虽然好吃，我也不打算常做了。原因很简单，要从荆棘遍布的枸杞枝上完整地摘下枸杞叶，包括含苞欲放的黄芯儿小紫花，我用厨房剪刀足足剪了一个小时！于是我突然明白了为何区区三二十个钱的枸杞芽，宝姐姐要给厨娘五百钱。因为做这个实在是太费功夫了，那多出来的是人工费。蒋勋先生曾指出，宝姐姐应给几十钱却给到五百文，是显示自己不公器私用，但是蒋先生亦不无促狭地加上一句，是不是宝姐姐尚处于试验期才如此表现呢？

　　我在剪这枸杞芽的一个小时内，不禁也想到了很多。曾经额外让小厨房做东西给自己吃的，不止宝钗一人，就如金圣叹所说，在"同于不同处有辨"，曹雪芹通过类似的事件却描摹出不同女孩儿不同的性情，而且深入来看，宝钗的做法又确实是其中最高明的。

　　我们知道，司棋曾经想一碗炖得嫩嫩的鸡蛋吃，派小丫头问小厨房去要却遭到柳嫂子一顿抢白："今年这鸡蛋短的很，十个钱一个还找不出来。昨儿上头给亲戚家送粥米去，四五个买办出去，好容易才凑了二千个来。我那里找去？你说给他，改日吃罢。"小丫头却发现柳嫂子在菜箱里私藏有十来个鸡蛋。司棋不忿，前去大闹，喝命小丫头子动手："凡箱柜所有的菜蔬，只管丢出来喂狗，大家赚不成。"小丫头子们巴不得一声，七手八脚抢上去，一顿乱翻乱掷的，把小厨房砸了个稀巴烂。再然后，司棋又谋划让婶娘秦显家的掌管小厨房，以柳嫂子的女儿五儿涉嫌盗窃为由，火速安排秦显家的顶替柳嫂子的差事。但事与愿违，平儿不想冤屈好人，明察暗访最终将大事化小，小事化无，让柳嫂子回去照旧当差。秦显家的空兴头半天，"送人之物白丢了许多，自己倒要折变了赔补亏空"，花了不少钱，却竹篮打水一场空，"连司棋都气了个倒仰，无计挽回，只得罢了"。

少年时看，一定为司棋的快意恩仇击案不已。然而过些时日再看，司棋本身就不占理，因为这鸡蛋是司棋额外去要的，并且没有给付分文。鸡蛋虽不是昂贵的东西，但贾府偌大人口，你也去要，我也去要，一个小厨房的厨娘如何承受得来呢？这就可见司棋不能体贴人情了。而且，鸡蛋没有要来，司棋不但没有反思自己的做法，反而觉得伤了自己身为大丫头的自尊和脸面，因此带人大闹了小厨房，毁坏了许多东西。这些损失，柳嫂子因为畏惧司棋而不敢不自己赔偿，是柳嫂子吃了亏；然而柳嫂子心中怨恨否？旁边看热闹的丫头婆子们心中又如何想呢？及至后来，司棋指使亲戚谋夺小厨房的职位，可能是希望自己以后要茶要水方便，却不想这样做就不仅仅是让柳嫂子损失半年工钱的问题了，直接是断了人家财路，无异于与虎谋皮，柳嫂子到了这一步，心中又焉能不恨乎？是以无怪乎司棋事败被赶出大观园之际，落得如此下场了：

　　司棋因又哭告道："婶子大娘们，好歹略徇个情儿，如今且歇一歇，让我到相好的姊妹跟前辞一辞，也是我们这几年好了一场。"周瑞家的等人皆各有事务，作这些事便是不得已了，况且又深恨他们素日大样，如今那里有工夫听他的话，因冷笑道：

"我劝你走罢，别拉拉扯扯的了。我们还有正经事呢。谁是合你一个衣包里爬出来的，辞他们作什么，他们看你的笑声还看不了呢。你不过是挨一会是一会罢了，难道就算了不成！依我说快走罢。"一面说，一面总不住脚，直送出角门子去。司棋无奈，又不敢再说，只得跟了出来。

再一位是林妹妹，宁烦侍女，不累他人："那粥该你们两个自己熬了，不用他们厨房里熬才是……我倒不是嫌人家腌脏。只是病了好些日子，不周不备，都是人家，这会子又汤儿粥儿的调度，未免惹人厌烦。"也就是不敢麻烦别人。以林妹妹谨慎敏感的个性，对于这些人情世故也未尝不知："你看这里这些人，因见老太太多疼了宝玉和凤丫头两个，他们尚虎视眈眈，背地里言三语四的，何况于我？况我又不是他们这里正经主子，原是无依无靠投奔了来的，他们已经多嫌着我了。如今我还不知进退，何苦叫他们咒我？"甚至也不是不愿花钱，婆子送来燕窝，黛玉"命人给他几百钱，打些酒吃，避避雨气"。然而，一个人的天性是很难改变的，就算勉强做了出来，自己也觉得不自然，接受的人也不舒服。所以林妹妹就尽量地不麻烦别人，于是除了最亲近的人，和外界的接触越来越少，既不能从外界得来有用的信息，也使外界的中伤变得没有成本——反正林妹妹根本不知道外面发生了什么。

所以相比而言，宝姐姐的做法真的是高明极了。请注意，枸杞芽只需三二十个钱的，宝姐姐给的是——十六到二十五倍！就算是加上购买和制作的费用，三四倍应该也是绰绰有余了，为什么要给二十倍呢？这应该有在王夫人委托自己理家之际表现"不公器私用"的意味，但是，不越雷池一步不是更好吗？况且，这是探春和她商量的结果。探春做得不稳妥的地方，比如把大观园竹林、花果等承包给家里的某些老婆子们管理，宝钗立即就指出这可能引起没有取得承包权利的另一批老婆子心生不满，因此建议立下规矩，让取得承包权的老婆子分一部分利润给没有承包权者，从而皆大欢喜。这一次如果是探春先提议，宝钗提议给五百钱，则宝姐姐的做法很高明，既不能回绝，免得伤了现在的合伙人和未来的小姑子的面子，又不落小厨房下人的褒贬；这一次如果是宝钗先提议，则宝姐姐的做法更高明。接驾为何在贾府一提再提？小厨房下人为何对五百钱的枸杞芽念念不忘？性质是一样的——因为那是一种非常的隆遇！

古语中说"相由心生"，原是指心地决定长相的，心好就能长得好；但是"相由心生"是不是还有另一重含义呢？想法决定立场，心里觉得某人好，看着他（她）也越来越顺眼了。所以《红楼梦》要先说宝钗"品格端方"，再说"容貌丰美"，"人多谓黛玉所不及"。君不见贾府中人人不待见的赵姨娘都感念宝钗的好："怨不得别人都说那宝丫头好，会做人，很大方。如今看起来果然不错。他哥哥能带了多少东西来？他挨门儿送到，并不遗漏一处，也不露出谁薄谁厚。连我们这样没时运的，他都想到了。要是那林丫头，他把我们娘儿们正眼也不瞧，那里还肯送我们东西？"就可知宝钗这次的五百钱绝非无心之举——商人信奉"有钱能使鬼推磨"，可是一位成功的商人，绝对会考虑成本和收益，五百钱买枸杞芽太多，买好名声又何其太廉！

《战国策·燕策一》中提到以五百金买马骨的故事：

> 古之君人有以千金求千里马者，三年未得。有人愿为其君求之，至三月后方寻得一千里马，然马已死。其人乃以五百金购其首，归以报君。君大怒曰："所求者生马，安可以此死马而费五百金乎？"其人对曰："死马尚且值五百金，况生马乎？天下必以王能重金购马，今马当至矣。"果然年余左右，千里马相继而至者三。

宝姐姐的做法何其相似，买物哉？买名哉？

万般滋味：《红楼梦》中粥

跟山珍海味相比，粥看似不起眼，但却最能健脾胃。明朝大医学家李时珍在《本草纲目》中就对粥赞誉有加，称其"极柔腻，与肠胃相得，最为饮食之妙诀也"；而清代医学家王士雄更称"粥乃世间第一补人之物"。

在《红楼梦》里描写了无数奢华宴会的曹雪芹深知食粥有益于健康，在书中的多个章节里多次提及多种粥品，细究之下各有养生妙用。

第五十四回元宵家宴上，贾母说道："夜长，觉的有些饿了。"凤姐儿忙回说："有预备的鸭子肉粥。"贾母道："我吃些清淡的罢。"凤姐儿忙道："也有枣儿熬的粳米粥，预备太太们吃斋的。"

家人为贾母准备的都是比较精致、适合老人家养生特点的粥品。如鸭子肉粥能清虚火，对虚不受补的体弱者或老人最适宜；枣儿熬的粳米粥则能益气养血，第七十五回贾母吃的红稻米粥也同样能滋补气血，对上了年纪，身体机能老化而气血不足的老人也很有补益。

而袭人偶感风寒后吃药发汗后感觉好些了，会吃些米汤来静养。米汤跟我们家常煮的稀粥比较接近。可别小看米汤，趁热喝能发汗，有去风寒的辅助功效。而且米汤的营养价值也不低，特别是熬出来的那层黏稠的"粥油"，不但易消化且富含维生素，很适合体虚的产妇或病人食用。

《红楼梦》中的粥不仅可以用来养生，据说也可以辨别不同作者的文笔呢！

第八十七回写了一次黛玉用餐：

> 紫鹃便问道："刚才我叫雪雁告诉厨房里给姑娘作了一碗火肉白菜汤，加了一点儿虾米儿，配了点青笋紫菜。姑娘想着好么？"黛玉道："也罢了。"紫鹃道："还熬了一点江米粥。"……这里雪雁将黛玉的碗箸安放在小几儿上，因问黛玉道："还有咱们南来的五香大头菜，拌些麻油醋可好么？"黛玉道："也使得，只不必累赘了。"一面盛上粥来，黛玉吃了半碗，用羹匙舀了两口汤喝，就搁下了。

众读者极为不忿，林黛玉怎么可能吃这等廉价的饮食？想一想，前八十回众人都吃的什么？茄鲞、胭脂鹅脯、糖腌的玫瑰卤子、小莲蓬儿小荷叶儿汤、豆腐皮的包子、藕粉桂花糖糕、松瓤鹅油卷……

俗语道，"三代为官作宦，方知穿衣吃饭"，红学家评价，高鹗毕竟没有经历过"鲜花着锦，烈火烹油"的繁华岁月，写不出荣华富贵。

邓云乡先生在《高鹗的汤》一文中评论道：

> 第一，这吃"粥"就"汤"，就是南北各地，从来没有听说过的吃法。饭有饭菜，粥有粥菜，酒有酒菜。……我们再拿曹雪芹写的对照来看看。第四十三回一开头写道：
>
> "贾母道：'今日可大好了。方才你们送来的野鸡崽子汤，我尝了一尝，倒有味儿，又吃了两块肉，心里很受用。'王夫人笑道：'这是凤丫头孝敬老太太的……'贾母点头笑道：'难为他想

着。若是还有生的，再炸上两块；咸浸浸的，喝粥有味儿。那汤虽好，就只不对稀饭。'"

"那汤虽好，就只不对稀饭"，这是最普通的饭食常识，古今南北，都是一样的。……

第二，这五香大头菜加醋，也是怪文。五香大头菜本来是很普通的东西，由南京、扬州，直到苏州、杭州，到处都有的卖。在这些地方，本地五香大头菜，并不为贵，而更好的是讲究云南大头菜。再有在大头菜品种中，也不以五香大头菜为上品，还有玫瑰大头菜、桂花大头菜等等。他还特地加了"咱们南来的"几字，以示亲切，而实足更显示寒伧……丝毫不懂南方的饮食。这大头菜里放"醋"，也是很难想象的。南甜北咸，东辣西酸，各地饮食习惯，只有山西人爱在酱菜里倒醋，北京人不大会往各种酱菜里倒醋，至于江南人，那就更不会在各种酱菜中放醋了。

好了，趣事儿讲完了，读者诸君，笑过之后，喝碗粥方是要紧的。切切。一笑。

《红楼梦》之日常面面观

红楼时令烤鹿肉和我的回忆

一阵凛风,虽然温度还有 18 度,但香港立马有入冬之感了。也难怪,这里最冷也不能低过 10 度。所以,现在就是萧瑟之季了。

中午在学校饭堂吃饭的时候,同事孔老师随口道:"张老师,冬天了,你的微信号何不发些时令的菜蔬?比如,怎不写写《红楼梦》里的烤鹿肉呢?"

我一笑,深以为然。孔老师真是锦心绣口好风雅。

《红楼梦》里的烤鹿肉恐怕是很多人的心头好吧?那是在第四十九回:

> 史湘云便悄和宝玉计较道:"有新鲜鹿肉,不如咱们要一块,自己拿了园里弄着,又顽又吃。"宝玉听了,巴不得一声儿,便真和凤姐要了一块,命婆子送入园去。
>
> 一时大家散后,进园齐往芦雪广来,听李纨出题限韵,独不见湘云宝玉二人。黛玉道:"他两个再到不了一处,若到一处,生出多少故事来。这会子一定算计那块鹿肉去了。"正说着,只见李婶也走来看热闹,因问李纨道:"怎么一个带玉的哥儿和那一个挂金麒麟的姐儿,那样干净清秀,又不少吃的,他两个在那里商议着要吃生肉呢,说的有来有去的。我只不信肉也生吃得

的。"众人听了，都笑道："了不得，快拿了他两个来。"黛玉笑道："这可是云丫头闹的，我的卦再不错。"

李纨等忙出来找着他两个说道："你们两个要吃生的，我送你们到老太太那里吃去。那怕吃一只生鹿，撑病了不与我相干。这么大雪，怪冷的，替我作祸呢。"宝玉笑道："没有的事，我们烧着吃呢。"李纨道："这还罢了。"只见老婆们拿了铁炉，铁叉，铁丝蒙来，李纨道："仔细割了手，不许哭！"说着，同探春进去了。

凤姐打发了平儿来回复不能来，为发放年例正忙。湘云见了平儿，那里肯放。平儿也是个好顽的，素日跟着凤姐儿，不能无所不至，见如此有趣，乐得顽笑，因而褪去手上的镯子，三个围着火炉儿，便要先烧三块吃。那边宝钗黛玉平素看惯了，不以为异，宝琴等及李婶深为罕事。探春与李纨等已议定了题韵。探春笑道："你闻闻，香气这里都闻见了，我也吃去。"说着，也找了他们来。李纨也随来说："客已齐了，你们还吃不够？"湘云一面吃，一面说道："我吃这个方爱吃酒，吃了酒才有诗。若不是这鹿肉，今儿断不能作诗。"说着，只见宝琴披着凫靥裘站在那里笑。湘云笑道："傻子，过来尝尝。"宝琴笑说："怪脏的。"宝钗道："你尝尝去，好吃的。你林姐姐弱，吃了不消化，不然他也爱吃。"宝琴听了，便过去吃了一块，果然好吃，便也吃起来。一时凤姐儿打发小丫头来叫平儿。平儿说："史姑娘拉着我呢，你先走罢。"小丫头去了。一时只见凤姐也披了斗篷走来，笑道："吃这样好东西，也不告诉我！"说着也凑着一处吃起来。黛玉笑道："那里找这一群花子去！罢了，罢了，今日芦雪广遭劫，生生被云丫头作践了。我为芦雪广一大哭！"湘云冷笑道："你知道什么！'是真名士自风流'，你们都是假清高，最可厌的。我们这会子腥膻大吃大嚼，回来却是锦心绣口。"宝钗笑道："你回来若

《红楼梦》之日常面面观

作的不好了，把那肉掏了出来，就把这雪压的芦苇子摁上些，以完此劫。"

我不禁想起了自己小时候，也是个挖空心思好玩的。不过我们家那时候没有鹿肉，可是这也难不倒我。北方过年的时候，通常有酥肉、酥鸡、酥鱼什么的。做法是把肉、鸡、鱼切成块儿，在淀粉糊里打个滚儿，浑身挂满了芡，丢进油锅里炸得黄焦焦的，贮存在大瓷盆里。可以直接吃，也可以放在扣碗里蒸熟了上宴席。

北方为了取暖，屋子里还有蜂窝煤炉。刚放上的蜂窝煤不行，有烟气，而且温度低，蜂窝煤烧乏了也不行，没火力了。就得恰好是烧到"煤到中年"的时候，火气散了，灼热不再，有着明亮而不刺眼的光辉，一种无须声张的温厚，不急不躁，后劲悠长。

我拿出几块酥肉，再用小刀切成小块，串起来架在火上烤。没有铁丝也没有竹签，是把筷子劈细了串的。奶奶看我一个小小的人儿一个人坐在炉子前煞有介事地烤肉，觉得真是好玩，指点说："要刷点油。"可是我偏不，因为酥肉本来过了油，而且本身也是肥瘦相间的，用这样的小火烤一会儿，自己就滴下油来，一滴，又一滴，落在红红的蜂窝煤上，"呲"的一声，化烟了。烤好了，撒一点点调料，外面微微有点焦，里面香嫩，关键是毫不油腻。我献宝似的举给奶奶："奶奶，给，尝尝。"奶奶忍着笑，尝一块儿："是好吃呢。我们小惠真巧。"香气细细地弥漫开来，一室温暖如春。门关着，外面如何狂风暴雪，似乎都可以不管。

现在我在香港了，这个物质极大丰富的华丽之城，什么样的肉都有，什么样的烧烤炉铁签子都有。可是，我却再没有烤肉的闲适心情了。

这杯叫作林妹妹的酒

乍一看把林妹妹和酒联系在一起，说不定很多人颇有唐突西子之感，因为尼采在《悲剧的诞生》中是把酒神精神与狂热、过度和不稳定联系在一起的。但《红楼梦》中林妹妹确实与酒有着千丝万缕的联系，甚至埋下了日后命运的伏笔。谓吾不信，不妨打开手中的《红楼梦》，我们一探究竟。

《红楼梦》第三十八回曾经提到一种特别的"合欢花酒"：

> 黛玉放下钓竿，走至座间，拿起那乌银梅花自斟壶来，拣了一个小小的海棠冻石蕉叶杯。丫鬟看见，知他要饮酒，忙着走上来斟。黛玉道："你们只管吃去，让我自斟，这才有趣儿。"说着便斟了半盏，看时却是黄酒，因说道："我吃了一点子螃蟹，觉得心口微微的疼，须得热热的喝口烧酒。"宝玉忙道："有烧酒。"便令将那合欢花浸的酒烫一壶来。

《红楼梦》里茶非凡茶，酒非凡酒，这个合欢花酒实大有来历。

为什么喝合欢花酒：风雅的象征。

事实上，以合欢花入酒，古已有之。据元人龙辅《女红余志》载，唐代贞元进士杜羔，曾因父死母离而"忧号终日"，为解其忧，

"杜羔妻赵氏每岁端午，取夜合置枕中，羔稍不乐，辄取少许入酒，令婢送饮，便觉欢然。当时妇人争效之"。到了明代，就有人以合欢枝酿酒。著名医药学家李时珍在《本草纲目》木部第三十五卷《合欢》条中，即著录了酿制"夜合枝酒"的具体配方，并称其为医治中风挛缩的奇效良方。至清康熙年间，又有人以合欢花叶酿酒，并成为流传于士大夫间的一件雅事。

为什么喝合欢花酒：家世的追念。

普鲁斯特曾经在《追忆似水年华》中谈到因一口芳香浓郁回味无穷的玛德莱娜小点心，唤起对往事的种种思量和无限怀念："我感到超尘脱俗，却不知出自何因。我只觉得人生一世，荣辱得失都清淡如水，背时遭劫亦无甚大碍，所谓人生短促，不过是一时幻觉。"

在此，"合欢花酒"也像玛德莱娜小点心那样，是故日风华的一种追念。在第三十八回宝玉"令将那合欢花浸的酒烫一壶来"的旁边，己卯（庚辰、蒙府）夹批："伤哉！作者犹记矮𩑺舫前以合欢花酿酒乎？屈指二十年矣。"

说明《红楼梦》的作者亲自饮用过这种合欢花酒并念念不忘，这才入书留念。

高士奇《北墅抱瓮录》中提到"合欢花酒"的酿制：

　　合欢叶细如槐，比对而生，至暮则两两相合，晓则复开。淡红色，形类簇丝，秋后结荚，北人呼为马缨……采其叶，干之酿以酒，醇酽益人。

陈廷敬《午亭文编·杜遇徐司寇以合欢花叶为酒示余，以方酿成，饮后陶然赋谢》提到"合欢花酒"的饮用：

黄落庭隅树，封题叶半新。

花应知夏五，酒已作逡巡。

采胜修罗法，香遇曲米春。

嘉名愁顿失，况复饮吾醇。

更需指出的是，高士奇字淡人，号江村，为翰林学士，充起居注官，詹事府少詹事，曾与曹雪芹的祖父曹寅唱酬交游。陈廷敬，字子端，号午亭，官至吏部尚书、文渊阁大学士，杜遇徐名臻，官礼部尚书，都曾与曹玺、曹寅同朝。曹家很可能通过他们得知合欢花酒的酿制方法。且曹家芷园又确实植有合欢树，曹寅《楝亭诗钞》卷三《晚晴述事有怀芷园》有"庭柯忆马缨"一句。据此可考订，《红楼梦》中描述饮合欢花酒的细节，盖纪曹家之史实，并非作者杜撰。

为什么给林妹妹喝合欢花酒：蠲忧。

林妹妹的外貌袅娜不胜，并有先天不足之症："两弯似蹙非蹙罥烟眉，一双似泣非泣含露目。态生两靥之愁，娇袭一身之病。泪光点点，娇喘微微。闲静时如姣花照水，行动处似弱柳扶风。心较比干多一窍，病如西子胜三分。"因此她的多疑多怒，固然和性情敏感有关，亦和体质、病症相辅相成。

西晋嵇康《养生论》曾经指出"合欢"的功效："合欢蠲忿，萱草忘忧。"合欢花有"镇静、催眠"的药理作用，医学上也不乏记载。《医学入门·本草》："主安五脏，利心志，耐风寒，令人欢乐无忧，久服轻身明目。"《饮片新参》："调和心志，开胃，理气解郁，治不眠。"《四川中药志》："能合心志，开胃理气，消风明目，解郁。治心虚失眠。"江西《中草药学》："解郁安神，和络止痛，治肝郁胸闷，忧而不乐，健忘失眠。"证实合欢花有"安神解郁、理气和胃、清肝明目"的功效，主治忧郁失眠，胸闷食少。因此宝玉拿"合欢花酒"给林妹妹饮用，确实是对症下药。

为什么是宝玉给林妹妹喝合欢花酒？

合欢花，豆科合欢属，原产于澳大利亚，别名"夜合树""绒花树""鸟绒树"。合欢树叶，昼开夜合，相亲相爱，人们常以合欢表示忠贞不渝的爱情。合欢花的花语为：永远恩爱、两两相对、夫妻好合。

神瑛侍者与绛珠仙草本有木石前盟，故而转生的宝玉与林妹妹相见相亲，情投意合。宝玉在未曾觉悟之时，不仅是他，许多冷眼旁观的旁人也以为他们是"天生一对"。凤姐时时、处处、事事揣摩贾母的想法，其说"既吃了我们家的茶，怎么还不给我们家作媳妇儿？"可以反映贾母的意思。小厮兴儿说："将来准是林姑娘定了的。因林姑娘多病，二则都还小，故尚未及此。再过三二年，老太太便一开言，那是再无不准的了。"兴儿此番议论，应该反映的是贾府上上下下的舆论氛围。或许众人都认为"将来准是林姑娘定了的"，都认为老太太会做主这门亲事。所以，宝玉常常不免"存了一段心思"，这杯"合欢花酒"也未尝没有祝祷祈愿之心在内。然而，宝玉的这番心思，林妹妹也未必有福消受：

> 黛玉也只吃了一口便放下了。宝钗也走过来，另拿了一只杯来，也饮了一口。

宝姐姐真的是无心的吗？

第二十九回黛玉和宝玉吵架，一气之下剪了自己给宝玉做的穿在玉上的穗子。第三十五回宝钗就命莺儿"打了络子把那个玉络上"。上次是宝钗主动鉴赏"通灵宝玉"，由莺儿点出"玉""金"是一对；这次宝钗提出打"通灵宝玉"的"玉络子"，还说用"金线相配"——"金配玉"，宝钗亦黠矣哉！

当然还有元春单单赐了宝玉和宝钗一样的红麝串，而素来雅爱朴素不喜"富丽闲妆"的宝钗这次却立即戴上。宝玉在旁边看着雪白的胳膊,不觉动了羡慕之心。暗暗想道:"这个膀子,若长在林姑娘身上,或者还得摸一摸;偏长在他身上,正是恨我没福。"忽然想起"金玉"的事来,再看宝钗形容,只见脸若银盆,眼同水杏;唇不点而含丹,眉不画而横翠,比黛玉另具一种妩媚风流,不觉又呆了。

　　第三十二回,袭人向宝钗说起宝玉对穿戴的衣物十分挑剔,凭着小的大的活计,一概不要家里这些活计上的人(指专职缝衣工匠)做,只要袭人等贴身丫头做,而袭人忙得无法顾及。于是,宝钗主动笑道:"你不必忙,我替你作些如何?"第三十六回,还写到宝钗主动为宝玉绣肚兜的事。而在生活中,在文学作品里,在爱情文化里,为男子缝衣制鞋,就是示爱的标志。是以此次特特来分饮"合欢花酒"岂无意哉!

　　宝玉和黛玉也是不留心的人。

　　第六十三回怡红院开夜宴的时候,湘云抽到了"香梦沉酣"的海棠花签,注云:"既云'香梦沉酣',掣此签者不便饮酒,只令上下二家各饮一杯。"湘云拍手笑道:"阿弥陀佛,真真好签!"恰好黛玉是上家,宝玉是下家。给二人斟了两杯,只得要饮。

　　再没有哪一次像这样有夫妻合卺杯的暗示了,但是偏偏:

　　　　宝玉先饮了半杯,瞅人不见,递与芳官,端起来便一扬脖。黛玉只管和人说话,将酒全折在漱盂内了。

　　他们常常不是被人打断,就是自己阴差阳错!

　　不管黛玉是"玉带林中挂",还是"冷月葬诗魂",我想,曹雪芹自己的"林妹妹"应该确实是死去了。至于曹雪芹知不知道"宝钗"在介入他们的爱情时的所作所为,愿不愿意承认他曾经也对"宝钗"动过心,其实已经不重要了。

因为此时，他这么这么地追悔，恨不得在她的灵前把自己的心哭出来；这才醒悟，原来金钗十二，他却只想要一个人的眼泪！这才决绝，抛弃世人所钦羡的娇妻美妾"宝钗""袭人"，于茫茫大雪中夺门而去，哪怕只为一个难摹难追的影子。

他一定非常希望，他当时读懂了"林妹妹"，也一定非常希望，"林妹妹"能够消受他的好意，哪怕只是一星半点。所以他才会不忍琼英闺秀，随我埋没，要以血泪哭成此书；他才会心甘情愿地称自己是"侍者"；才会在二十年后仍然深深地怀念，记得"林妹妹"曾经喝过他忙不迭叫人端来的一杯合欢花酒。

《红楼梦》里中秋节的四大秘密

来，亲爱的朋友，给你一块月饼，今天咱们聊聊《红楼梦》里的中秋节，这短短的一个晚上的故事，很像一个月饼，外表看起来没什么，里面却有很多馅儿。

切开第一牙月饼，从这个中秋节我们可以推断出《红楼梦》的故事究竟发生在南京还是北京。

这个中秋节里出现了西瓜。第七十五回里写道："次日起来，就有人回，西瓜、月饼都全了，只待分派送人，贾珍吩咐佩凤道：'你请你奶奶看着送罢，我还有别的事呢！'佩凤答应去了，回了尤氏。尤氏只得一一分派遣人送去。"贾珍第二天到荣府见了贾母，贾母告诉他："昨日送来的月饼很好，那个西瓜看着好，打开却也罢了。"月饼好是贾珍新请的一个厨子做的，西瓜不好是因为今年雨水太多造成的。

现在我们可能不以为意，毕竟西瓜太常见了。但是，在《红楼梦》成书的清代，交通没有现在这么发达，种植技术也没有现在这样先进，因此中秋节吃的西瓜应该是在黄淮以北地区出产的。在黄淮地区，西瓜六月上、中旬播种育苗，中、下旬定植，八月中、下旬收获。这茬西瓜上市的时间正值如今的国庆、中秋节。六七月份是北方的雨季，因此贾政说今年雨水勤，西瓜不太甜。

由此也可以看出，《红楼梦》的故事背景应该发生在北京一带，

《红楼梦》之日常面面观

才可以使西瓜作为中秋节令水果出现。

切开第二牙月饼，从这个中秋节我们可以看出，贾政最欣赏的是林黛玉。当年贾政带着宝玉游大观园，试他的才华，给各个处所取名字，也有存的，也有删改的，也有尚未拟的。林黛玉在这个中秋节回忆道："后来我们大家把这没有名色的也都拟出来了……谁知舅舅倒喜欢起来，又说：'早知这样，那日该就叫他姊妹一并拟了，岂不有趣。'所以凡我拟的，一字不改都用了。"

虽然莺儿夸口贾政喜欢薛宝钗："我们姑娘的学问，姨老爷都常夸呢。"但这些只是莺儿自己说的，"孤证不信"。反而从不夸奖林黛玉的贾政，把她拟的名号一字不改都用了。"听其言观其行"，贾政到底喜欢谁，一目了然。林黛玉是贾政妹妹的女儿，薛宝钗是王夫人妹妹的女儿，在婚姻决定于父母之命的年代，宝玉婚姻人选的钗黛之争，其实也是贾政和王夫人之争。

假如巡盐御史林爸爸在世，贾家绝对不会选择薛宝钗，薛家再多一倍富贵也没用。即使林爸爸林妈妈都死了，林黛玉真的身无分文寄人篱下了，有正常思维的人家也不大可能选择薛宝钗，要知道宝钗的哥哥薛蟠可是惹出过人命官司的。所以即使舍黛有合理性（她身体不好，恐不利于子嗣），取钗也绝不是个好决定。所以在重要事务的抉择上，一定要慎重考虑，不要在愤怒、焦急和匆忙中随便决定。

切开第三牙月饼，从这个中秋节我们可以预见史湘云和林黛玉的未来结局。在这个晚上的联诗中，湘云说"寒塘渡鹤影"，黛玉对了"冷月葬诗魂"。当然，有的版本是"冷月葬花魂"。但我个人认为，花魂比较普通，还是诗魂更适合孤高的林黛玉，也符合林黛玉论诗的时候说过的个人见解："若果有了奇句，连平仄虚实不对都使得。""诗魂"更符合奇句的标准，意新句也新。

但是，不管是"花魂"还是"诗魂"，这都预示着林黛玉可能在一个冷月无声的夜晚，孤零零地死去。而"寒塘渡鹤影"的湘云，虽然现存小说版本没有有力的依据，但是 1987 年版电视剧的改编——让她做了船上的歌妓，无疑是力透纸背。虽然很多红迷觉得这是唐突了云妹妹，然而读读历史，就会看到：明朝的尚书铁铉（河南邓州人），明惠帝时著名忠臣，在靖难之变时不肯投降造反夺位的燕王朱棣，被施以凌迟、油炸而死之后，铁铉之妻杨氏及两个女儿被没入教坊司，成为官妓。

宋朝靖康之变，金兵俘虏徽、钦二帝，以及数千后宫妃嫔和大臣。金人在上京修建了一个叫"浣衣院"的地方，其实是一个金人寻欢作乐的官方妓院。除了十几位帝姬（即公主）之外，宋高宗赵构的发妻邢秉懿、赵构的生母韦氏都被发配到浣衣院中为奴。《呻吟语》记载："妃嫔王妃帝姬宗室妇女均露上体，披羊裘。"可见这些往日身份尊贵的女性受到了何等惨烈的侮辱，甚至比起金国的官妓还不如。这样看来，说云妹妹做了歌妓飘零水上"寒塘渡鹤影"，是来自于现实的！这也说明了，女性在没有独立地位的时代，一旦父兄丈夫遭难，会沦落到何等悲惨的境地。

切开第四牙月饼，从这个中秋节我们可以重新认识和想象中完全不同的宝钗和黛玉。这个中秋节，描写了宝钗的另一个侧面，这是借鉴了《史记》的"互见法"。苏轼的爸爸苏洵赞许《史记》"互见法"——"本传晦之，而他传发之"，是一种巧妙的叙述手法。也就是某个人的某个性格侧面，在直接描写他的章节隐而不谈，但在其他人的章节中揭示出来，有助于读者更加立体地认识这个人物。比如说，《项羽本纪》里面只谈到了项羽好的一面，力能扛鼎、身先士卒等等，但在《淮阴侯列传》韩信的叙述中，则提到了项羽不好的一面，也就是不能放手任用有才能的将领，手下立下战功，该加封晋爵时，他把刻好的大印放在手里玩磨得失去了棱角，也舍不得给人，还有为了衣锦还乡建都彭城，放弃关中，等于将辛辛苦苦打下来的天下拱手让给刘邦。"互见法"，使我们一方面为英雄惋惜，一方面也认识到是他自己性格的弱点局限了他自己。

《红楼梦》也是这样，在绝大部分正面描写宝钗的时候，都是赞美的口气，展示她容貌性格、为人处事的优长之处，但会突然在某些侧面，暴露出宝钗不为人知的另一面。比如在这个中秋节，史湘云伤感道："可恨宝姐姐，姊妹天天说亲道热，早已说今年中秋要大家一处赏月，必要起诗社，大家联句，到今日便弃了咱们，自己赏月去了。"

想想之前，宝姐姐对父母双亡寄居在叔叔婶婶家的史湘云如何亲密关切，拿出自家的钱和螃蟹替她张罗螃蟹宴请大家作诗，还叮嘱湘云说这是咱们关系好："你千万别多心，想着我小看了你，咱们两个就白好了。你若不多心，我就好叫他们办去的。"让湘云对宝姐姐感激得不得了，后来再来贾府都不再和林黛玉住在一起，而是执意要和宝姐姐住在一起。后来抄检大观园宝钗为了避嫌，马上就搬出去了。可是和她一起住的湘云怎么个安排法？宝姐姐似乎根本就没留意到。因此湘云才在这个中秋节忍不住发出了这样的感叹。

这个中秋节她最后住在哪里？就是林黛玉的潇湘馆。她跟林黛玉吵过很多架，说过黛玉像戏子（在清代这是很侮辱人的说法），打趣林黛玉将来嫁个咬舌的林姐夫，还当面说林黛玉比不上薛宝钗……但是最后，还是这个在她看来"小性、刻薄"的林黛玉不声不响、毫无芥蒂地收留了她。那么，这一幕就更"一击两鸣"了。"大度"的宝姐姐真的"大度"吗？"小性"的林妹妹真的"小性"吗？如果不是，这些舆论是谁造的呢？都说"无利不起早"，造这些舆论又是为了什么呢？

"来说是非者，便是是非人。"假如一个人总是在你面前喋喋不休地说另一个人坏话，我们在相信之前，是否应该想一想，此人和他口中的"坏人"有没有利益冲突？如果有的话，这话的可信度究竟有几成呢？

这样一琢磨，咱们吃着月饼品红楼，是不是更有滋味了？

《红楼梦》里的四个元宵节

　　曹雪芹以节日来加强《红楼梦》角色的个性，更以节日来铺排《红楼梦》整个故事的落墨。在第一回、第十八回、第五十三回和第九十六回，都对元宵节有所描述，而从全书大结构上讲，元宵节是盛极转衰的关目。

　　《红楼梦》中写的第一个元宵节，是第一回里描写甄士隐的遭遇。甄士隐老年得女，却因下人疏忽，元宵节观灯时意外失去女儿，导致夫妇二人双双病倒。祸不单行，不久隔壁葫芦庙中炸供失火，将甄家烧成一片瓦砾场，只有他夫妇并几个家人的性命不曾伤了，甄家从此一蹶不振。曹雪芹用这欢乐的、怀有希望的日子里发生的悲剧，把后来要讲述的贾家兴亡的故事及大观园最后的结局，都以隐喻的笔法在第一回里交代清楚了。

　　第二个元宵节是在第十八回，元妃省亲。这是书中最浓墨重彩描绘的元宵节，也是贾府鲜花着锦、烈火烹油之时。出场人物无不彩绣辉煌，触目所见都是珠光宝气："至十五日五鼓，自贾母等有爵者，皆按品服大妆。园内各处，帐舞蟠龙，帘飞彩凤，金银焕彩，珠宝争辉，鼎焚百合之香，瓶插长春之蕊。"

　　全书用整整一回的篇幅来详述这个元宵节，从五鼓（凌晨3—5点）一直描述到丑正三刻（半夜2点45分）。但是这个元宵节也最意

《红楼梦》之日常面面观

味深长，贾府上下从凌晨 3—5 点便肃静等待，可是贵妃直到晚上 7—9 点才起身往贾府。"未初刻用过晚膳，未正二刻还到宝灵宫拜佛，西初刻进大明宫领宴看灯方请旨，只怕戌初才起身呢。"迟来，想必不是贵妃的意思，而是皇帝的意思，既然允许"元宵归省"，皇帝应该也是深察人性人心，可是为何使人"衣锦夜行"？这似乎透露了元妃的尊荣不是帝王的宠爱，而是势力的平衡。元妃并未生下一儿半女，进宫多年不闻有何懿德懿行，却从女史骤然封妃，圣旨宣贾政进宫时贾府不知缘故而恐惧不安，直到获知封妃消息时才喜气洋洋。

更糟糕的是，为了迎接元妃归省，本来"内囊也已经尽上来了"的贾府，又大兴土木兴建大观园，大肆采买小戏子、小尼姑、小道姑，在贾家或许是出于对皇家的尊重，但是在外人尤其是政敌看来，是张扬跋扈、浮夸炫耀，即使将来不以此作为攻讦的罪证，也将成为腹诽发酵的由头之一。

而"贾赦领合族子侄在西街门外，贾母领合族女眷在大门外迎接。半日静悄悄的"，可见男女有别，长幼有序，规矩谨严，此时世家大族的气派犹隆。

这个元宵节令人充分见识了皇家的气势，不仅仅仗齐整，"一对对龙旌凤翣，雉羽夔头，又有销金提炉焚着御香；然后一把曲柄七凤黄金伞过来，便是冠袍带履。又有执事太监捧着香珠、绣帕、漱盂、拂尘等类。一队队过完，后面方是八个太监抬着一顶金顶金黄绣凤版舆，缓缓行来"，而且皇权大过一切，贾母、贾政和王夫人等俱要跪接自己的孙女或女儿。

此时，如果我们回顾一下元宵节的来历，则更觉得贾府这个元宵节意味深长。

元宵节，是春节后的第一个祭月、赏月的满月夜，象征着春天来临。它源于汉武帝时代，是祭祀天神"太一"的重要节日。但是，作为民间的节日习惯，却是由东汉佛教东传中土并融合了道教慢慢发展而成的。元宵节又叫上元节，上元夜是古时农民为了祈祷作物获得丰收，夜间到田野中举起火把驱赶虫兽的重要日子。另外，汉明帝时上元节要在宫里点灯供佛；道教的天官大帝的诞辰也是正月十五日，是一个重要的祭祀日子。因此，到魏晋以后，正月十五日作为民间重要的节日已经确定下来。早期元宵节主要有两项重要活动：一是对火的膜拜，二是全家祈祷作物获得丰收。后来随着元宵节在民间的演变，挂灯笼代替了拜火，并以吃汤圆代表家人的团圆。唐宋以后，元宵节更成为少男少女的交际节日。

以此来观看这第二个元宵节：第一，果然处处是"火"——"只见院内各色花灯烂灼，皆系纱绫扎成，精致非常"，"但见庭燎烧空，香屑布地，火树琪花，金窗玉槛"。第二，虽是团圆却处处都是哭声。元妃省亲，见了贾母、王夫人，"满眼垂泪"；见了诸亲眷，"又不免哭泣一番"；见了贾政，"隔帘含泪"；见了宝玉，"泪如雨下"；请驾回銮之时，"满眼又滚下泪来"。正月里，元春给家里送去一个灯谜，贾政猜出谜底是"爆竹"，内心沉思的是"娘娘所作爆竹，此乃一响而散之物"。此外，贾母出的谜——"猴子身轻站树梢"，谜底"荔枝"谐音"离枝"，也就是树倒猢狲散；迎春的"算盘谜"，寓意她将早死；探春的"风筝谜"，寓意她将远嫁；惜春的"海灯谜"，寓意她将出家；宝钗的"竹夫人谜"，"恩爱夫妻不到冬"，寓意她终将守寡。此时已隐现不祥之兆。第三，元宵节果然成了少男少女交际的节日。元妃命众姊妹作诗，宝钗悄悄指点宝玉，元妃不喜欢"绿玉"，让他赶紧换成"绿蜡"；黛玉则偷偷帮宝玉代作了一首，而且被元妃指为前三首之冠。可是等到端午节赐节礼的时候，元妃赐给宝玉、宝钗的是一样的，黛玉的则减一等，透露出元妃看中的宝玉妻子人选是宝钗而非黛玉。弃黛选钗的理由有很多，但这次元宵节黛玉、宝钗给元妃留下的不同印象显然也是其中之一。可弃黛选钗又是宝玉出家的直接肇因，爱之反而害之，团圆反成分散。

更进一步的是，这次元宵节还是一个伏笔，元妃反复谈到，贾家人太奢华过费了："以后不可太奢，此皆过分之极。""倘明岁天恩仍许归省，不可如此奢华靡费了。"此语和第三个元宵节紧密勾连。第三个元宵节在第五十三回。腊月里乌进孝来进地租时，以为娘娘和万岁爷必然对贾府赏赐极丰，这也是普通人以为的必然之理。但贾蓉亲口否认："纵赏金子，不过一百两金子，才值了一千两银子，够一年的什么？这二年那一年不多赔出几千银子来！"而荣国府没落的缘起，竟然就是第二个元宵节的元妃省亲——"头一年省亲，连盖花园子，你算算那一注共花了多少，就知道了。再两年，再省一回亲，只怕就净穷了！"

此时贾府已从盛极而下，贾家虽然有元春，但平时花费过大，财力已经不及从前了。连年赔钱——"那一年不赔出几千两银子来。"出多进少，又不置产业——"这几年添了许多花钱的事，一定不可免是要花的，却又不添些银子产业。"这次元宵节，贾府虽然也宴请亲朋，可贾家大部分族人都不愿意来赴宴，"或有年迈懒于热闹的，或有家内没人不便来的，或有疾病淹缠，欲来竟不能来的，或又有一等妒富愧贫不来的，甚至于有一等憎畏凤姐之为人而赌气不来的，或有羞口羞脚，不惯见人，不敢来的"，贾府内部错综复杂的关系导致了内部的不和睦。作者通过这次元宵节的冷清和贾珍等人的对话，直接说明了贾家因为奢华靡费，后继无人，已经走向没落了。

《红楼梦》中的第四个元宵节是在第九十六回："众人因为灯节底下，恐怕贾政生气，已过去的事了，便也都不肯回。只因元妃的事忙碌了好些时，近日宝玉又病着，虽有旧例家宴，大家无兴，也无有可记之事。"

和之前的浓墨重彩不同，最后一个元宵佳节只是轻轻带过。不唯如此，围绕着这个元宵节还有一系列祸事。节前元妃薨逝，贾家在宫中的靠山轰然倒塌；宝玉又因失玉而生病，贾家重金悬赏，轰动得都有人拿假玉来贾府碰运气，闹出了"贾宝玉弄出'假宝玉'"来。这两件大事都发生在元宵节前后，正是人闲时节，可想而知会造成怎样的轰动。到了正月十七日，又传来了王子腾感冒被庸医一剂药致死的噩耗。《红楼梦》开篇，说四大家族一荣俱荣、一损俱损。但是贾、王、史、薛这四家，史、薛早已没落，史湘云一个公侯小姐常常要做活儿到三更天，皇商薛家的薛蟠是个薛大傻子，于做生意一窍不通。实际上只有贾、王在支撑门面。可是这个元宵节，先是贾家折损元妃，紧接着王家失去王子腾，再加上此时，为了给失玉后变得疯傻的宝玉治病，凤姐等人定下了调包计，埋下了后文黛玉恸亡、宝玉出家的伏笔。所以这个元宵节已经是最后一次，却被轻轻带过，实际上意味很深。不再写锦衣玉食、朱甍碧瓦，因为马上就要"白茫茫大地真干净"；不再写火树银花、爆竹震天，因为更震耳的是"呼喇喇大厦将倾"。

  《红楼梦》第一回写甄家，第一个元宵节就是祸起的引子，是"家破"，此后一路滑入深渊；而第九十六回写贾家，第四个元宵节则是"人亡"，奏响了贾家家族覆亡的挽歌。《红楼梦》的结构是先写甄家的"小荣枯"，由诗酒葑花的富足乡宦人家跌入衣食无继的赤贫；接着写贾家的"大荣枯"，贾家从富比王侯的公府豪门到惨遭抄家。前后呼应，可见文思深细。把贾府的盛极而衰侧面描写出来，用元宵节期间发生的众多事件隐喻书中众多人物的悲剧命运，草蛇灰线，伏脉千里，累如贯珠，堪称神笔。

闲话《红楼梦》"坐吃山空"与规矩体面

天津红楼梦研究会会长赵建忠老师说："《红楼梦》第五十三回乌进孝租单上仅"胭脂米"就有二石，每石约150斤，两项1002石（包括胭脂米一项），合1万5000多斤，再加上其他货物，共20多万斤。贾府人丁不过400左右，按一年360天算，一人一天吃一斤（丫鬟小姐饭量还到不了），一年用得了那么多年货？贾府有那么大粮库？20多万斤年货够两年食用，贾珍还说什么'这点东西还让不让过年了？'，曹雪芹又算错账，他连自己写的两府人丁数都忘了。"

我笑道："赵老师不会又忘了，咱们民族性喜浪费吧？每样菜不过略动一两样，就扔了。《红楼梦》第六回，刘姥姥第一次去贾府，见凤姐吃过的饭，'桌上碗盘森列，仍是满满的鱼肉在内，不过略动了几样'。《红楼梦》第三十八回，贾府女眷赏菊花吃螃蟹，大家玩闹拿蟹黄抹脸；凤姐'又命小丫头们去取菊花叶儿、桂花蕊熏的绿豆面子来，预备洗手'。《红楼梦》第六十回，贾府买来的唱戏小丫头芳官拿着手里的糕掰了，扔着逗雀儿玩。《红楼梦》第六十二回，给芳官备的一顿饭是'一碗虾米丸子鸡皮汤，又是一碗酒酿清蒸鸭子，一碟腌的胭脂鹅脯，还有一碟四个奶油松瓤卷酥，并一大碗热腾腾碧荧荧蒸的绿畦香稻粳米饭'。芳官看了却说：'油腻腻的，谁吃这些东西。'

就吃了一碗汤泡饭，拣了两块腌鹅，其他一概不吃了。而她不过是一个小戏子，实际地位连贾府的丫头都不如。可是一个小戏子一顿饭是如此，那些小丫头呢？大丫头呢？小姐呢？夫人呢？少爷呢？老爷呢？……所以贾府不用等抄家，也就'坐吃山空'了。看来不是曹雪芹算错账，而是这么多年货，小部分是吃了，大部分是浪费了。"

赵建忠老师反驳道："即使贾母只吃两口，剩下的也会拿给丫头们去吃的。"

我掩口笑道："当物质极大丰富的时候，只有那些罕见的，大丫头们会尝尝，其他的也都不稀罕了。比如说宝玉给晴雯留了豆腐皮包子，晴雯说什么？——'我才吃了饭。'一是这个豆腐皮包子，很罕见，宝玉才会给晴雯留，比如说他绝对不会给她留一些鸡鸭鱼肉。二是下人的饭应该跟主子是不一样的。假如说，主子剩的饭都让下人吃了，那主子跟下人还有什么区别？怎么显得主子尊贵呢？再者，不管是贾母赐给宝玉的果子狸，赐给黛玉的鸡髓笋，赐给兰小子的肉，还是赐给平儿的果子，贾母肯定不是仅仅吃这一次，假如说她吃不完的，下人就可以吃，那她专门赐给某人的菜还有什么特殊的脸面和意义？"

赵老师说："《红楼梦》开首便说，'外面的架子虽未甚倒，内囊却已尽上来了'，此种境况，贾府怎还不知量入为出？"

我说："正想和赵老师讨论这个问题。在契诃夫的《樱桃园》里面，主子穷得都要把樱桃园给卖了，去酒店吃饭的时候，赏给侍应生的小费却是'一枚金币'！"

赵老师说："剩菜要拿回厨房，下人不会扔了吧？"

我答道："赵老师，我的想法是这样，主子吃剩的东西，捡一两样稀罕心爱的赏亲近的人。其他很多，一是给下人吃，下人也吃不了。比如说他们都已经吃过下人专备的饭菜了，也吃不下，也保存不了。二是宁可倒掉，也不会给下人吃，更不会拿出府门送给街上的穷人吃，想想资本家把牛奶倒河里的例子就明白了。

"赵老师，您想想，贾府的下人，也有可能吃烦了。赖大家的稀不稀罕吃贾母的剩菜？人家自己儿子当了官，连园子都有。又如说宝玉探晴雯的时候，曾经说过：'往常那样好茶，她尚有不如意之处。'还有司棋想让自家的亲戚秦显家的顶替柳嫂子，秦显家的一上任，兴兴头头整治了酒菜请大家。小厨房本来就是一个有油水的所在，这里的下人又能捞钱又有现成材料，自己热锅热菜做了吃不好？还等着吃主子的剩菜？"

罗文华老师一针见血，其高见于我心有戚戚焉："一般来说，主子不会将剩菜给下人吃，下人也不能公开吃剩菜，下人也有尊严，主要是要有等级和规矩。现在也一样，饭馆服务员的饭菜都是单做的。"

《红楼梦》的学问与联姻

有这么一道题："就官方认可学问而言，宁荣两府亲戚谁最强？"

第一反应是宁国府啊，因为贾敬中过进士。

但是答案是否定的。科举三年一次，每次进士一大把啊。

那么，必然是荣国府？因为贾政的妹夫林如海，可是探花。每次进士一大把，但是探花就一个哦。

答案还是否定的！

正确答案是：李纨之父李守中。

啊?！对啊！他是国子监祭酒呀！

看到这个答案，电光石火之间，我想通了一件事——政老爹中意的宝玉媳妇一定是林黛玉，而不是薛宝钗！

每个人的行为处事都有一定的逻辑，除非遇到重大变故，一般不会轻易改变。否则，就不会有"江山易改，本性难移"这句话了。

贾政喜欢的可不仅仅是读书人，还得是科举考试夺魁的读书人。你看他的妹夫，林如海是探花；他的亲家，李守中是国子监祭酒。

贾珠的婚姻，使人想起"榜下捉婿"的典故。"榜下捉婿"是宋代的一种婚姻文化，即在发榜之日富贵之家全体出动，争相挑选登第士子做女婿，那情景简直就是抢，坊间便称其"捉婿"。

《红楼梦》之日常面面观

唐宋八大家之一的欧阳修，就曾被人榜下捉婿。翰林学士胥偃第一次见到欧阳修的时候，就非常欣赏他，等到欧阳修一中进士，胥偃就迫不及待地把女儿嫁给他，可惜胥偃之女新婚不久就去世了。后来，欧阳修又娶了已故宰相薛奎的四女儿。值得一提的是，薛奎的另一位女婿，正是当年跟欧阳修一起参加殿试，并高中状元的王拱辰。更有趣的是，王拱辰先是娶了薛奎的三女儿，但这位薛三小姐早卒，王拱辰又续娶了薛奎的五女儿，继续做薛家的女婿、欧阳修的连襟。欧阳修还写诗调侃王拱辰："旧女婿为新女婿，大姨夫作小姨夫。"

　　但是，这些"饥不择食"者所谓的理想对象既不是从女儿的个人意愿，也不是从女儿的角度来考虑的，而主要是从维系、发展家族的角度来考虑的，所以将习俗所重视的阴阳吉凶、家世背景等都抛之脑后，年龄也是可以不考虑的。

　　有一个叫韩南老的人，考中了进士，很快便有人来向他提亲，他并未拒绝，而是作了一首绝句："读尽文书一百担，老来方得一青衫。媒人却问余年纪，四十年前三十三。"

　　从这个角度看，李守中选择贾珠做女婿，就有眼光得多。李守中是国子监祭酒，如果他想要去"榜下捉婿"，甚至都不用去捉，很多新晋士子也趋之若鹜。但是李守中选的贾珠，不要说进士，连举人都还没考上呐！贾珠不过才"进了学"，只是个秀才罢了。所以这考的是李守中的眼光，他必须能够璞中识玉。

　　不过想一想，贾元春容貌自然是端庄的，所以才能进宫而且当了贵妃。宝玉的容貌"面若中秋之月，色如春晓之花，鬓若刀裁，眉如墨画"。以此推断，和他们一母同胞的贾珠容貌想来也是清秀的。从他不到二十岁就有了遗腹子贾兰来推算，他和李纨成婚之时应该十八九岁。所以从容貌、年纪和家世来看，李守中给女儿挑选的女婿还是很用心的。李守中选婿之前自然也少不了看一下小秀才贾珠的两篇文字，他是国子监祭酒，应该能从专业的眼光看出贾珠是个可造之才。

只是，李守中容貌、年纪、家世、才华都没看差，就是身体健康看走了眼，贾珠不到二十岁就死了。他的遗腹子贾兰也是早早崭露头角却也骤然死去："气昂昂头戴簪缨；光灿灿胸悬金印；威赫赫爵禄高登，昏惨惨黄泉路近。"这会不会也跟基因遗传学有一定关系呢？

贾政给大儿子联姻的是国子监祭酒家，给二儿子联姻的首选，应该是探花和盐政林老爷家，而非皇商之家。从日常中就可以见出贾政对林黛玉的欣赏。

第一，凡是黛玉所拟的匾额，政老爹一字不改，全用了。

第二，对于黛玉的老师贾雨村，政老爹不仅给他推荐了官职，后面也常常通家来往。

所以如果林爸爸不死，在宝玉议婚的时候，政老爹绝对不会选薛宝钗，必然是林黛玉。

遗憾的是，贾珠的岳父是国子监祭酒，但是贾珠死了。林黛玉的父亲是探花、御史，但是林如海死了。

当然，这也并不是说政老爹势利，而是物以类聚，人以群分。政老爹见到李纨之父和林黛玉之父，大概就像小白见到大牛的心情差不多吧。

贾政本无官可袭，只能从功名入手。不想皇上开恩，格外赏了一个主事，这个主事，二甲三甲进士不能入翰林院的，就是给个主事，正七品。状元、榜眼、探花直入翰林，不用选。明之后，一般人了翰林，未来才能当学士、大学士，清贵无比。《红楼梦》官职都是故意用古名错名，以避风险，但大体也可对照。

贾政未能科甲出身，落下心病了，妹妹嫁给探花，大儿子娶了祭酒女儿还治不好，非要宝玉有个功名。为此动不动歇斯底里，实在可怜可叹。

所以，不要把希望压在下一代身上，与其望子成龙，何不自己成龙？

凶险的传染病也曾威胁《红楼梦》中人

疑似"肺结核"

现在人人谈虎色变的就是新冠肺炎了，其实《红楼梦》中也有相似的传染病。

晴雯死的时候，王夫人闻知，命："即刻送到外头焚化了罢。女儿痨死的，断不可留！"

那么这个女儿痨是什么呢？原来就是肺结核。"女儿痨"就是女性青春期肺结核病，它的主要特点是症状多，病情进展快，病灶容易溶解，迅速形成空洞和排菌，过去对这种急重症肺结核病确实束手无策。

在清代同时期，肺结核疫苗尚未问世，肺结核是全球闻之色变的不治之症，发病率之高，足以让今人瞠目结舌，死于肺结核的中外名人，如作家卡夫卡、席勒，音乐家肖邦，等等，简直不胜枚举。

但是，晴雯真的是"女儿痨"——肺结核吗？

隋朝巢元方《诸病源候论·虚劳咳嗽候》说肺痨是以咳嗽、胸痛、喘息、咯血为特征的一种病症。唐代的王焘《外台秘要》对本病的临床表现观察尤为详细，指出："骨蒸……旦起体凉，日晚即热，烦躁寝室不能安，食都无味……因兹渐渐受损，初着盗汗，盗汗以后即寒热往来，寒热往来以后即渐加咳，咳后面色白，面颊见赤，如胭脂色，团团如钱许大，左卧即右出，唇口鲜赤。"

第一次写晴雯的病是《红楼梦》第五十二回，原本是冬夜为了吓麝月，晴雯只穿着小衣就出去了，结果着凉感冒了。"晴雯服了药，至晚间又服二和，夜间虽有些汗，还未见效，仍是发烧，头疼鼻塞声重。"可是，这显然并非肺结核。之后几次写晴雯身子不适，并未详写症状，也不能断定是肺结核。

肺结核是一种传染性疾病，它的发生需满足传染源、传播途径、易感人群三个条件。晴雯的生活环境中没有结核病患者，在大观园这种人口密度极大的公众场合，也没有新发的结核病人。晴雯和宝玉、袭人常常朝夕相处，晴雯要是肺结核，岂非宝玉和袭人早就被传染了？

那王夫人为啥"诬陷"晴雯？

在撵走了晴雯之后，王夫人是专门向贾母做了专题汇报的，王夫人回贾母道："宝玉屋里有个晴雯，那个丫头也大了，而且一年之间，病不离身，我常见他比别人分外淘气，也懒，前日又病倒了十几天，叫大夫瞧，说是女儿痨，所以我就赶着叫他下去了。"

大夫确诊了晴雯是"女儿痨"——"女儿痨"是肺结核——肺结核会传染，所以，晴雯得了肺结核，就必须"隔离"，就必须远离贾宝玉，以免传染。

这样一来，不管贾母对晴雯评价多高，期许几何，都作废了，因为贾母的底线是宝玉，如果晴雯得的是肺结核，贾母也是会放弃的。

虽然王夫人是"诬陷"晴雯得了"女儿痨"，但是这个"焚化"确实是处理恶性传染病的有效途径。其一是王夫人话真中有假，虚虚实实，就叫人捉摸不透，容易相信；其二是透露出王夫人对晴雯的厌恶，因为即使真死于恶性传染病，"深埋"也可以啊，"焚化"对信奉"死留全尸"的古代中国人来说挺难接受的；其三也露了马脚，因为王夫人逐晴雯的时候，说要把她的好衣服留下来给好丫头穿，要是她真是肺结核，别的丫头还敢穿她的衣服？其四是让晴雯化灰化烟，彻底断了儿子宝玉的念想。

虽然"肺结核"是诬陷，但是《红楼梦》里真有恶性传染病的隐患。

《红楼梦》第七十五回写贾母在晚餐桌上，指着一碗鸡髓笋和一盘风腌果子狸"给颦儿宝玉两个吃去"。

据说"非典"和果子狸有关，果子狸是传播 SARS 病毒的中间宿主。如果贾府的果子狸带有类似病毒，也不用抄家，也不用坐吃山空，恶性传染病就足够灭贾家了。

再一细数，贾府怎么这么爱吃野生动物啊？

《红楼梦》第四十九回，大观园姐妹突发奇想相约赏雪，宝玉猴急赶着参与"盛会"，连早饭都顾不得吃，只拿茶泡了一碗饭，就着"野鸡瓜子"忙忙地吃完。

关于这个"野鸡瓜子"有两说：一说是"野鸡瓜薤"，冬季早晚一种常备菜：鸡丝、酱瓜丝、生姜丝加佐料炒制成。考究的富户才用野鸡丝，贫困户则以藕丝代替鸡丝。一说是"野鸡瓜子"，类似炒鸡丁一类的下饭菜。清代《调鼎集》有云："野鸡瓜：去皮骨切丁配酱瓜、冬笋、瓜仁、生姜各丁、菜油、甜酱或加大椒炒。"这说明"野鸡瓜子"这道菜在清代已很普遍，成为侯门公府的家常菜了。

但是不管从哪一种说法，《红楼梦》里宝玉吃的这个"野鸡瓜子"就是"野鸡"做的。

另外，第四十九回众姐妹还吃了"鹿肉"。而《红楼梦》第五十三回中，乌进孝过年时给贾府送来的年货，其中的"野生动物"也很是不少。

然而，钟南山院士就新冠肺炎答记者问，谈到野生动物时明确表示，新冠肺炎很可能来自野生动物，有可能是竹鼠、獾之类。

对于我们这些普通人，这野生动物，不是那么好消化和好降服的。何况随着人们的自然与环保意识的提高，吃野生动物者还要面临他人鄙视和法律制裁呢。

红眼病

刚刚说的《红楼梦》里的肺结核只是疑似，而这个"红眼病"可是《红楼梦》里一个真正的传染病。

第五十三回，"只因李纨亦因时气感冒，邢夫人又正害火眼，迎春岫烟皆过去朝夕侍药，李婶之弟又接了李婶和李纹李绮家去住几日，宝玉又见袭人常常思母含悲，晴雯犹未大愈，因此诗社之日，皆未有人作兴，便空了几社"。

此处提到的邢夫人所害的"火眼"，就是"红眼病"，是指覆盖眼白（巩膜）的薄膜（结膜）发炎，医学上称之为急性卡他性结膜炎。红眼病通常由普通感冒相关的病毒性感染引起，还可能由细菌性感染或过敏引起。

其传播途径主要是通过接触传染，往往通过接触病人眼分泌物或泪水沾过的物件（如毛巾、手帕、脸盆、水等），与红眼病人握手或用脏手揉擦眼睛等，都会被传染，最终造成红眼病的流行。

红眼病，中医又叫"天行赤眼"。此病为季节性传染病，多发生在夏季，又称之为夏季的眼科"瘟疫"，系由风邪热毒侵袭人体眼部引起的，所以患者饮食应以清淡为主，少食油腻，尽量忌食烟、酒、海鲜、火锅、麻辣串等辛辣刺激食品饮料。中医采用清热解毒、祛风止痒疗法，民间的熏洗疗法也常获良效。

病轻者，为风热上攻，症状为眼红、痒痛交作、畏光流泪、怕热、目中干涩有异物感、眼分泌物黄白而结，治当疏风散热，佐以解毒。

但是《红楼梦》作者很可能是"量体裁衣"式地给人物安排生什么病。比如说，为什么偏偏是邢夫人害"红眼病"？

一、和王夫人的关系。

《红楼梦》之日常面面观

贾赦是长子，应该邢夫人管家才对，可是贾母偏心小儿子，自己住荣国府主院，小儿子留在身边，小儿媳王夫人真正拥有实权。荣府经济是有分有合，总体还是一家，各自又有独立核算。贾母是领导小组组长，邢夫人是副组长，王夫人是在贾母领导下当副组长兼办公室主任。凤姐又是邢夫人的人，又是王夫人的人，所以当个副主任，本也是为个平衡，只是工作要向王夫人汇报，王夫人向贾母汇报。邢夫人只是参加集体领导，级别和王夫人还是一样的，礼仪上排名还靠前些，但是大事说了不算，小事不用知道，所以邢夫人对王夫人愤愤不平，忌恨不已，这不是"红眼病"是什么？

二、和迎春的关系。

邢夫人责骂迎春道："你是大老爷跟前人养的，这里探丫头也是二老爷跟前人养的，出身一样。如今你娘死了，从前看来，你两个的娘，只有你娘比如今赵姨娘强十倍的，你该比探丫头强才是，怎么反不及他一半！"

这邢夫人觉得自己名义下的女儿迎春也比不上王夫人名义下的女儿探春而出言抱怨，不是"红眼病"，又是什么？

三、绣春囊事件。

傻大姐偶然捡到一只绣春囊，低头一壁瞧着，一壁只管走，不防迎头撞见邢夫人，抬头看见，方才站住。邢夫人因说："这痴丫头，又是个什么狗不识儿这么欢喜？拿来我瞧瞧。"邢夫人接来一看，吓得连忙死紧攥住，忙问："你是那里得的？"傻大姐道："我掏促织儿在山石上拣的。"邢夫人道："快休告诉一人。这不是好东西，连你也该打死。皆因你素日是傻子，以后再别提起了。"这傻大姐听了，反吓的黄了脸，说："再不敢了。"磕了个头，呆呆而去。邢夫人回头看时，都是些女孩儿们，不便递与，自己便塞在袖内，心内十分罕异。

在民间说法中，看了不该看的东西就会害眼病。所以这邢夫人的眼病有来历吧？

又之前说过，红眼病会传染，邢夫人就是借发现这个绣春囊小题大做，让自己的陪房王善保家的封了这个给王夫人送去，"这王善保家的正因素日进园去那些丫鬟们不大趋奉他，他心里大不自在，要寻他们的故事又寻不着，恰好生出这事来，以为得了把柄"，于是对王夫人添油加醋，火上浇油，最终酿成了抄检大观园事件。

因此，叫邢夫人得"红眼病"，很有可能是作者的一个讽刺之笔。

天花及应对恶性传染病

之前提到的《红楼梦》中的肺结核只是诬陷，红眼病则虽传染却不致命，而现在谈到的这个天花则是既传染又致命。

《红楼梦》第二十一回写凤姐的女儿巧姐病了，正乱着请大夫来诊脉。大夫便说："替夫人奶奶们道喜，姐儿发热是见喜了，并非别病。"

这听起来"见喜"，实际上却凶险无比，因为它是一种恶性传染病——天花。

天花传染病重症者常伴随并发症，如败血症、失明、肺炎、脑炎等，轻则残疾，重则丧命。即使幸存者也可能终身留有瘢痕，尤其是满脸麻子。

在古代，这是一种人人谈之色变的绝症，是一种被史学家称为"人类史上最大的种族屠杀"的疾病。

在公元16到18世纪的亚洲，每年约有80万人死于天花，其中就包括了清朝的许多皇帝皇子们，比如顺治皇帝、豫亲王多铎、同治皇帝。而像康熙皇帝、咸丰皇帝这些都是侥幸从"天花"中逃生的幸运儿，也正是因为他们患过天花且康复了，有了免疫力，之后对被选中成为下一任帝王起了关键性作用。但是，他们也因天花成了"麻子"。

不仅仅是清朝，天花病毒是世界性的疾病。在欧洲，上至达官显贵，下至普通平民百姓，甚至还有不少衣不蔽体的乞丐，同样遭受天花病毒的残害。仅仅 18 世纪的 100 年间，欧洲死于天花的人高达 1.5 亿。而在美洲，因为留下了一块天花患者用过的地毯，引发了将近美洲一个种族的灭绝的惨案，美洲原本有 2000 多万人口的本地居民，经过 100 多年之后仅剩下了 100 多万。

巧姐是《红楼梦》十二金钗之一，也是凤姐的独生女，无论是破相，还是丧命，对于贾府尤其是凤姐来说都是残忍的打击，因此，凤姐急忙遣医问药，得到医生的指示之后，凤姐指挥家人做了全方位的措施。

> 凤姐听了，登时忙将起来：一面打扫房屋，供奉痘疹娘娘，一面传与家人，忌煎炒等物，一面命平儿打点铺盖、衣服，与贾琏隔房，一面又拿大红尺头与奶子、丫鬟亲近人等裁衣。外面又打扫净室，款留两个医生，轮流酌酌诊脉下药。十二日不放家去。贾琏只得搬出外书房来斋戒，凤姐与平儿都随着王夫人日日供奉娘娘。

从中可以看出，《红楼梦》所处年代的科技水平虽然与今天相差甚远，但当时的人们应对传染病还是有一套整体的系统，至少分以下四步：

一、针对恐慌积极调适心理。其一是选择"供奉痘疹娘娘"这个方式。痘疹娘娘，老百姓又俗称"天花娘娘"，属于民间信仰中司痘疹的女神。年画中的痘疹娘娘或斑疹娘娘均为年长女性形象，头戴冠饰，身着华服，手持朝圭或手捧豆子，也有手拿治病药草的，有时在娘娘额头正中有一粒圆如豆子、象征痘疹的饰物；娘娘身旁跟随两名或四名侍从，或垂手站立，或手持豆子或葫芦等物。

中国古代，科学不发达，医药条件落后，所以痘疹死亡率极高。亲友患了痘疹后，家人除了竭力去医治外，就是求痘疹娘娘保佑。在缺乏充分科学知识的清代，我们也不必对书中人过于苛求，这虽然有迷信的成分，但是实际上也是一种心理寄托。

二、通过饮食等生活调节应对传染病。凤姐传于家人，忌煎炒等物，这是因为煎炒需豆油，而豆谐音痘，故古人忌讳，认为有豆便是不吉，故忌之。再者生病者忌荤腥，从医学上讲也要忌之。

三、做好隔离防护。其一是命平儿打点铺盖、衣服，与贾琏隔房，其二是拿大红尺头与奶子、丫鬟亲近人等裁衣。现代医学认为，对于天花病人，要严格进行隔离，病人的衣、被、用具、排泄物、分泌物等要彻底消毒。古代男女有别，多为男主外，女主内，贾琏相对于家中的女眷来说，和外界的接触多得多，凤姐让贾琏隔离出去，倒是一种避免交叉感染的方法。再者拿大红尺头与奶子、丫鬟亲近人等裁衣，虽然有"冲喜"的迷信寓意在内，但贴身照顾的人全换上新衣，降低了病菌传播的可能。所以《红楼梦》这些做法暗合了隔离防护法。

四、针对病情发挥中医作用。对于巧姐来说，凤姐真是一位有着爱子之心的好妈妈。因为得了这个"天花"，凤姐款留两个医生，轮流酌酌诊脉下药，整整留了大夫十二日不放家去。

在《红楼梦》中，小小的巧姐得了当时的凶险重症天花。而从《红楼梦》的记述来看，当时连牛痘接种也还没有，也没有治天花的特效西药。但是中医竭尽所能，终于将巧姐从死神手里夺回。认真地进行心理调适，做好隔离防护，调节饮食，用中药细心调制，种种措施使得巧姐最终转危为安，而且没有留下麻子等后遗症，最后长大成人。关于她的结局，按照《红楼梦》今本后四十回的说法，她是嫁给了一个姓周的富户公子；按照一些红学探佚家的说法，她最终嫁给了刘姥姥的孙子板儿。不管怎么样，最后她都是健康平安地度过这一生。

谨以此文，献给正在被疫情困扰的我们，相信我们增强信心，认真防护，积极治疗，一定也能战胜这个凶险的传染病！

《红楼梦》之日常面面观

林黛玉死于肺结核？非也！

说林黛玉死于肺结核（肺痨），很可能最早来源于鲁迅先生，他在《论照相之类》里说："我在先只读过《红楼梦》，没有看见'黛玉葬花'的照片的时候……我以为她该是一副瘦削的痨病脸。"

肺结核派仿佛得了金科玉律，鲁迅先生，学医的，医生都这么说，你懂伐？

但是肺结核派往往选择性忽略鲁迅先生在学医方面的不严谨，鲁迅先生自己在《藤野先生》里面说：

> 可惜我那时太不用功，有时也很任性。还记得有一回藤野先生将我叫到他的研究室里去，翻出我那讲义上的一个图来，是下臂的血管，指着，向我和蔼的说道：
>
> "你看，你将这条血管移了一点位置了。——自然，这样一移，的确比较的好看些，然而解剖图不是美术，实物是那么样的，我们没法改换它。现在我给你改好了，以后你要全照着黑板上那样的画。"
>
> 但是我还不服气，口头答应着，心里却想道：
>
> "图还是我画的不错；至于实在的情形，我心里自然记得的。"

少年之时自然左袒鲁迅先生，老师们大人们一点艺术美感都没有！但是现在再反观，哇，万一得了白内障或要做心脏搭桥，可不敢麻烦鲁迅先生，别说他移了一点位置，就是偏差一两毫米，那我是瞎得很美观呢还是死得很美观呢？

所以，鲁迅先生说林黛玉是肺结核（肺痨），未为实据。

其次，很多人赞同是肺结核，是因为似乎它是一种"雅病"。鲁迅先生又说过："由两个丫鬟搀扶着去看海棠，吐半口血，才算天下第一等雅事。"

在西方，肺结核曾被称为"艺术家的疾病"。得此病的患者身材消瘦，脸孔白皙，下午因低烧脸颊会泛起淡淡的红晕，患者因虚弱而在语言、动作上都显得温文尔雅，因此在科技很不发达的 19 世纪，肺结核竟一度成为浪漫主义艺术家追求的一种时尚。

"瞧那可怜的拜伦，垂死之时也是那么好看。"这是英国大诗人拜伦的渴望——渴望成为一名肺结核患者，以博得贵夫人的怜惜。

哇，以此而论，你看曹雪芹笔下的林黛玉——"态生两靥之愁，娇袭一身之病。泪光点点，娇喘微微，闲静时如姣花照水，行动处似弱柳扶风。""林黛玉还要往下写时，但觉浑身火热，走至镜台前一照，只见腮上通红，真合压倒桃花。"这不是一名典型的肺结核患者吗？

然而，论者往往忘了，肺结核是一种传染性疾病，它的发生需满足传染源、传播途径、易感人群三个条件。

16 世纪，一位意大利医生论述了健康者与肺结核病人一起居住可发病，病人的衣服两年后仍有传染性，使用病人衣服可传染肺结核病。1720 年，另一位意大利医生提出肺结核病是由眼睛看不到的小生物引起的，1879 年，英国人用无可辩驳的科学实验证明，肺结核病是由微生物感染导致的传染病。

林黛玉生活环境中没有结核病患者，在大观园这种人口密度极大的公共场合，也没有新发的结核病人，宝玉和紫鹃常常与她朝夕相处，尤其紫鹃，往往与她同榻而眠。林黛玉要是肺结核，岂非宝玉和紫鹃早就被传染了？

　　肺结核是慢性咳嗽，与季节无关，而林黛玉的咳嗽却有明显的季节特点；肺结核咯血量大，而林黛玉却以咳痰为主，零星带血；没有经过规范治疗的结核病患者，往往死于恶病质，这些特点与林黛玉的临床症状也不符。

　　那她究竟是什么病？林黛玉有"心病"，这个"心病"既是喻指，是她和宝玉"木石前盟"的情感羁绊；又是实指。

　　林黛玉去世时仅有 17 岁，且家族中人才凋敝，林家是世家，自然有不少姜室，但其父林如海却是独子，又在 40 多岁时死亡。林黛玉母亲的死亡时间大概在 30 岁以下。林如海本人也有姜，但没有庶出的子女，林家的儿子在 3 岁夭折。以上迹象表明，林府及贾府中有遗传性或先天性心脏病的概率较大。

　　一、先天畸形或遗传因素。众人皆知林黛玉发育不良，与同龄人相比显得弱小，"身体面庞皆怯弱不胜，"所以都认为她是有"不足之症"，这种特点恰好指向先天性心脏病。

　　二、劳累及情绪可加重症状。这些其实是心力衰竭的常见表现。宝玉曾这样叹道："好妹妹，你别哄我。果然不明白这话，不但我素日之意白用了，且连你素日待我之意也都辜负了。你皆因总是不放心的原故，才弄了一身病。但凡宽慰些，这病也不得一日重似一日。"

　　三、与季节相关的咳嗽，且晚期出现端坐呼吸。黛玉一面喘一面说道："紫鹃妹妹，我躺着不受用，你扶起我来靠着坐坐才好。"又有夜间阵发性呼吸困难，如："黛玉一翻身，却原来是一场恶梦。……扎挣起来，把外罩大袄脱了，叫紫鹃盖好了被窝，又躺下去。翻来覆去，那里睡得着？……自己扎挣着爬起来，围着被坐了一会，觉得窗缝里透进一缕凉风来，吹得寒毛直竖，便又躺下。"

这些症状符合左心衰表现。而咯血、痰中带血则提示患者可能合并有严重肺动脉高压。

因此，我认为，林黛玉早期症状可能为动脉导管未闭所致进行性左心衰竭。心衰进入失代偿期后，表现为反复发作的急性肺水肿、端坐呼吸、夜间阵发性呼吸困难。晚期则因长期肺高压进一步引起肺小动脉及肌肉型肺小动脉内膜及中层增厚，血管腔变窄，出现咯血、右心衰竭等艾森曼格综合征表现。

《红楼梦》之日常面面观

《红楼梦》洗手文化与秋纹洗手公案

在新冠肺炎疫情期间，洗手非常重要。

第一，除了饭前便后，现在要记得，只要外出了，回到家第一件事就是要洗手。

第二，现在洗手跟平常也不太一样，我们平常只是把手掌和手背洗洗就好了，可是在这个非常时期，除了手背手掌，连手腕也要认真清洗。要用流动的水，很彻底地把指缝、手掌、手背还有手腕都清洗了之后，擦上护手霜，这样才能保证健康。

谈到洗手，不禁想起了《红楼梦》中的洗手文化，和我们有什么异同吗？

《红楼梦》里面是很注意卫生的，跟我们现在一样，饭前便后要洗手。比如说在《红楼梦》第三十八回螃蟹宴里面，凤姐在吃螃蟹之前要先洗了手，然后剥蟹肉送给贾母和宝玉吃。

> 凤姐吩咐："螃蟹不可多拿来，仍旧放在蒸笼里，拿十个来，吃了再拿。"一面又要水洗了手，站在贾母跟前剥蟹肉，头次让薛姨妈。薛姨妈道："我自己剥着吃香甜，不用人让。"凤姐便奉与贾母。二次的便与宝玉。

吃完螃蟹之后，凤姐又让小丫头预备用菊花叶儿桂花蕊熏的绿豆面子来洗手。我们可能有点奇怪，怎么用豆面来洗手呢？这是因为古代还没有香皂，所以用豆面来起到清洁的作用。唐人孙思邈在《千金方》里曾介绍了多个用于"洗手面"的"澡豆"制造配方，大都要用到"白豆面""毕豆面""大豆末"等各种豆面。除了豆面之外，还要用到猪胰、皂角等，以增强去油除垢的效力。另外，珍贵香料更是必不可少。把这种种原料加工处理之后，晾干，捣成散末，细细掺和到一起就得了成品。

贾府用的是菊花叶儿桂花蕊熏的绿豆面，更能起到去腥的作用。

还有宝玉的洗手。《红楼梦》第五十四回，宝玉解手之后，小丫头早就在花厅外廊上等着他了。

> 只见那两个小丫头一个捧着小沐盆，一个搭着手巾，又拿着沤子壶在那里久等。……宝玉洗了手，那小丫头子拿小壶倒了些沤子在他手内，宝玉沤了。

这个"沤子"是什么呢？"沤子"是旧时上层社会使用的一种半流质香蜜，用冰糖、蜂蜜、粉、油脂、香料合成，擦在皮肤上，可以起到保护的作用，使皮肤洁白细润，其实相当于我们现在的护手霜。这种"沤子"一般是贵族小姐用的，少年公子一般不会用，但是宝玉用，说明了他养尊处优。

你知道吗？从洗手护肤的物品中也能看出不同版本的优劣。比如说程甲本、程乙本和甲辰本，竟然把用于护肤的"沤子"当成了"香皂"来使用。

> 宝玉洗了手，那小丫头子拿小壶儿倒了沤子在他手内，宝玉洗了手。秋纹麝月也趁热水洗了一回，跟进宝玉来。

而庚辰本、蒙府本和戚序本是这样写的：

> 宝玉洗了手，那小丫头子拿小壶倒了些沤子在他手内，宝玉
> 沤了。秋纹麝月也趁热水洗了一回，沤了，跟进宝玉来。

两相对比，高下一目了然。程本的作者大概不熟悉贵族生活，区分不了"豆面"是用来洗手的，"沤子"是用来护肤的。其次，庚辰本、蒙府本和戚序本写秋纹麝月没有解手，也趁机赶紧洗了手用用，更可见这"沤子"是难得之物。（列藏本最简单，只洗手，不沤手，也不再洗第二次手。大概是怕言多必失露馅吧？所以你看，一洗手，真假悟空就现出原形了。）

《红楼梦》中除了饭前便后，重要场合也必须洗手，比如黛玉在弹琴之前也是要焚香洗手的。可是在《红楼梦》后四十回里有一个缺漏，也就是妙玉扶乩不曾洗手。扶乩是中国道教的一种占卜方法，又称扶箕、架乩、扶鸾、挥鸾、飞鸾、拜鸾、降笔、请仙、卜紫姑等等。据说，在扶乩中，需要有人受到神明附身，这种人被称为鸾生或乩身，神明会附身在鸾生身上，写出一些字迹，以传达神明的想法，做出神谕。信徒通过这种方式，与神灵沟通，以了解神灵的意思。在扶乩之前，古人为表敬重，也是要焚香洗手的。可是妙玉在做这个扶乩之前，竟然没有洗手，因此有人认为这是后四十回的缺漏，也就是它比不上前八十回的一个表现。

关于沤子，我和导师之间还有一场有趣的争论。

导师在看了我微信公众号里的几篇文章后，早上在微信里夸了我一句："她在随笔中涉及的往往是些一般读者关心的有趣问题。这些问题有的看上去并不重大，但并不意味着是没有意义的。相反，一些所谓小问题，由于角度独特，有时也能另辟蹊径地触及文学作品的

核心。"

我这个给点阳光就灿烂的,立马开心地露出了标准八颗牙:"老师,我发现您总结得真是贴切,比如说写《红楼梦》洗手文化,我其实本来只是写着玩,结果中间发现了程本一个明显的不足——由于对贵族生活不够了解,程本把护肤的'沤子'当成清洁的'洗手液'来用了。"

导师笑了:"我没注意这个差别,不过我一直是当护肤品理解的,虽然我也和你说的后四十回作者一样,不懂贵族。程本也不一定是当洗手液了吧?第一,宝玉的'沤了'也是在洗了之后。第二,这一段的标点可以是这样的:'宝玉洗了手,那小丫头子拿小壶儿倒了沤子在他手内。宝玉洗了手,秋纹麝月也趁热水洗了一回。'即第二个'宝玉洗了手'只是秋纹麝月洗的时间状语,不是宝玉洗了、沤了,又洗。"

嗯?我赶紧回了个:"还有其他证据呐!稍等!"

然后我把贵州李兆江先生的高见找到贴上:"亚东重排本,因为发现程乙原本里宝玉洗了两次手,于是把第一个'宝玉洗了手'改为'宝玉漱了口',又把'沤子'改成了'一瓯子'。然后这样就变成宝玉小解后,用盆里的水先漱口,然后往手上'倒了一瓯子'(不知道是什么东西),然后又洗了手,并没有涂抹香蜜。到了程乙亚东本里,改成了'宝玉漱了口,那小丫头子拿小壶倒了一沤子在他手内,宝玉洗了手'。程乙亚东本依然是不通的;首先,小便之后,有漱口的吗?其次,'一沤子'就更不成人话了;再次,哪有先往手上涂香蜜,然后再洗手的呢?那岂不糟蹋东西而且浪费表情吗?可见程本越改越糟糕!"

但是导师回复说:"亚东本的枉改不能算在程本上吧?另外,如我前面所说,如果换一种标点,程本原本也不存在两次洗手的问题。还有,加上'漱了口',也不是亚东本先改的,我没有查,据人文社早年的校本，嘉庆间藤花榭本、道光间王希廉本已如此。"然后，"咔"，甩给我一张图："嘉庆间一种东观阁本上的漱口。不能说用盆里的水漱的。"

这个？我转了转眼睛："不管谁改的，总之，程本的这个描写肯定没有庚辰本好。第一，庚辰本多了一个古代护肤品（比如说甲辰本就根本没有'沤子'）。第二，庚辰本更合理。宝玉上了厕所用水洗手，麝月秋纹没有上厕所，为什么要用热水洗手？"

导师道："大冬天，用热水洗手很舒服，与小解无关吧。"

我赶紧祭出我的大杀器——

"第三，我觉得麝月秋纹是为了趁机用一下那个沤子才洗手的。这既说明沤子是比较珍贵的，也活画出二等丫头的情态。还记得当时秋纹因为王夫人赏了她两件旧衣服，高兴不已。后来晴雯告诉了她内情，秋纹还说，哪怕给这屋里的狗剩下的，我只领太太的恩典，也不犯管别的事儿。所以这样人物的逻辑就比较一致。"

导师说："我上课也常讲这一段，我突出的是秋纹这一句：'凭你是谁的，你不给？我管把老太太茶吊子倒了洗手。'——如果单从字面上看，没有什么信息显示'沤子'的名贵和秋纹等趁机揩油的意思。"

我一边想一边说："老师，我觉得秋纹这跟揩油还不太一样。也就是，怎么说呢，能够有机会用用主子的东西，似乎脸上有光似的，就是这种感觉！这跟您举的这个例子是一致的，就是秋纹希望有高人一等的感觉。"

没想到导师就是不同意："嗯，这是你的感觉，我没有这种感觉。一说到感觉，一千个人有一万种《红楼梦》。我举的那一句是表明宝玉的中心地位，不是秋纹要显派。"

这怎么行？我"咔咔咔咔"举出了四条证据：

一、小红事件。

小红给宝玉倒了一回茶。"秋纹听了，兜脸啐了一口，骂道：'没脸的下流东西！正经叫你催水去，你说有事故，倒叫我们去，你可等着做这个巧宗儿。一里一里的，这不上来了。难道我们倒跟不上你了？你也拿镜子照照，配递茶递水不配！'碧痕道：'明儿我说给他们，凡要茶要水送东送西的事，咱们都别动，只叫他去便是了。'秋纹道：'这么说，不如我们散了，单让他在这屋里呢。'"

秋纹自视颇高，认为自己地位与众不同，别人"赶不上"她，并且很有野心，也想向上爬，所以才会那么"忌讳"小红的行为。

二、赏衣事件。

当秋纹意外地得到了一点赏赐的时候，她受宠若惊自不必说，竟然有些洋洋自得而炫耀："你们知道，老太太素日不大同我说话的，有些不入他老人家的眼的。那日竟叫人拿几百钱给我，说我可怜见的，生的单弱。这可是再想不到的福气。几百钱是小事，难得这个脸面。"

三、倒水事件。

也就是刚刚讨论的，秋纹说："凭你是谁的，你不给？我管把老太太茶吊子倒了洗手。"还有用宝玉的"沤子"。

四、月钱事件。

"正说着，只见秋纹走来，众媳妇忙赶着问好，又说：'姑娘也且歇一歇，里头摆饭呢。等撤下饭桌子，再回话去。'秋纹笑道：'我比不得你们，我哪里等得。'说着便直要上厅去。平儿忙叫：'快回来。'秋纹回头见了平儿，笑道：'你又在这里充什么外围的防护？'一面回身便坐在平儿褥上。"

导师说："丫头们各司其职是对的。秋纹有权力、甚至也应该指责小红。一码归一码，眼光向上，也是人之常情。至少在'也沤了'这件事上，我没看出她要趁机抹的意思。毕竟那个沤子壶在比秋纹还要小的丫头手中，这个更小的丫头就是偷用了，也做得到的。"

我着急地指出："就是要当着大家的面用，才有脸面呀。"

《红楼梦》之日常面面观

导师微笑道："不争了，我们各执己见吧。这个我说你想多了，你也不服的。但你确实想多了哈。"

　　我还有点不死心："是清代的姜祺先想多的。他写诗道：'罗衣虽旧主恩新，受宠如惊拜赐频。笑语喃喃情肖肖，拾人余唾转骄人。'诗末评语曰：'一人有一人身份，秋姐诸事，每觉器小。'"

　　导师说："所以，我说一千个人有一万种《红楼梦》，比哈姆雷特多十倍。"

　　我灵机一动："这跟老师讨论一上午，感觉可以写一篇秋纹啦。"

　　导师笑了。

《红楼梦》里的分餐制与"立规矩"

《红楼梦》大部分场合实行的是合餐，但是同时他们也实行分餐。
一种是天冷之际，凤姐提议让李纨带着宝钗、黛玉、探春等姑娘开个小厨房在大观园中吃饭，不用走到上房和长辈们一起吃。

> 凤姐儿和贾母王夫人商议说："天又短又冷，不如以后大嫂子带着姑娘们在园子里吃饭一样。等天长暖和了，再来回的跑也不妨。"王夫人笑道："这也是好主意。刮风下雪倒便宜。吃些东西受了冷气也不好；空心走来，一肚子冷风，压上些东西也不好。不如后园门里头的五间大房子，横竖有女人们上夜的，挑两个厨子女人在那里，单给他姊妹们弄饭。新鲜菜蔬是有分例的，在总管房里支去，或要钱，或要东西；那些野鸡、獐、狍各样野味，分些给他们就是了。"贾母道："我也正想着呢，就怕又添一个厨房多事些。"凤姐道："并不多事。一样的分例，这里添了，那里减了。就便多费些事，小姑娘们冷风朔气的，别人还可，第一林妹妹如何禁得住？就连宝兄弟也禁不住，何况众位姑娘。"

凤姐这个分餐制的提议，体现了凤姐对大观园姊妹的真心疼爱，尤其是对林妹妹的关怀；其次也体现了大公无私，因为凤姐并不住在大观园，这个分餐制实行之后，李纨就不用伺候太婆婆用餐，众姊妹免了冬日路途上的忍寒受冻，但是她自己并没有从中得到任何好处。

因此贾母喜欢得赞不绝口，贾母道："正是这话了。上次我要说这话，我见你们的大事多，如今又添出这些事来，你们固然不敢抱怨，未免想着我只顾疼这些小孙子孙女儿们，就不体贴你们这当家人了。你既这么说出来，更好了。"因此时薛姨妈李婶都在座，邢夫人及尤氏婆媳也都过来请安，还未过去，贾母向王夫人等说道："今儿我才说这话，素日我不说，一则怕逞了凤丫头的脸，二则众人不伏。今日你们都在这里，都是经过妯娌姑嫂的，还有他这样想的到的没有？"薛姨妈、李婶、尤氏等齐笑说："真个少有。别人不过是礼上面子情儿，实在他是真疼小叔子小姑子。就是老太太跟前，也是真孝顺。"

另一种是一时兴起，换换花样，比如说《红楼梦》第四十回，因为湘云曾经设了螃蟹宴招待大家，因此贾母正和王夫人众姐妹商议给史湘云还席。

宝玉因说道："我有个主意：既没有外客，吃的东西也别定了样数，谁素日爱吃的，拣样儿做几样。也不要按桌席，每人跟前摆一张高几，各人爱吃的东西一两样，再一个什锦攒心盒子、自斟壶，岂不别致？"贾母听了，说："很是。"忙命传与厨房："明日就拣我们爱吃的东西作了，按着人数，再装了盒子来，早饭也摆在园里吃。"

什锦攒心盒子，其实就是攒盒的一种，是盛菜、果的盘盒，因为分许多格子，都攒向中心，所以叫作"攒心盒子"。

《浮生六记》中的芸娘曾经设计过类似的食盒：

> 芸为置一梅花盒：用二寸白磁深碟六只，中置一只，外置五只，用灰漆就，其形如梅花，底盖均起凹楞，盖之上有柄如花蒂。置之案头，如一朵墨梅覆桌；启盖视之，如菜装于瓣中，一盒六色。

言及此，又牵涉到《红楼梦》中的一个饮食规矩，也就是吃饭时儿媳妇、孙媳妇要站着伺候婆婆、太婆婆。第三回，林黛玉进贾府后，拜见贾政之时，贾政斋戒去了，黛玉正在和王夫人话家常，有丫鬟来回："老太太那里传晚饭了。"王夫人忙携了黛玉，往贾母院中去。但是王夫人并不在贾母处吃饭，为何要忙忙赶去？她们进入房门后，已有多人在此伺候，"见王夫人来了，方安设桌椅。贾珠之妻李氏捧饭，熙凤安箸，王夫人进羹。贾母正面榻上独坐"。脂砚斋此处的批注道破疑窦："不是待王夫人用膳，是恐使王夫人有失侍膳之礼耳！"因此，王夫人急忙赶去是为"侍膳"，亲自为婆婆进羹。这是媳妇必须对婆婆表达的孝顺之心。

第四十三回，贾母特意给王熙凤凑份子过生日，满府的人都来了，薛姨妈和贾母对坐，邢夫人、王夫人只坐在房门前两张椅子上，宝钗姊妹坐在炕上，就连赖嬷嬷等几个年老的家人，也各被安排了一个小杌子。但是尤氏和凤姐儿，却只能在地上站着。

在婆婆和太婆婆面前，媳妇儿只有站着的份儿。邢夫人和王夫人因为年龄也不小了，又有儿媳妇在跟前，才额外被安排了房门前的椅子，以表示和婆婆的差异。但是，尤氏和王熙凤、李纨妯娌，就只有站着的资格了。

螃蟹宴的时候，上面一桌：贾母、薛姨妈、宝钗、黛玉、宝玉。东边一桌：史湘云、王夫人、三春。西边一桌：李纨和凤姐的，虚设座位，二人皆不敢坐。这还是因为是史湘云请客，所以给二人设了虚位。第四十回，贾母摆宴大观园的时候，贾母带着宝玉、湘云、宝钗、黛玉一桌，王夫人带着迎春姐妹一桌，刘姥姥傍着贾母一桌。李纨和凤姐儿呢？没位子！等到贾母等都吃完了，往探春房里闲话去了，李纨和凤姐儿才坐下来吃饭。

脂批曾经点出："在刘姥姥眼中，以为阿凤至尊至贵，普天下人都该站着说，阿凤独坐才是。如何今见阿凤独站哉？"

《红楼梦》中的这种饮食规矩体现了满族习俗。余英时在《曹雪芹的反传统思想》一文中写道："曹家在文化上已是满人而不是汉人了。满族征服中国本土以后，汉化日益加深，逐渐发展出一种满汉混合型的文化。这个混合型文化的最显著特色之一便是用已经过时的汉族礼法来缘饰流行于满族间的那种等级森严的社会制度。其结果是使满人的上层社会走向高度的礼教化。所以一般地说，八旗世家之尊礼守法实远在同时代的汉族高门之上。曹雪芹便出生在这样一个'诗礼簪缨'的贵族家庭中。"因此，在《红楼梦》中，我们看到了森严的进餐等级制度。

其一，满族八旗世家，娶进来的媳妇儿是没地位的。王夫人虽是长辈，王熙凤贵为荣国府的大管家，但她们均是媳妇儿，因此也是要站着伺候老祖宗吃饭的。其二，满人习俗，姑奶奶尊贵。《清稗类钞》"风俗类"之"旗俗重小姑"条："旗俗，家庭之间，礼节最繁重，而未字之小姑，其尊亚于姑，宴居会食，翁姑上座，小姑侧坐，媳妇则侍立于旁，进盘匜、奉巾栉惟谨，如仆媪焉。"因此，进餐时，黛玉、宝钗和迎探惜三姐妹虽是晚辈，但她们是"姑奶奶"，还是未出阁的姑奶奶，满族姑奶奶尊贵，未出阁尤其尊贵，因此被小心侍奉而安坐泰然。所以几十年后，王夫人依然满怀羡慕地追忆自己的小姑："只说如今你林妹妹的母亲，未出阁时，是何等的娇生惯养，是何等的金尊玉贵，那才像个千金小姐的体统。如今这几个姊妹，不过比别人家的丫头略强些罢了。"

那么，旗俗为什么如此重小姑呢？那是因为未出嫁的大姑娘有可能被选为妃，一旦中选，将成为整个家族的荣耀。《清稗类钞》"礼制类"之"选后"条指出："盖旗女未出室，与父母坐，辄右女而左父母。殊似西礼。惟西礼待女以宾，旗礼为备充后庭，不相同耳。"这种说法有《清宫遗闻》卷二"记满洲姑奶奶"和溥仪的自传予以佐证："旗人家族习惯，皆以未字之幼女为尊。虽其父母兄嫂，亦皆尊称之为'姑奶奶'……旗人男称'爷'，女称'奶'，乃极尊贵之名称；亦有称姑娘为爷者，是雌而雄矣。但未字之女最尊，若出嫁后则又等闲视之，不知何故。或云幼女未字时，有作皇后太后之希望，是或然欤？"

末代皇帝溥仪自传《我的前半生》中提到："据说旗人姑娘在家里能主事，能受到兄嫂辈的尊敬，是由于每个姑娘都有机会选到宫里当上嫔妃。"

张爱玲《红楼梦魇》之《五详〈红楼梦〉》总结了女儿落座、媳妇伺候的玄机："满人未婚女子地位高于已婚的，因为还有入宫的可能性。因此书中女儿与长辈一桌吃饭，媳妇在旁伺候。"

《红楼梦》之日常面面观

什么是《红楼梦》中的幸福？

　　有人问我："什么是《红楼梦》中的幸福？"

　　我说："想吃什么就能吃到，你爱的人还在身旁！"

　　人都不信，说这怎么算幸福？

　　真的么？你看宝玉挨打之后，王夫人问他："你想什么吃？回来好给你送来。"宝玉笑道："也倒不想什么吃，倒是那一回做的那小荷叶儿小莲蓬儿的汤还好些。"凤姐一旁笑道："听听，味道不算高贵，只是太磨牙了。巴巴的想这个吃了。"贾母忙不迭叫人做去。凤姐儿笑道："老祖宗别急，等我想一想这模子谁收着呢。"

　　原来这小荷叶儿小莲蓬儿的汤是极麻烦的，并不是荷花池里摘了小荷叶儿小莲蓬儿做的汤，而是专门用银子打了模子，"都有一尺多长，一寸见方，上面凿着有豆子大小，也有菊花的，也有梅花的，也有莲蓬的，也有菱角的，共有三四十样，打的十分精巧"。连见多识广的薛姨妈也不认得，不由笑向贾母王夫人道："你们府上也都想绝了，吃碗汤还有这些样子。若不说出来，我见这个也不认得这是作什么用的。"凤姐儿笑道："姑妈那里晓得，这是旧年备膳，他们想的法儿。不知弄些什么面印出来，借点新荷叶的清香，全仗着好汤，究竟没意思，谁家常吃他了？那一回呈样的作了一回，他今日怎么想起来了。"凤姐"说着接了过来，递与个妇人，吩咐厨房里立刻拿几只鸡，另外添了东西，做出十来碗来”。原来“这一宗东西家常不大作”，所以凤姐“借势儿弄些大家吃”。

可见这东西一是难得，二是费事，还要加上美，澄澈的清汤之中，伴着缕缕若有若无的荷叶清香，漂浮着碧莹莹的小荷叶小莲蓬。你看宝玉挨了打，让大人生了那么大的气，还不是想要什么就有什么。更何况，那王夫人的问，贾母的吩咐，凤姐赶紧叫人找去，少年的他并不知道，那是一种叫作“爱”的东西，是一种据说人类社会最珍贵又最容易变化的东西……不知那暮年“举家食粥酒常赊”的曹雪芹，该如何回想？他的小荷叶小莲蓬汤，如今在哪里？他的那些亲人们，如今又在哪里？

你看，她们，王夫人和袭人们，都觉得宝黛不合适，除了家产、门第、人际相处能力，那林黛玉还娇袭一身之病，舌尖口快不饶人，处处给宝玉气受。要搁到今天，那林黛玉恐怕也不是一个能给人洗袜子的主儿。偏偏那宝玉又是个没气性的，今天在林黛玉这儿碰了钉子，明天又高高兴兴地去潇湘馆，还说自己就是死了，魂也一日要来一百遭。他们心尖子上的宝玉，怎么容得这样被人揉搓？所以总要怎么变个法儿拆散了他们才好。但是他们不懂宝玉，千金难买我愿意啊！

那宝黛恐怕也是以为，有一辈子的光阴可以蹉跎，所以尽可以生气、流泪、吵架、赌咒、发誓、试探……他们终究不知道，上天分配给他们时间是这么短，相见就是别离，仓促得容不下一声叹息。

那外人觉得黛玉如何给宝玉气受，黛玉如何跟宝玉不相配，那都是他们觉得，并不是宝玉觉得。当林黛玉化成了一抔黄土白骨，试问宝玉觉得的幸福，是不是“她还没有死，她还在我身旁”？

你看贾政对宝玉，他曾经对这个儿子何等的恨铁不成钢，哪哪都不好，处处不如意，心头火起的时候恨不得把他打死。可是今天，宝玉光着头，赤着脚，身上披着一领大红猩猩毡的斗篷，来向他拜别。

《红楼梦》之日常面面观

贾政尚未认清，急忙出船，欲待扶住问他是谁，宝玉已头也不回地飘然而去，贾政不顾地滑，急忙来赶，但是在茫茫雪地里滑了一跤，爬起来的时候就再也追不上了。原来，有些人，有些事，是你怎样舍不得也留不住！

是啊，所谓的幸福，就是你爱的人还在身旁，他（她）还没有离开，也还没有死！

当时只道是寻常！

四

《红楼梦》之多维认知

民国时期贬值了的林黛玉

中国红楼梦学会首任会长吴组缃先生是《红楼梦》研究与小说创作双擅的代表性人物之一，少年时便喜爱《红楼梦》，1922 年吴组缃先生十四岁的时候，就阅读到上海亚东书局出版的汪原放标点分段的明清著名小说，"尤其喜爱《红楼梦》"，不仅从它学做白话文，也慢慢学会如何做小说："同时读他的还有好些同学。我们不只为小说的内容所吸引，而且从他学做白话文：学他的语句语气，学他如何分段、空行、低格，如何打标点用符号。……一部《红楼梦》不止教会我们把白话文跟日常口语挂上了钩，而且更进一步，开导我们慢慢懂得在日常生活中体察人们说话的神态、语气和意味。"成年之后，他又长期从事《红楼梦》的教学与研究工作，对《红楼梦》常年的"入乎其中"，长久的玩赏、观察、体味、思考，也潜移默化地对他的创作产生了影响。

吴组缃先生的名作《卍字金银花》叙述的是一个小少爷少年时代的一个夜晚，一个看灯的小姑娘走丢了，走到了他们家。这个小少爷非常喜欢这个从天而降的小姑娘，他们一起玩耍，他还许诺，要第二天给她摘卍字金银花。可是深夜的时候小姑娘的家人找来了，感谢了他们并把小姑娘带走了，从此他们再也没有见过面。等到小少爷再次回乡的时候，他已经长大成人，并且已经有了妻子。一天烈日的正午，这位少爷在路边突然听到窝棚里的呻吟声，他大着胆子过去一看，却看到一个大腹便便的妇人倒在窝棚的地上，呻吟着想要水喝。他把她扶起来，并且给她倒水，这时候赫然发现这就是当初走丢了走到他家的小姑娘。一番询问后少爷知道了缘故，原来小姑娘长大之后，父母双亡的她被舅舅许配给了人，可是丈夫早死，她却不知和什么人珠胎暗结又不肯说出腹中孩子父亲是谁，深感丢人现眼的舅舅就把她赶出家门，任她在路边窝棚里自生自灭。少爷对她充满了怜悯，于是许诺回去为她请医生。然而没有想到这个少爷回去之后高烧不止，等他几天之后从高烧昏迷中醒来，得知这个姑娘已经因为难产悲惨地死去了。故事的结尾，少爷善解人意的妻子，让他去这个姑娘的坟上祭奠，并且带上一束卍字金银花。

这篇《卍字金银花》的开头就像一篇具体而微的小《红楼梦》。走丢了的小姑娘，就像当初元宵看灯走丢了的香菱；她和小少爷的见面，又仿佛是天上掉下个林妹妹；然而这个小姑娘父母双亡由舅舅抚养，且喜欢着男装，性格又非常活泼，俨然又是一个小湘云了；小少爷在她临终之前探望她并给她倒茶喝的场景，分明又是宝玉和晴雯诀别时的情景再现。而这个小少爷就像《红楼梦》里面的怡红公子一样，多情、善良但又懦弱。

但是当然《卍字金银花》绝不是亦步亦趋地效仿《红楼梦》，它最终挣脱了《红楼梦》自成一格。《红楼梦》中曾经把女孩子分成三类：一类是未嫁女孩，无价的宝珠；第二类是嫁了汉子，沾染了男子气味，变成了死珠；第三类就是老婆子们，是鱼眼睛。但是《卍字金银花》所塑造的都不在这三类之中。那个小姑娘丈夫早亡，她跟人私通怀孕，这在当时社会上是要浸猪笼的死罪。然而多情善良的小少爷，依然同情她的遭遇，并震慑于她惊心动魄的美，虽然犯下了这样的道德重罪，在他眼中她依然美得熠熠生辉。故事的结尾采用了西方的技巧，小少爷很想去拯救她，从良心和道义上，他必须去救；但是从潜意识中，他不能去救，不敢去救，因为不管是他亲自还是托人带医生去救她，都无疑是与整个社会道德为敌，这个代价是他承受不了的，因此懦弱的他发了高烧，这高烧将他从道德困境中解救出来。

《卍字金银花》借鉴了《红楼梦》以花喻人的技巧，在怡红院群芳开夜宴抽花签时，说宝钗是牡丹，黛玉是芙蓉，李纨是老梅，探春是杏花，袭人是桃花，麝月是荼蘼。晴雯被逐出大观园之后，连病带气含冤而死，宝玉得知后叹道："这阶下好好的一株海棠花竟无故死了半边，我就知有异事，果然应在他身上。"认为孔庙、诸葛祠、岳坟这几处松柏善草都有灵验兆应，所以"这海棠亦是应着人生的"。"在古代小说中，象征手法很常见……但是吴组缃剔除了这种象征的迷信色彩，而完全把它作为一种暗示性和强调性的艺术手段。"《卍字金银花》充分表现了这一点：卍字金银花代表了文中出现的小姑娘；同时它又是一种反讽，因为卍字在佛教中是一个非常吉祥的符号，文中的小姑娘却悲惨地死去，所以构成了一种反讽；并且不管是开头小少爷许诺第二天清晨给小姑娘摘卍字金银花，还是最后小少爷拿卍字金银花祭奠小姑娘，花与人终生未曾相见，这也暗喻了小姑娘和小少爷始终错过，有缘无分。

利昂·塞米利安在《现代小说美学》中指出："人物是小说的原动力。"刘勇强教授进一步指出，主人公的道德品质与性格特征决定着一部小说的基本思想内涵，也影响着小说的结构布局。例如，长篇小说如《水浒传》开篇描写洪太尉误走妖魔，以"妖魔"为梁山好汉定性，表明此书所描写的正是一批挑战社会秩序与主流观念的"叛乱者"。吴组缃先生的《卍字金银花》开篇以"卍字金银花"为小姑娘定性："一朵朵的都是卍字形。春天开一次，六月开一次，九月开一次。——这时候正开得好看。""金银花"初开为白色，经一、二日则色转黄，故名金银花，其"金""银"两面，暗喻了该女子的变化，从"笔峰墨沼"的书香门第的小姐，沦落成做下丑事珠胎暗结的寡妇。同时，也暗示了社会和少爷对她的不同评价，表明这个女子纵为这个社会所不解、不容，但实质上却依然是一朵美丽而柔弱的娇花。她的变故是不许寡妇再嫁的社会造成的，而非她个人的罪恶。

《卍字金银花》并非一个孤立的现象，吴先生的另一篇名作《金小姐和雪姑娘》也有类似的"贬值了的林黛玉"形象。

"我"是一位中学教员，为了打发无聊的日子，减轻思念以前恋人的痛苦，决定要谈恋爱。在朋友的介绍下，"我"认识了金小姐，成为一对即将谈婚论嫁的恋人。在一个偶然的机会里，"我"出乎意料地碰到了初恋的雪姑娘，生活的煎熬已经使雪姑娘由天真浪漫的少女变成了一个未婚先孕的堕落女人。"我"既伤心痛苦，更深感内疚，经过揪心的抉择，决定和雪姑娘结婚，以弥补自己昔日的过失，挽救雪姑娘。但是当"我"第二天来见雪姑娘时，她却因为打胎而惨死在病床上。

吴先生研究《红楼梦》历来反对脱离社会环境而孤立地讨论人物的倾向，他是把人物放在具体的社会关系中分析他们的行为。这一点在他的《论贾宝玉典型形象》和《谈〈红楼梦〉里几个陪衬人物的安排》中都有深刻的体现。他自己在创作中也是把人物放在具体的社会环境中安排他们的行为逻辑。

吴先生笔下的是身处民国的被侮辱和被损害的林黛玉。《红楼梦》中的林黛玉，虽然父母双亡，可是毕竟有外祖母保护，身处衣食无忧的大观园，一应衣履饮食都是最上等的，而且大门不出二门不迈，外界的黑手是伤害不了她的。吴先生笔下的林黛玉式女子，没有了父母，也没有一个大家族提供保护。《卍字金银花》中的小姑娘后来成了寡妇，"因为年轻做了为社会所不容的事，家里已经没人，想偷偷到外婆家来求舅父帮助"。她们来到了社会上，受到了很多诱惑。像雪姑娘："她知道在耳后边脖子上调弄得没一丝垢积，知道怎样洒香水，擦巴黎粉，知道怎么穿戴合适的衣饰，买时髦漂亮的东西，爱看

《红楼梦》《茶花女》，爱看新时行的张资平郁达夫的小说。一个十五六岁的姑娘懂得了二十五六岁女人所能懂的事。"《红楼梦》中的林黛玉，自始至终没有和贾宝玉越雷池一步，但是吴先生笔下的林黛玉式女子呢?《卍字金银花》里的小姑娘，长大之后成为寡妇，却和别人私通怀了孕;雪姑娘则是未嫁有孕。所以她们相当于"贬值了的林黛玉"。

清末民初，大量的翻译小说被引进，《新青年》也给了进步青年许多激励。周作人先生曾经翻译日本女学者与谢野晶子对贞节的新看法《贞操论》，发表在 1918 年 5 月 15 日的《新青年》第四卷第五号上。之后，胡适在《新青年》上，发表了《贞操问题》，认为自己读了周作人先生翻译的《贞操论》，感触颇深，就"中国人的贞操问题"提出了三点看法。鲁迅也呼应周作人，在《新青年》上发表了《我之节烈观》，文章列举了大量事实，对"表彰节烈"的非人性一面进行了批判。

1922 年，尚是少年的吴先生非常喜欢这一类作品，受到"新文化"的感召，他跳出"旧观念"的束缚，因此，在情节设置上，吴先生让作品中的"我"毅然决定和"雪姑娘"结婚，可以看出是受到《复活》的"救赎"思想的影响。在人物评价上，吴先生也并不认为"贬值了的林黛玉"下流无耻，而是给予了同情和怜悯，他认为:"一朵鲜明无瑕的自己爱过捧过的花。如今已被这杀人的社会制度逼成这样，到现在，对于这给人践踏成污泥的花朵，不止怜惜和伤心，我是依旧爱着的。她自己没有罪，她的灵魂依旧纯圣，依旧洁白。我应该拾起她，给以爱护和抚摩。"

可见，受到新文化思想熏陶的吴组缃先生，其小说的创作，不仅在情节设置，而且在人物评价上，也走在时代的前端。

作品来源于生活。我们不禁想到，民国时期许多妓院命名为潇湘馆，许多头牌名妓自名为林黛玉，甚至还出版了《林黛玉日记》一书，红楼里的林黛玉变成青楼的林黛玉，岂不让人唏嘘!

红楼梦醒后的"价值重估"

香港城市大学荣休教授王培光先生重读《红楼梦》，深受启发，得歌如下：

红楼幻情人生梦，甄贾宝玉梦惊遇。(注一)

孰真孰假谁是谁？翩翩梦蝶舞仙律。

梦蝶梦人梦觉难，悲喜千般何意趣？

竟认他乡是故乡，追金逐银钓名誉。(注二)

人生愿欲有真假，真愿穹苍大爱域。(注三)

爱而有怨非大爱，爱怨交缠陷愁狱。

强人随我易生怨，破除执着化怨去。

玉成他人之所想，爱亲爱人弃私欲。

悯念苍生怜花飞，慈悲莲花朵朵育。

不踩蚂蚁浇草木，蜂蝶款款原野绿。

明德至诚化万物，光辉本性坚贵玉。(注四)

随缘守分助所遇，夜空渐亮见朝旭。(注五)

注一：《红楼梦》第五十六回："榻上少年（案：甄宝玉）说道：'我听见老太太说，长安都中也有个宝玉，和我一样的性情，我只不信。我才作了一个梦，梦中到了都中一个花园子里头……好容易找到他房里头，偏他睡觉，空有皮囊，真性不知那去了。'"那是说，贾宝玉空留躯壳在床上，灵魂去寻甄宝玉；假觅真时真觅假，生终死始死终生。

注二：《红楼梦》第一回："乱烘烘你方唱罢我登场，【甲戌侧批：总收。甲戌眉批：总收古今亿兆痴人，共历幻场，此幻事扰扰纷纷，无日可了。】反认他乡是故乡。"

注三：《红楼梦》第八回："宝玉吃了半碗茶，忽又想起早起的茶来，因问茜雪道：'早起沏了一碗枫露茶，我说过，那茶是三四次后才出色的，这会子怎么又沏了这个来？'茜雪道：'我原是留着的，那会子李奶奶来了，他要尝尝，就给他吃了。'宝玉听了，将手中的茶杯只顺手【甲戌侧批：是醉后，故用二字，非有心动气也。】往地下一掷，【甲戌眉批：按警幻情榜，宝玉系'情不情'。凡世间之无知无识，彼俱有一痴情去体贴。今加'大醉'二字于石兄……石兄真大醉也。甲戌眉批：余亦云石实实大醉也。难辞醉闹，非薛蟠纨绔辈可比！】豁啷一声，打了个粉碎，泼了茜雪一裙子的茶。又跳起来问着茜雪道：'他是你那一门子的奶奶，你们这么孝敬他？不过是仗着我小时候吃过他几日奶罢了。【甲戌侧批：真醉了。】如今逞的他比祖宗还大了。如今我又吃不着奶了，白白的养着祖宗作什么！撵了出去，大家干净！'【甲戌侧批：真真大醉了。】说着便要去立刻回贾母，撵他乳母。"案："醉后"二字，点明非有心动气，醉后行为非宝玉本性。宝玉本性系情不情，前一情字为动词，即体贴，不情为物。情不情即体贴物，爱万物。

注四：《红楼梦》第十九回中，袭人引贾宝玉的话："除'明明德'外无书。"

《红楼梦》第二十二回："黛玉便笑道：'宝玉，我问你：至贵者是'宝'，至坚者是'玉'。尔有何贵？尔有何坚？'宝玉竟不能答。"

注五：《红楼梦》第七十回中，薛宝钗的《临江仙·咏柳絮》有句："任他随缘随分。"

惠评："读罢此歌，感慨万千！这一定是通读过全书，又在人世中'翻过筋斗'的人才能写得出来啊！"

这歌，多么像怡红公子，经历过一番梦幻，红楼梦醒之后，而对一切做出的"价值重估"。

我们都知道全文，女娲炼石之后单单剩下的那一块石头，自愧无才补天，日夜悲号，而后听到一僧一道闲谈人间富贵，打动凡心，立意下凡造劫，于是幻形入世，经历人生悲欢。神瑛侍者下凡，先前受其甘露灌溉之恩的绛珠仙草也立意同去，"还泪"报答。宝玉不爱读书仕进，天生怜惜芳草，又喜在姊妹丫鬟群中厮混，而尤钟情于黛玉。不喜读书，内帷厮混，故众口訾议，险被打死；家族联姻，重门第，喜周全，故为其择婚出自"贾史王薛"四大家族的薛宝钗，而舍弃与其青梅竹马两情相悦但父母双亡寄人篱下之林黛玉。为安抚宝玉，施调包之计，宝钗顶黛玉之名出嫁，黛玉在二宝大婚之夜焚稿断痴情，含恨死去。宝玉惊见新人变易，又遭抄家，落得个白茫茫大地真干净，七情八苦，无不尽尝，万念俱灰，出家为僧。

但是培光教授此歌，是红楼梦觉之后，"夜空渐亮见朝旭"；是宝玉彻悟之时，故佛心佛言，在在皆是。"不踩蚂蚁"，"扫地恐伤蝼蚁命，爱惜飞蛾纱罩灯"是也；当年灌溉绛珠，今"慈悲莲花"，广种福田，处处花开是也。

以前种种，富贵也好，痴情也罢，不过庄周一梦。只是香梦沉酣，醒悟却难，那女儿们都来自太虚幻境，男子们俱要回青埂峰下，却一个个反认他乡是故乡，在这滚滚红尘，追名逐利，娇怜痴爱，纠缠不已，悲喜千般，竟何意趣？

宝玉有真有假，可知人生愿欲，亦有真假，真愿真玉（欲），乃为大爱。贾宝玉（假宝玉），其爱有怨，当非大爱，故爱怨交缠，陷于愁狱。今已醒悟，破除执着，故无悲无喜，无欲无求，无颠倒梦想，无有恐怖挂碍。无怜一草，而怜万草，随缘所遇，化生万物，光辉本性，此真玉也。

培光教授此歌，每作翻案文章，善揭佛理佛境。林黛玉《葬花吟》说"花谢花飞飞满天，红消香断有谁怜"，而此歌即作"悯念苍生怜花飞"；贾政要宝玉读书，贾家为宝玉定亲宝钗，甚至黛玉悲伤无人为自己做主，其实莫不是"强人随我"，故生无尽烦恼。但得放下我执，则恨消怨去。

"玉成他人之所想，爱亲爱人弃私欲。"突然想起了和培光教授探讨过《红楼梦》一大问题，妙玉何德何能，致身列金陵十二钗正钗？

《红楼梦》中至尊贵者方赐名为玉。红楼四玉，宝玉黛玉自不必论，红玉，一个后来改名小红的丫鬟，据说有"狱神庙慰宝玉"一回，探轶者认为，八十回后，贾府因事败被"抄没"以后，包括宝玉和凤姐等人都曾一度被捕下狱。红玉等人设法打通关节，贿赂狱吏和公差，借祭奉狱神的机会，得以和宝玉、凤姐等在庙中见面，并最终设法把他俩搭救出来。可见红玉乃侠肝义胆的义婢，当得起这个"玉"字。

然而妙玉呢？着墨不多，给读者最深的印象恐怕就是栊翠庵品茶时茶具的豪奢和性情的怪癖，给宝黛钗的茶器都是价值不菲的古董，成窑五彩小茶钟只因刘姥姥喝过就不要了，临了还要打水来洗地，并且小厮送水只许放在山门外不可进入。其余似无所能，何以竟能跻身十二正钗？

事实上，这和她第七十六回续凹晶馆联诗十三韵大有关联。史湘云吟出"寒塘渡鹤影"，林黛玉挖心搜胆，对出"冷月葬诗魂"，正在此时，妙玉转身出来，笑道："好诗，好诗，果然太悲凉了。不必再往下联，若底下只这样去，反不显这两句了，倒觉得堆砌牵强。"妙玉认为，此诗"过于颓败凄楚。此亦关人之气数而有，所以我出来止住。"于是，邀请两人一块儿回到栊翠庵，这就有了妙玉的联句十三韵。

续诗的意图在于"翻转"。

妙玉一挥而就，说："依我必须如此，方翻转过来，虽前头有凄楚之句，亦无甚碍了。"

《红楼梦》之多维认知

古人认为，言为心声，更有"诗谶"，湘云黛玉联句之时为了争新斗奇，竟忘忌讳，把未来的终身给说了出来。

　　妙玉虽父母俱在，但从小多灾多病，买了替身皆不中用，到底自己入了庵堂方好。之后又来到大观园，师父遗命不许还乡。实际上也是一个孤女罢了，但她听到另外两个父母双亡的孤女的"颓败凄楚"之音，速速现身止住，其意力图"挽救"。

　　但见妙玉写下"钟鸣栊翠寺，鸡唱稻香村"，把黛玉湘云的未来预言拉回到现实人世，宽慰她们"有兴悲何继，无愁意岂烦"，最后更结语道："彻旦休云倦，烹茶更细论。"试图化解她们诗谶透漏出的宿命感，转化成为"古今多少事，都付笑谈中"的闲谈。佛心真切深厚之旨，昭然若揭。有此一念，当得正钗。

　　闻得培光教授祖籍南京，世家大族，神州浩劫，府邸荡然，真个是"眼看他起朱楼，眼看他宴宾客，眼看他楼塌了。那乌衣巷不姓王，莫愁湖鬼夜哭，凤凰台栖枭鸟"！所以对《红楼梦》之"好一似食尽鸟投林，落得个白茫茫大地真干净"应比我等分外剀切罢！而培光教授夷优自若，不以为意，盖别有寄托，不以尘世烟云为念耳。《红楼梦》中人及尘世中人，汲汲营营，心为形役，盖皆不悟人间之外，另有天地，吾不知是为释迦，是为耶稣，但冥冥漠漠，心存敬畏。

青年人应该怎么研究《红楼梦》？

在《红楼梦》研究史上，吴组缃先生是公认的自我要求甚严，故而成果发表很少，很多学者提到吴组缃先生论文不多而精。不多是有目共睹的，但是精如何体现？数据虽然冰冷，但往往很能说明一些问题。

他关于《红楼梦》的论文只有六篇。但是有两个特点：专业，顶级。比如《红楼梦学刊》是国家级中文类重点学术刊物，研究《红楼梦》的专业性刊物，主要发表从各种角度探讨《红楼梦》思想和艺术的论文，以及与曹雪芹研究相关的文章。又如《光明日报》是全国性的官方新闻媒体之一，中国社会科学出版社是以出版人文社会科学学术著作为主的国家级出版社，等等。他的文章数量虽少，但是能够登上这些报刊，足以证明其质量。反过来，在专业、顶级的发表平台上刊登的文章，无论读者是否赞同这些观点，又几乎必然引起业界的瞩目和思考，从而对红学的发展产生影响。正如孙玉石先生所言："吴组缃用他自幼养成的深厚的古代文学的功底，一个经验丰富的作家对于生活与艺术的独特眼光和体验，长期从事于中国明清文学史，中国古代小说，特别是世界文学巨著《红楼梦》的研究工作和教学工作，他以心血所凝成的自成体系而又非常独到的学术见解，在这个领域里产生了同样是别人所无法替代的广泛而深刻的影响。"

吴组缃先生曾经为青年人指出研究《红楼梦》的方法：

> 现在有一种风气，青年人入学，每个人都立志钻进一个小旮旯，只搞一个小摊子。这恐怕很难培养出人才来。若是青年人一心一意只研究一部《红楼梦》，恐怕也搞不出所以然来。钻在一个小旮旯里怎么行呢，要有广泛的基础嘛，要有开阔的眼界嘛。

然而我认为这是一个共性的问题，不但对青年人，对非青年的研究者也都会有启发。吴组缃先生强调学者要注重生活知识和历史知识：

> 搞古代小说，一定要具备深厚的生活知识，这方面我认为我们的研究界做得很不够。不光作家要有生活知识，评论家更需要有生活知识。我常常看到评论文章中闹笑话，就是因为评论者缺乏生活知识，进入不了作品。搞古代小说，还需要很丰富的历史知识，只看二十四史、《资治通鉴》不行，还要多看野史、笔记小说，那是有血有肉的历史。

"汝果欲学诗，功夫在诗外。"尽力让自己跳出就《红楼梦》而论《红楼梦》的包围圈，去接触更广阔的世界，深入地阅读更多的古代小说、古代哲学、历史文献、百科知识以及有价值的专业研究学者的著述，从中汲取精华，再回过头重新审视《红楼梦》，对从汗牛充栋的前人著作和成果中杀出重围、推陈出新无疑是有帮助的。

吴组缃先生力导跳出《红楼梦》研究《红楼梦》。他是这么说的，更是这么做的。

对于《红楼梦》后四十回的看法和作者问题，吴组缃先生有两大意见：

第一，后四十回很有可能是曹雪芹自己写的。至于前后有修改痕迹，很可能是随着人生阅历的加深以及"批阅十载，增删五次"而造成的，"可能只有原作者曹雪芹本人有此种敏感；无论续书作者是谁，连同脂砚、畸笏等批者在内，都不像能够有此水平。我设想，曹雪芹以他的历史条件和生平经历，写作这样一部博大精深的作品，随着创作实践的进展，对生活现实的认识自必不断有所提高。写到后面，必得回头改写前面；有时改了前面，还须重新修改后面"。

第二，后四十回即使真的是他人所续，而且续书者删改了前八十回，曹雪芹也应该感谢他。因为续书作者"在核心部分保持了悲剧结局，有不少的段落写得颇为动人"，而且"兢兢业业，亦步亦趋，认真临摹原作的规范，致使一般读者，以至电子计算机，发现不出它的借手痕迹"。

这一个结论出自吴先生《魏绍昌〈红楼梦版本小考〉代序——漫谈亚东本、传抄本、续书》，写于1981年3月3日，发表于《红楼梦学刊》（1981年第3辑），"电子计算机"指的是当时红学界的最新研究成果。

1980年6月16日，首届国际《红楼梦》学术研讨会在美国威斯康星大学召开，威大博士生陈炳藻先生独树一帜，宣读了题为《从词汇上的统计论〈红楼梦〉作者的问题》的论文，首次借助计算机介入《红楼梦》研究，用统计公式和电脑计算了二十多万语汇的出现频率，用以证明前八十回和后四十回作者同为一人。

陈炳藻的具体方法是，利用计算机对《红楼梦》前八十回和后四十回的用字进行测定，并从数理统计学的观点出发，探讨《红楼梦》前后用字的相关程度。他将《红楼梦》一百二十回本按顺序变成三组，每组四十回。并将《儿女英雄传》作为第四组进行比较研究，从每组中任取八万字，分别挑出名词、动词、形容词、副词、虚词这五

《红楼梦》之多维认知

种词，运用数理语言学，通过计算机程序对这些词进行编排、统计、比较和处理，进而找出各组词的相关程度。结果发现《红楼梦》前八十回和后四十回所用的词汇正相关程度达 78.57%，而《红楼梦》与《儿女英雄传》所用词的正相关程度是 32.14%。由此推断出前八十回和后四十回的作者均为曹雪芹一人的结论。

陈炳藻先生应用统计和电脑分析说明《红楼梦》作者为一的说法，得到了两种不同的反对意见。一种是针锋相对进行反驳，以张卫东先生、刘丽川先生、陈大康先生为代表；一种是在否定陈炳藻先生结论的基础上，又致力于创立新的学说，以李贤平先生为代表。

但是，"反对说"中，张卫东先生和刘丽川先生的《〈红楼梦〉前八十回与后四十回语言风格差异初探》发表于 1986 年。陈大康先生的《从数理语言学看后四十回的作者——与陈炳藻先生商榷》发表于 1987 年。

李贤平先生的《〈红楼梦〉成书新说》则是在否定陈炳藻先生结论的同时力争创立新说，然而，也是发表于 1987 年。

这些成果迟至六七年之后才出现，因此可见，吴组缃先生眼界开阔，其目光不局限于国内，而是放眼海内外。20 世纪 80 年代，中国国内可不像现在有这么便捷的互联网，而且由于历史原因，中美两国之间的外交曾一度中断。从 1949 年中华人民共和国成立到 20 世纪 70 年代初，中美总体处于对抗状态。1972 年，中美两国关系开始走向正常化。1979 年 1 月 1 日《中美建交公报》正式生效，中美才建立了正式的外交关系。

陈炳藻的报告宣读于美国，宣读时间是 1980 年 6 月，而 1981 年 3 月吴先生的红学论文即予以引用，表明吴先生对于学术动态和资料获取非常敏锐。由此反过来再看他对青年人做学问的告诫，就不是泛泛之论了，身教重于言教，这是他身体力行的由衷之言。

民科红学喜乐多

昨天发布了一篇《雪芹的由来》，作者写的是一个传说故事，认为曹雪芹之所以叫"雪芹"，是因为他用芹菜汤救过别人的命，并且"特意给自己起了个雪芹的号，意思是自己愿做一棵山乡的芹，既可以为父老们充饥，又可以为穷汉祛病"。读毕我不禁掩口而笑，写了句评语"民科红学喜乐多"。

没想到发出之后，一位网名"小楼听雨"的读者第一个发来了一首打油诗批评：

> 东施效颦乱指点，
> 插科打诨使人厌。
> 雪芹有益利苍生，
> 小丑无知实可怜。

这可使人有点蒙。

我在题记中已经写明："本文应该是附会之作，读者不可当真，但是说明了大众对《红楼梦》和曹雪芹的喜爱之情。"

这附会之作拉近了读者与雪芹的距离，美好中自有真情流露。从《红楼梦》里，也可读出雪芹的善良与博学——药理知识何其渊厚。

从心理上，大众当然是宁可信其有。

然而，情感是情感，事实是事实。

为什么我说这个传说是民科红学？因为有时在真材料缺席的情况下，伪材料竟会填补它所留下的空隙。五十多年前盛传一时的香山健锐营张永海老人关于曹雪芹的传说便是永远值得红学家警惕的一个例子。

更何况，小楼兄如果觉得我说得不对，自可找证据批驳我，用诗来骂人算什么呢？正如黄庭坚在《书王知载〈朐山杂咏〉后》中说："诗者，人之情性也，非强谏争于廷，怨忿诟于道，怒邻骂座之为也。"更何况，套句林黛玉的话说："这样的诗，一时要一百首也有。"

雪芹的"芹"到底是什么意思？

曹霑的名"霑"来自于《诗经·小雅·信南山》："益之以霡霂，既优既渥，既霑既足，生我百谷。疆埸翼翼，黍稷彧彧。曾孙之穑，以为酒食。畀我尸宾，寿考万年。"字"芹"来自于《诗经·鲁颂·駉之什·泮水》："思乐泮水，薄采其芹。"泮水旁的泮宫是鲁国学宫，后世读书人考中秀才到孔庙致祭，得在大成门的泮池采水芹插帽上，才算是真正的士子。因此，他的名和字同源于《诗经》，有着"诗礼之家，书香传世，瓜瓞绵绵，霑润百代"的丰富内涵，然而到了民科红学家这里，曹雪芹就真成了一棵芹菜！

民科红学家往往不管作者、版本、脂学，甚至也不管其他原典，常常觉得只要把自己的人生阅历和《红楼梦》一结合，就拥有了全世界。

亦足戒也！

那些动人心弦的咏红诗

李振钧（1794—1839），字仲衡，号海初，小名燕生。安徽人。道光九年（1829）进士，同年殿试一甲一名（即状元），先后授翰林院修撰、文渊阁校理、国史馆和功臣馆纂修、顺天乡试同考官。著有《味灯听叶庐诗钞》两卷，存诗415首，另有《粤行日记》《梓行古文》，今已散佚。

他的《病中》和《花下》其实并不是咏黛玉和湘云，但是和《红楼梦》对看的话会觉得无一不合使人倒疑心是不是他实咏红楼，但碍于身份含糊其辞了。

先看李振钧《花下》：

> 秾艳婷婷映丽华，婵娟绰约妒仙葩。
> 何因独赏犹酣酒，转是相逢不看花。
> 去后衣香空物色，从前门巷已天涯。
> 怪他带笑阑干倚，沉醉东风挝自挝。

此首极似言"憨湘云醉眠芍药裀"和最终流落画舫，"寒塘渡鹤影"之事。"挝鼓"典故来源于南朝宋刘义庆《世说新语·言语》：

"祢衡为《渔阳三挝》，渊渊有金石声，四座为之改容。"湘云有男儿气，且挝鼓之典有寄寓激愤之意。宜也。

再看李振钧《病中》：

> 慵整花冠怯下床，腰围瘦削困幽房。
> 早知命薄丝难续，转悔情多药备尝。
> 芳草天涯人去久，落花时节燕归忙。
> 剧怜憔悴容光减，翻道侬原不为郎。

公开咏黛玉的，如道光年间的周澍所作的《哭林黛玉》：

> 绝代容华太瘦生，多情翻恨似无情。
> 泪干为了缠绵债，身死空留暧昧名。
> 属纩呼郎孀妇泣，抱衾作媵小鬟行。
> 九泉遗恨青蝇口，竹院时闻鬼哭声。

这几首咏红诗都非常缠绵悱恻，催人泪下。曾见有人言《哭林黛玉》为平庸之作，且只举前四句为证，不禁哑然失笑。莫非后四句典故太多不解其意哉？

属纩，古代汉族丧礼仪式之一。即病人临终之前，要用新的丝絮（纩）放在其口鼻上，试看是否还在气息。属为"放置"之意，此一仪式称为"属纩"，因而"属纩"也用为"临终"的代称。《礼记·丧大记》："属纩以俟绝气。"郑玄注："纩，今之新丝，易动摇，置口鼻之上，以为候。"

媵，本意指送嫁的人或物，殷商时期陪送的贵重器物也可称为媵。至春秋战国，礼制混乱，媵女变成为了随嫁之妾。本意为随嫁，陪送出嫁。后来也可指随嫁的人，或者用来称呼姬妾婢女，也有送、相送的意思。

《青蝇》是《诗经·小雅》中的一首劝诫当政者做恺悌君子，不要听信谗言的政治抒情诗，后世以青蝇比喻谗人。

看懂了后四句，才可明白《哭林黛玉》的深意。黛玉死前呼"宝玉，你好，你好……"即"属纩呼郎"也。有人可能举出"孀妇"以为不妥，因黛玉未嫁，宝玉未死，岂可称"孀妇"也？却不细思，宝钗是不是顶替林黛玉之名出嫁？对黛玉来说，宝玉"变心"为人所夺是不是等同于死？故"孀妇"极切也。凤姐等人为坐实李代桃僵之计，在黛玉临死之际，宝钗拜堂之时，非要拉紫鹃前往送亲，紫鹃不肯，又拉雪雁去扶新人。宝玉看见雪雁，犹想："因何紫鹃不来，倒是他呢？"又想道："是了，雪雁原是他南边家里带来的，紫鹃仍是我们家的，自然不必带来。"因此，见了雪雁竟如见了黛玉的一般欢喜。于是傧相赞礼，拜了天地。

不仅如此，小人如蝇蝇之口，纷啄谗言，以至于贾母都被迷惑："咱们这种人家，别的事自然没有的，这心病也是断断有不得的。林丫头若不是这个病呢，我凭着花多少钱都使得；若是这个病，不但治不好，我也没心肠了。"黛玉死去，犹不得干净。宝钗有金玉良缘之谋，袭人有肌肤之亲，两人反得贤名实惠。黛玉不惟被横刀夺爱，且蒙不洁之名，无怪乎林黛玉死后人常说潇湘馆常闻鬼哭。

另需注意，清人和现代人的评价不同，清人多怜尊黛晴，贬抑钗袭。故西园主人有讥讽宝钗"夺婿"之说。且看西园主人的《红楼梦本事诗·薛宝钗》：

> 闲向怡红院内行，芭蕉鹤睡梦双清。
> 生辰爱听山门曲，婚礼偏称木石盟。
> 代史作东惟吃蟹，议郎伴读只留莺。
> 梧桐叶落分离日，夺婿何如计未成！

晴雯抱怨宝钗常常"有事没事跑来坐着，叫我们三更半夜的不得睡觉"。宝钗曾经在帮睡着的宝玉刺绣肚兜之际，听到宝玉在梦中对所谓"金玉良缘"的否定。虽名为金玉良缘，却顶着林黛玉木石前盟的名义出嫁。袭人以为林黛玉不好相处，于是投向宝钗，促成了金玉良缘，而最后不也正是宝钗让王夫人遣嫁了袭人么？然而宝钗百般用心，却遭到了宝玉出走的打击，亦为另一种"机关算尽太聪明"也。

忆元培先生，话红楼梦语

2019年3月31日，香港北大校友会组织了祭扫蔡元培先生陵墓的活动。活动组织者鼓励各级校友踊跃发言，我承蒙师长和校友垂青，有幸做了一次关于蔡元培先生与《红楼梦》的发言，忆红学泰斗，说红楼故事。

第一，蔡元培先生是红学索隐派的代表性人物。自清代以来，就有"开谈不说《红楼梦》，读尽诗书也枉然"的说法。红学分为三派，评点派、索隐派、考证派，而蔡元培先生就是索隐派的代表性人物。他在1917年1月就任北京大学校长，在1917年9月出版《石头记索隐》，所以这本红学著作对他来说也有非同寻常的意义。《石头记索隐》自1917年至1930年已经出了十版，可见其影响更是非同一般。

第二，关于蔡元培先生《石头记索隐》的价值和意义问题。因为《石头记索隐》用了影射和索隐的方法，红学考证派代表人物胡适先生批评蔡元培先生是在猜笨迷。然而，《石头记索隐》是否全无道理呢？

蔡元培先生认为，《红楼梦》是一本影射之书，比如说其中的主要人物及若干小说情节皆影射康熙朝的知名人士及时事。林黛玉影射的是朱彝尊，因为朱彝尊号竹垞，而林黛玉居住的潇湘馆，种满了竹子，并且从《诗经》以来，竹子比喻的就是高洁君子。竹垞生于秀水，故绛珠草生于灵河岸上。薛宝钗影射的是高士奇。薛者，雪也。高启之《梅花》有曰："雪满山中高士卧，月明林下美人来。"用薛字以影高士奇之姓名也。

《石头记》作者自云："忽念及当日所有之女子，一一细考较去，觉其行止见识，皆出于我之上。何我堂堂须眉，诚不若此裙钗哉？……然闺阁中本自历历有人，万不可因我之不肖，自护己短，一并使其泯灭也……亦可使闺阁昭传。"

既然彼裙钗德能皆高过堂堂须眉，则"物以类聚，人以群分"，就是欲与堂堂须眉比较，则样板必是世间须眉之中出类拔萃、名流显达之人。当日女子所影射的对象，姓名别号皆有寓意，行为事迹上确实也有某些类似。以此看来，蔡元培先生索隐之论似不为全谬。

蔡元培先生从事《红楼梦》疏证的十余年间，正是"排满"之声四起，民族主义激情高涨之时，这种时代氛围，对于曾投身反清革命的蔡氏显然有深刻影响。

有人质疑，生活在康雍乾时期的曹雪芹，怎么可能有民族思想？那我们举一个例子，《桃花扇》的作者孔尚任出生在顺治五年（1648），他根本没有经历过明清易代之痛，但是他的作品《桃花扇》依然表明了强烈的悼明与反思精神，以致被罢官。从《红楼梦》问世以来，不断有学者指出里面具有悼明与反清意识。以此而论，蔡元培先生的《石头记索隐》认为《红楼梦》是一本与政治有关的小说，有他自己的合理性。

蔡元培先生的《石头记索隐》属于旧红学，胡适先生的《红楼梦考证》属于新红学。胡适先生主要考证《红楼梦》的作者和版本，但他有一个非常重要的论据《四松堂集》，到处寻觅却找不到，后来有一天回家的时候，赫然发现《四松堂集》竟然放在他的桌上，原来这竟然是蔡元培先生找到了送给他的。由此，我们看出，蔡元培先生真的是实践了虚怀若谷，兼容并包：我发现了有利于学术对手的证据，但是我依然赠送给他。

因此，在这个特别的日子里，我觉得蔡元培先生不论是在做学问还是在做人方面，都值得我们学习。

八十岁的白先勇遇见三百岁的曹雪芹

2017 年 3 月 28 日，香港珠海学院邀请白先勇先生"细说《红楼梦》"。此时此刻，群贤毕至，少长咸集，迎来了三喜临门：一是白先勇先生的八十寿诞；二是八十岁的白先勇遇见三百岁的曹雪芹，两位大家隔空对谈；三是珠海学院七十周年校庆。良辰美景赏心乐事，贤主嘉宾会聚一堂，正如《滕王阁序》所言："四美具，两难并。"唯其难能，所以可贵！

七十年的校园，八十岁的白先生，说不完的《红楼梦》，他们都经受住了时间的洗礼，大浪淘沙，留下的都是金子！

白先勇先生在文学艺术的不同领域都取得了令人惊叹的成就。小说有《台北人》《孽子》《游园惊梦》《金大班的最后一夜》；昆曲有青春版《牡丹亭》、青春版《玉簪记》，以及新编《白罗袍》。如今，他竟然在《红楼梦》研究领域再下一城！记得 2010 年的时候，华炜老师就曾经告诉我，白先生正在从事《红楼梦》方面的工作。当时我以为将会看到青春版《红楼梦》，但令人震惊的是，白先生是在台湾大学开《红楼梦》课程，一段一段细读，用了三个学期带领学生读完了《红楼梦》一百二十回，用昆曲的水磨功夫来研究《红楼梦》。而从 1965 年到 1994 年，他还在美国加州大学教了二十九年的《红楼梦》导读课。数十年磨一剑，最后成为一部皇皇巨著，今天又带领我们曲径通幽！我觉得，白先勇先生就像文学上的毕加索，不断探索，不断求变，每阶段均有不同风格的出色作品，高山仰止，令我们这些后学晚辈叹为观止，由衷地赞叹白先生比我们更加年轻，前途无量！

曾经有很多人这样问过，红学问世已经二百五十多年，研究著作多如汗牛充栋，所有问题只怕都研究殆尽，那么，红学究竟要到哪里去？红学的旗帜还能打多久？我想，白先生的大作和他今天的讲座很好地回答了这个问题，八十岁的白先生又在红学领域推陈出新，写下这惊人杰作，这说明红学和白先勇先生一样，永远青春！

"开谈不说《红楼梦》，读尽诗书也枉然。"中国古典小说浩如烟海，凭什么《红楼梦》地位如此崇高？

首先，关注者是帝王或者最高统治者，曹寅的母亲，做过康熙皇帝的乳母，因此康熙皇帝和曹雪芹的祖父曹寅是奶兄弟的关系，之后康熙委任曹寅成为江宁织造，因此曹家亲身经历过繁华岁月；雍正皇帝抄了曹家，曹家从鲜花着锦、烈火烹油变成了白茫茫大地真干净。这些都为《红楼梦》写作提供了背景。据说，《红楼梦》本来已经写成，乾隆皇帝要看《红楼梦》，因为担心有干时忌，后人瞒下了后几十回，之后迷失。而慈禧太后最爱《红楼梦》，曾命侍郎亲手为她抄录四册，而她的寝宫长春宫有十八幅《红楼梦》的壁画，直到今天我们去北京仍可看到。

其次，《红楼梦》开卷语说："满纸荒唐言，一把辛酸泪。都云作者痴，谁解其中味？"《红楼梦》的这个"天问"，简直像哥德巴赫猜想一样，吸引了一代又一代学者投身其中，期望登顶这座文学上的珠穆朗玛峰。北京大学校长蔡元培是索隐派，写过《石头记索隐》；北京大学另一位校长，同时也是驻美大使的胡适是考证派，写过《红楼梦考证》；清华大学教授王国维是美学批评派，写过《红楼梦评论》；更不用说近现代在红学领域辛勤耕耘的学者各领风骚。正是这些研究者让《红楼梦》和红学水涨船高。

即使如此，白先勇先生的大作和讲座仍然是独树一帜的，《红楼梦》的研究者可以粗略分为两类；一类是学者，他们是批评家，却几乎从未进行过小说、戏曲等文学创作；一类是作家，在从事学术研究的同时，还写小说。后者人数比较少，但成果却很厚重，比如张爱玲的《红楼梦魇》、吴组缃的《贾宝玉的出家》、王蒙的《〈红楼梦〉中的政治》，以及白先勇先生的《白先勇细说红楼梦》。白先勇先生深入到字里行间，"一灵咬住，不肯放松"，纵横版本，出入文史，全面探索其文脉、文意、文心，并将自己对于中国传统文化艺术的知识与见解融贯其中，观点独到，体贴细微，惟陈言之务去，发他人所未见。

《文心雕龙·知音》说过："音实难知，知实难逢，逢其知音，千载其一乎！"看过白先生的书，听过白先生的讲座，你将会发现，白先勇先生就是曹雪芹的隔代知音，虽然隔着千里万里的时间流水，他们却拈花微笑，以心会心。

《红楼梦》是天下第一书！

世界文学名著很多，为什么《红楼梦》是天下第一书？一本书，俗，很容易；雅，不容易；雅俗共赏，最难！《红楼梦》就是难得的雅俗共赏。它是我们民族心灵最深处的投射，具有举足轻重的地位。

听完白先勇先生一席讲座，我更加觉得《红楼梦》着实伟大。

第一，在它的写实层面之上，有一个非常深刻宏大的神话寓言架构，就是女娲炼石补天。

第二，《红楼梦》有儒释道三种哲学思想。这是《红楼梦》的底蕴。贾政和宝玉不合，在贾政眼里，这个儿子一无是处。表面看来，这是父子冲突。但实际上，贾政代表儒家，经世济民，是入世的；宝玉代表佛道，万法皆空，是出世的。所以，这是两种思想的冲突。再进一步来讲，这三种哲学思想贯穿了中国人的一生。少年时，我们是儒家，大家纷纷求学求职，追逐功名利禄，这时候是入世的、世俗的；中年时，可能经了风波，比如丢了官，离了婚，受了挫……这个时候道家来了，要放下，不要执着；到了晚年，对人生有所体悟后，超越了，这个时候佛家来了。阴阳轮回，构成了我们整个人生。

《红楼梦》第一回，就有两种思想的对立。贾雨村是世俗的，甄士隐是出世的。甄士隐经过女儿丢失、家中失火，落魄潦倒之际听到一个跛足道人唱《好了歌》，士隐本是有宿慧的，一闻此言，心中早

《红楼梦》之多维认知

已彻悟，就此出家。到了《红楼梦》第一百二十回，贾雨村又遇到了甄士隐，但是贾雨村仍然沉迷红尘，没有醒悟。

《红楼梦》写了这三种哲学，却没有偏哪一种，强分轩轾，而只是展示出人生有这几条路，有这几种选择。这是《红楼梦》比其他小说在思想性上更高一层的地方。《红楼梦》这三种相生相克的哲学思想不是干巴巴的说教，而是通过生动的故事，鲜活的人物表现出来，哲学文学化、文学戏剧化，这是《红楼梦》的伟大之处。

第三，家世对《红楼梦》的影响以及精妙的人物刻画。首先，曹雪芹家世显赫，三代都是江宁织造，它是个肥缺。曹雪芹的祖父曹寅做过康熙皇帝的伴读和御前侍卫，极受康熙宠信，这个江宁织造是给康熙皇帝做密探的，所以曹家盛极一时。康熙皇帝六下江南，四次由曹寅负责接驾，并住在曹家。曹雪芹哪怕没有经历过，他的家人也一定会常常提起。这是《红楼梦》的重要写作背景。其次，曹雪芹既是汉人，又是满人。他们家本为汉人，后来成为满人正白旗下的包衣奴才。满人习俗本来繁多，汉人习之，更加烦琐。故而《红楼梦》中满汉习俗并行不悖，而且对满人习俗信手拈来。再次，曹雪芹既是南人，又是北人。他生在南京，青少年回到北京。因此《红楼梦》写得出南方的吴侬软语、六朝繁华，也写得出北方的西风残照、悲凉苍茫。

于曹雪芹十三四岁时曹家被抄，但富贵温柔曹雪芹统统经历过，所以写得出。比如《红楼梦》里著名的茄鲞，刘姥姥听了，摇头吐舌说道："我的佛祖！倒得十来只鸡来配他，怪道这个味儿！"可是曹雪芹最后潦倒，以至于"举家食粥"，所以他对过往特别怀念。《红楼梦》就是曹雪芹的"追忆似水年华"，他的个人情感、悲悯之心、哲学思想全在里面。

曹雪芹塑造人物，不是单面的。比如，晴雯、龄官、柳五儿的眉眼都像林妹妹。贾宝玉的《芙蓉女儿诔》，表面诔的是晴雯，实际悼的是黛玉。晴雯、龄官、柳五儿都是黛玉的镜像，她们是一种相通相似的关系。《红楼梦》还有一种相反相克的关系。《红楼梦》中有贾宝玉，又有甄宝玉，他们相貌相同，见识相反，一个厌恶仕途经济，一个追求功名利禄，这是一种对比。《红楼梦》中还有两朵莲花，一个是柳湘莲，一个是蒋玉菡。在佛家，莲花是重生的化身，这两个人也是贾宝玉的化身。

因为尤三姐自刎，柳湘莲看破红尘出了家，暗示宝玉将来也会走这条路。

蒋玉菡和袭人成了婚，给了袭人一个丈夫，则代替宝玉完成人世的俗缘。由此可见，《红楼梦》的人物塑造非常复杂，是多面的。

此外，文学毕竟是一种文字艺术。文字不好，不可能成为杰作。《红楼梦》继承了《金瓶梅》《牡丹亭》的传统，又吸收了唐诗宋词的精华。《牡丹亭》的戏词在《红楼梦》中常常出现。第二十三回黛玉刚走到梨香院墙角上，只听笛韵悠扬，歌声婉转："原来姹紫嫣红开遍，似这般都付与断井颓垣。"黛玉听了，如醉如痴，站立不住，便一蹲身坐在一块山子石上。这几句诗触动了她，美丽的东西都不长久，对青春的恐惧，对美丽的惋惜，这个时候，林黛玉就是另一个杜丽娘。

《红楼梦》善写对话，对当时白话文学的掌握出神入化。里面的对话你把名字盖掉，也能猜得出是谁讲的。写袭人是袭人，写晴雯是晴雯，写鸳鸯是鸳鸯，"人有其性情，人有其气质，人有其形状，人有其声口"。

第四，《红楼梦》后四十回的精彩。关于后四十回，胡适之后，有很多考证，都认为是续作、伪作，说它价值不高。张爱玲说她一念到第八十一回天昏地暗；白先勇先生则并不如此，他一念到第八十一回反而大放光明。程伟元自叙到处搜寻，最后"偶于鼓担上得十余卷"，所以让高鹗做了一些编辑工作，"细加厘剔，截长补短，抄成全部"。胡适说"鼓担"购书事属"奇巧",认为程高串通作伪,可是他有什么"铁证"吗?程伟元的时代距离《红楼梦》成书时代还不是太远,如果程伟元是作伪,当时文人一定会群起而攻之。

《红楼梦》本来是全的,都是曹雪芹写的。那后四十回为何始时没面世,不见了?台湾红学家高阳提出一个观点,白先生很赞同。因为曹家卷入皇室斗争,站错了队,所以雍正抄了曹家。而《红楼梦》后四十回却写了抄家这么敏感的事情,这如果流传,是要灭九族的。所以曹家把后四十回保留下来,不敢流传出去。

前八十回千头万绪,不可能让另一人来续。要知道口气一致最难,如贾母后四十回和前八十回的口气是一致的。依我看来,后四十回非常好,完全不输于前八十回。悲剧的力量在后四十回,前八十回都是在为后四十回铺路。关于后四十回的伟大,可以举出两个例子,一个是黛玉之死,一个是宝玉出家。

其实《红楼梦》从头到尾,或明或暗,一直在提示黛玉会夭折。《红楼梦》有好多密码,是一本象征主义的书。开头的神话架构,女娲氏炼石补天,用了三万六千五百块,只单单剩了一块未用,便弃在青埂峰下。谁知此石灵性已通,因见众石俱得补天,独自己无材不堪入选,遂自怨自叹,日夜悲号惭愧。青埂峰的"青埂"是"情根"的谐音,是说这个情已经生了根。对于中国人来讲,情之一字,为义大焉。汤显祖说:"情不知所起,一往而深,生者可以死,死者可以生。生而不可与死,死而不可复生者,皆非情之至也。"中国人的这个"情",英文是翻译不出的。情一生根,就成了债。神瑛侍者每天以甘露灌溉绛珠仙草,此草修炼成形,就是林黛玉。只因未报灌溉之德,五内常郁结缠绵不尽之意。知道神瑛侍者意欲下凡,愿意还泪报恩。

人在什么时候流泪最多?为情流泪最多。所以《枉凝眉》说:"若说没奇缘,今生偏又遇着他,若说有奇缘,如何心事终虚化?一个枉自嗟呀，一个空劳牵挂。一个是水中月，一个是镜中花。想眼中能有多少泪珠儿，怎经得秋流到冬尽，春流到夏！"这说的都是命运的不可测，宝玉梦游太虚幻境的时候，不懂。因为我们年轻的时候，都想不通命运。但是林黛玉是一个特别敏感的女孩子，她预感到自己的命不长，弱柳扶风的身体，无福享受的爱情，时时刻刻感受到命运的威胁，因此，春天她看到花开，想到花落，写下感人至深的《葬花词》。以人比花，再美，也挨不过秋冬。暮春花落，花亡人死，就是自己的命运。伤春悲秋是中国文学的大传统，在《葬花词》达到了顶点。《枉凝眉》是警幻仙子对她的挽歌，而《葬花词》就是林黛玉的自挽诗。

黛玉又一次流泪，是宝玉被父亲痛打，黛玉来看他，心疼他，流了很多眼泪。宝玉后来差晴雯给黛玉送去两方旧帕子，晴雯担心黛玉生气。宝玉说不会的，她懂的。黛玉果然悟出了旧手帕的含义，这是爱情的信物，由不得余意缠绵，在手帕上写了三首诗。这手帕宝玉用过，是他身体的一部分。林黛玉又在上面题诗，眼泪落在了上面，这是他们最亲密的结合了。

《红楼梦》第七十六回，黛玉和湘云在凹晶馆联诗。湘云说"寒塘渡鹤影"，黛玉对"冷月葬诗魂"。这是讲她自己，她就是诗魂。此时命运已出，一语成谶。

更耐人寻味的是愈到后来，黛玉的病势愈来愈沉重，而眼泪反而少了。其实泪快完了，也就暗示黛玉快死了。

在宝玉的婚姻大事上，老太太早就取中了宝钗。黛玉性格孤僻，"孤标傲世偕谁隐"，可是老太太不喜欢的也正是这个，第九十回说："林丫头的乖僻，虽也是他的好处，我的心里不把林丫头配他，也是为这点子。"可是黛玉是一个孤女，依靠贾家寄人篱下，必须这样方能维护自尊。当她知道一生追求破灭，一口鲜血吐出，只求速死。黛玉弥留之际，正是宝钗成婚之时，这是一种强烈的对比。黛玉临死，不知道宝玉因玉已丢失，神志昏迷，对调包代嫁茫无所知，误以为宝玉辜负了她，所以叫着"宝玉，你好……"，含恨而死。黛玉叫紫鹃"妹妹"，说："我这里并没亲人。我的身子是干净的，你好歹叫他们送我回去。"她要回苏州去，呼应了《葬花词》的"质本洁来还洁去"。最后，林黛玉烧掉了诗稿，这是自焚；烧掉了手帕，是把爱情烧掉。她一下子变成了追求殉情的贞烈女子，要把命运掌握在自己手中。

后四十回第二个写得极好的例子是宝玉出家。就像顽石怨叹自己不得补天，宝玉也想补"情天"，但情天裂了最难补。有人认为宝玉太多情，见一个爱一个，其实他不是太多情，而是想要补人间所有情。因此宝玉的一生传记，就像佛陀前传。享尽荣华富贵，经历生老病死，看破无常别离，最后成佛。宝玉在贾府见到的第一个死亡是秦可卿之死。可卿乳名兼美，暗示兼钗黛之美。同时她还是贾府最得宠的重孙媳妇，却是第一个死的。秦可卿死时，云板连叩四下，正是丧音。实际上，这不仅是秦氏的丧音，也是贾府的丧音。听到秦氏的死，宝玉"哇的一声，直奔出一口血来"，有人就怀疑宝玉是不是和秦氏有什么瓜葛。但实际上，宝玉是个极敏感的人，秦氏的死让他感受到了彩云易散琉璃脆，美好的东西都是不长久的。接着是秦钟的死，秦钟是秦可卿的弟弟，不是偶然的，秦和情谐音，他们就是情的一体两面。在太虚幻境里面，警幻仙子把可卿配给了宝玉，秦可卿是宝玉的女性启蒙，而秦钟就是宝玉的男性启蒙，然而这两个人都早死，这对宝玉是一种警告。接下来是晴雯的死、黛玉的死。大观园里的人死的死，散的散。宝玉备尝酸辛，结尾再回到太虚幻境，他懂了。

《红楼梦》第一百二十回，贾政忽见雪影里面一个人，光着头，赤着脚，身上披着一领大红猩猩毡的斗篷，向贾政倒身拜了四拜，脸上"似喜似悲"。贾政正在惊疑，一僧一道，夹住宝玉："俗缘已毕，还不快走。"说着，一声禅唱，便飘然而去。贾政素来不喜宝玉，可是在这个时候，最原始的父爱爆发出来，不顾地滑，急忙来赶。却只见三人愈走愈远，在雪地上消失了，只留下一片白茫茫大地真干净。这片雪地，埋掉了所有喜笑贪嗔，埋掉了所有七情六欲，埋掉了所有五色缤纷，只剩下一个字——空！

宝玉出家，为什么要穿大红猩猩毡的斗篷？红是《红楼梦》里很重要的象征，红象征情，象征红尘。《红楼梦》还有一个名字，叫《情僧录》，大有深意。《红楼梦》说空空道人是情僧，大家不要被曹雪芹瞒过，情僧是宝玉。情和僧是极端矛盾，有情何以为僧？为僧不能有情。然而，情就是宝玉的信仰。宝玉就像释迦和基督，是来承担人间的苦难。宝玉是穿着大红猩猩毡的斗篷走的，他是背负所有为情所伤的重担而走。所以《红楼梦》写得好，写得大，写得深，写得透，是以大悲之心看人间世，含有无限悲悯。

因此《红楼梦》是天下第一书！

《红楼梦》里的三重世界

　　《红楼梦》的全部奥义不仅仅是理想世界和现实世界，也不仅仅是"有情之天下"以及对命运的体验和感叹。《红楼梦》里实际上有三个世界，而这三个世界是由人的生命的突出内涵、本体或本质引起的。

　　第一个世界是变化无常的世界：混杂酸甜苦辣，历经生老病死。曹雪芹创作《红楼梦》前后，佛学非常流行。明代王阳明之后，晚明禅学甚嚣尘上。而清代净土宗风行，使得一般的民间信仰都有这样的认识：人在世上，必须修行，相信净土，最后超越轮回，达到清净世界。曹雪芹正是在佛学的基础上引入了《红楼梦》的生死观。

　　《红楼梦》里有一个介于儒道之间的无常的变动不居的世界，通俗地讲，就是我们的现实世界。这个世界没有恒常，充满起伏颠倒，悲欢离合。宝黛有前生的凤缘，他对她有甘露之惠，她对他怀报答之心，今生相逢，本该天生一对，然而，无端忽来一宝钗，德容言工，无不胜之，又挟"金玉良缘"之势，使得黛玉在与宝玉的男女关系中常常感觉到把握不定的不安，宝玉也常有"好景不长"的预感。

　　不仅他们的爱情关系在变，外界本身也在变，"眼看他起高楼，眼看他宴宾客，眼看他楼塌了"，荣宁两府就是如此，享尽繁华，而繁华又是不定的，美中不足，好事多磨。贾敬好道，实际上却是吃了金丹烧胀而死。元春封妃省亲，富贵已极，"园内各处，帐舞蟠龙，帘飞彩凤，金银焕彩，珠宝争辉，鼎焚百合之香，瓶插长春之蕊"，"珠帘绣幕，桂楫兰桡"，"玻璃世界，珠宝乾坤"，然而也埋下了败落的种子。贾府外架子虽未倒，内囊却也尽上来了。

鼎盛之时，"把天下所有的菜蔬用水牌写了，天天转着吃"。可是到了第七十五回，尤氏在贾母那儿吃饭，主子吃的饭不够了，丫鬟给她盛了下人吃的白粳米饭。鸳鸯说："如今都是可着头做帽子了，要一点儿富余也不能的。"王夫人说："这一二年旱涝不定，屯里的米都不能按数交上来……"荣国府的窘态已经露出来，最终是家族的衰败与崩溃。可是《红楼梦》的结尾又说兰桂齐芳，贾兰考中了举人，贾宝玉有一个遗腹子，那么曹家是不是还有东山再起的希望？含而未露！

求长生的死了，望情爱的断了，想长久的败了。从中国传统道家《易经》的观点来看，就是否极泰来、乐极生悲、静极而动。第一个世界就是变动的、无常的世界。

第二个世界是有情世界，更接近于心理世界。在这个世界里，衡量万事万物价值的标准，不是金钱，而是缘分和情谊。人在红尘中有情，这情是发自自然的。虽然世界无常，但情支撑世界。宝玉"情不情"，对花、鸟、月亮、星星无往不情，甚至对父亲小书房里一轴美人图都恐她寂寞，想去探望抚慰一番。宝玉怜香惜玉，他怜爱袭人、晴雯、龄官、芳官……希望得到所有女孩子的眼泪，最后他定情、钟情于林黛玉。一位意大利汉学家说过，中国人有各种各样细腻的感情，这些情因远近、位置而构成各种各样的关系，情的出神入化构成内涵，构成变化，构成悲欢离合，构成诗情画意，构成艺术美感。这就是变化的情的美。

第三个世界是虚空世界，既超越，又隐藏在有情世界之后的一个恒定的价值观。道家讲究清静无为，佛家讲究一方净土，其共同点都是没有情感牵累，没有繁华变化，超脱悲欢喜乐，不生不死，不增不减，不起不灭，真实不虚，是一个悟性的化境。相对于有情，相对于变化，它是一个恒定的真相，不是假的，所以它是真境，不是贾（假）府。有情世界的发生，即空即色，都是对虚空实境的一个偏离。从佛家来说，比如唯识宗，它的种子叫作染识，其变化就是从无染到有染，这么美好的净土还会变成无常的人生。从道家来说，原始为太和，打破了终极的平衡，才产生人生的发展、人情、困境，人只有净化欲念，才能恢复原始太和。因此，《红楼梦》中出现佛道是有因缘的。太虚幻境是有情世界、无常世界的一个平衡。太虚幻境有实质意义，它是一个原始点，是曹雪芹的一种精心安排。富贵荣华衰落变化——演示"成、住、坏、灭"，最后通过悟性来抵达"真境"的虚空世界。

这个世界里没有落花："果压枝头垂锦弹，花盈树上簇胭脂。时开时结千年熟，无夏无冬万载迟。"没有变化："争如此景永长存，八节四时浑不动。"没有眼泪："清闲有分随潇洒，口舌无闻喜太平。名利心头无算计，干戈耳畔不闻声。"不惧时间："貌和身自别，心与相俱空。物外长年客，山中永寿童。一尘全不染，甲子任翻腾。"一切无忧无虑，圆满无缺，不必担心生老病死，也无须忧虑飞来横祸，更不会有猜疑背叛。

然而，有深意的是，人必须舍弃了"实"的现实世界，舍弃了"情"的有情世界，才能抵达这个凭虚凌空、不死不灭的大自在的虚空世界，而"实"与"情"极难割舍，所以只有非常有限的人才能抵达，就像唐三藏站在到达天界的河边，看到自己的躯壳顺流而下，那种幡然而悟、憬然而惧的感觉。

汝能否？汝不能！最后真正了悟的可能只有宝玉一人。

妙玉和惜春不都是出家人么？妙玉是从小多病，买了多少个替身都不中用，到底自己亲自入了空门，这才好了。惜春是厌弃宁国府淫乱，认为："我好好的一个人，为什么叫他们带坏了我?"而且她们两个人都很怕"脏"，妙玉厌弃刘姥姥下等人的"肮脏"，惜春厌弃贾珍淫乱的"肮脏"，其实她们是一体两面，所以《红楼梦》写她们俩对弈，只有她们俩是势均力敌的知音和对手。她们都惧怕风尘肮脏违心愿，才向往空门的清净世界，最多也都是小乘佛教的"自度"。而更可悲的是，若按《红楼梦》第五回的伏笔，恐怕妙玉"欲洁何曾洁"，到头来红颜屈从枯骨，连自度也不得了。

曹雪芹的燕赵大手笔，才能写出这三个世界结构层：一个是实际的，生活世界，生命个体在其中发生发展；一个是创造的，艺术世界；一个是悟性的，哲学世界或智慧世界。

《红楼梦》主人公的心路历程

《红楼梦》刻画的人物有五六百之多，其中宝黛钗和王熙凤耗费了曹雪芹最多的笔墨，他们经历的心路历程，也是我们生命历程的必经之路。

第一个生命阶段是希望。宝玉自述："当初姑娘来了，那不是我陪着顽笑？凭我心爱的，姑娘要，就拿去，我爱吃的，听见姑娘也爱吃，连忙干干净净收着等姑娘吃。一桌子吃饭，一床上睡觉。丫头们想不到的，我怕姑娘生气，我替丫头们想到了。"宝黛初见，不仅他们自己一个惊呼"这个妹妹我见过的"，一个自忖"何等眼熟到如此"，谙熟老祖宗心理的王熙凤也每每打趣："你既吃了我们家的茶，怎么还不给我们家作媳妇？"甚至连下等小厮都知道，宝玉的婚事，"早已有了，只未露形。将来准是林姑娘定了的。因林姑娘多病，二则都还小，故尚未及此。再过三二年，老太太便一开言，那是再无不准的了"。在这个生命历程中，宝黛青梅竹马，两小无猜，共读西厢，同怜落花，有一段美好的时光。这个生命历程阶段是充满希望的。

第二个生命阶段是烦恼。不仅宝钗戴着一把金锁，这金锁上八字篆文"不离不弃，芳龄永继"正与宝玉玉上的"莫失莫忘，仙寿恒昌"是一对，之后又有湘云的金麒麟，使得黛玉忧心不已——"近日宝玉弄来的外传野史，多半才子佳人都因小巧玩物上撮合，或有鸳鸳，或有凤凰，或金环玉佩，或鲛帕鸾绦，皆由小物而遂终身。便恐由此生隙，同史湘云也做出那些风流韵事来。"不仅如此，大观园中的其他人物，也因情感、生活上的各种关系，产生烦恼。比如袭人"忽又想到自己终身本不是宝玉的正配，原是偏房。宝玉的为人，却还拿得住，只怕娶了一个利害的，自己便是尤二姐香菱的后身。素来看着贾母王夫人光景及凤姐儿往往露出话来，自然是黛玉无疑了。那黛玉就是个多心人。想到此际，脸红心热，拿着针不知戳到那里去了，便把活计放下，走到黛玉处去探探他的口气"。故意以尤二姐被王熙凤折磨以致吞金自尽、香菱因夏金桂挑唆陷害被薛蟠毒打甚至要叫人牙子卖出等事试探黛玉，黛玉无意中说道："这也难说。但凡家庭之事，不是东风压了西风，就是西风压了东风。"但这无心之言令袭人心生暗警。之后远黛、进谗，不能谓与此毫无关联。

又如王熙凤本来过了一个非常风光的生日，第一是贾母提出要给她办；第二是要办得有特色，大家众星捧月一起凑份子给王熙凤过生日，显示了她在家族中的地位，给足了王熙凤面子。但是就在这一天，王熙凤抓到了丈夫贾琏和鲍二家的在她自己的床上偷情，理亏的贾琏反而拿剑要杀凤姐，直闹到寿筵上老祖宗和众人面前，令王熙凤颜面尽失。

第三个阶段是无奈和失落。贾府从翁蔚洇润经由元春加封贤德妃奉旨省亲走向高潮，但起造省亲别墅花费巨大，同时又埋下了衰落的伏笔，一路下行，最后来到了摧枯拉朽式的崩溃。这是一个颠覆性的变化。与之相对比，刘姥姥的生活平淡无奇，却无大的起伏和变化。她进大观园，虽然也艳羡夫人小姐养尊处优的生活，但还是认为，大有大的繁难，自己的乡村生活也有自己的好处。"林黛玉自在荣府以来，贾母万般怜爱，寝食起居，一如宝玉。迎春、探春、惜春三个亲孙女倒且靠后，便是宝玉和黛玉二人之亲密友爱处，亦自较别个不同，日则同行同坐，夜则同息同止，真是言和意顺，略无参商。"但贾母最终不把外孙女嫁给孙儿，对外说是"林丫头心太细"，支持了宝钗和宝玉的金玉良缘，这种基于利益所做的决定有无合理性？不合理，但真实。这实际上是不同类型的人在冲突矛盾中一种可能的归宿。这对今天人与人之间、文化结构与文化结构之间的冲突都具有启发性，因为《红楼梦》写出了人性的真实面。黛玉临死，领悟到世事的残酷，对紫鹃说"我这里没有亲人，你好歹送我回去"，并非病危昏谵，而是椎心泣血之言。

林黛玉这位"绛珠仙子"有先天不足之症，多愁多病，贾宝玉这个"神瑛侍者"发愿要用三百六十两银子配一种药，管保吃了就好了，平日也百般温柔体贴，唯恐违逆其意。然而林黛玉最终因他夭折身亡。贾家世代王侯，四大家族同气连枝，哪想到皇恩无情，一声抄家，忽喇喇似大厦倾，落得个白茫茫大地真干净。再没有什么比这个更能诠释"死生有命，富贵在天"的无奈了。

叹为观止的红楼美学艺术

《红楼梦》为什么能在浩如烟海的明清小说中脱颖而出、独占鳌头，其中一个原因就在于《红楼梦》中有三种描写手法，贯穿其中的文学美学、文字美学、哲学美学等等，其他小说难以企及。

第一种描写手法是现实主义，身临其境的描摹现实生活。可以称之为冷静的写实派。比如刘姥姥一进贾府时的举止：

> 刘姥姥来至荣府大门石狮子前，只见簇簇轿马，刘姥姥便不敢过去，且掸了掸衣服，又教了板儿几句话，然后蹭到角门前。

此处，甲戌侧批："蹭"字神理。

次日天未明，刘姥姥便起来梳洗了。

对门丁和周瑞家的，刘姥姥处处"陪笑"。

在凤姐住处，她是"屏声侧耳默候"。

贾蓉来了，刘姥姥"此时坐不是，立不是，藏没处藏"，直到凤姐发话，她"方扭扭捏捏在炕沿上坐了"。

"说话时，刘姥姥已吃毕了饭，拉了板儿过来，舔舌咂嘴的道谢。"

"那刘姥姥先听见（凤姐）告艰难，只当是没有，心里便突突的，后来听见给他二十两，喜的又浑身发痒起来。"

拿到银子，"刘姥姥只管千恩万谢的，拿了银子钱，随了周瑞家的来至外面"。

诸如此类的描写，把一个等人施舍的穷婆子仰人鼻息时极尽讨好、战战兢兢的心态和举止生动地展现在读者面前。

贾芸想到荣国府谋个好差事，开始求贾琏，无果，想着给凤姐送点礼物，但实在囊中羞涩，不得不来找开香料铺的舅舅卜世仁，想赊些冰片、麝香来巴结王熙凤，没想到这位舅舅卜世仁冷笑道："再休提赊欠一事！前日也是我们铺子里一个伙计，替他的亲戚赊了几两银子的货，至今总没还，因此我们大家赔上，立了合同，再不许替亲友赊欠，谁要犯了，就罚他二十两银子的东道。"

先不论这话里说的赊欠货物之事是真是假，单从字面来看，前日，不过是前段时间，前一阵子而已，就搞出立了合同这等事情，怎么看，都不合乎逻辑。就算醉金刚倪二放高利贷，给出还款的期限也不会只是短短几天。所以，可想而知，这个舅舅其实是拿这个不知真假的事情来搪塞自己的外甥。

不但不借，又训斥贾芸："二则你那里有正经事？不过赊了去又是胡闹。"之后又虚情假意留吃饭，一句话尚未说完，只听他娘子说道："你又糊涂了！说着没有米，这里买了半斤面来下给你吃，这会了还装胖呢。留下外甥挨饿不成？"卜世仁道："再买半斤来添上就是了。"他娘子便叫女儿："银姐，往对门王奶奶家去问：有钱借几十个，明儿就送了来的。"舅舅舅母的虚伪、吝啬形神毕肖。

狄更斯、雨果写大时代，曹雪芹写富贵和衰败，涉及人的各种感情、痛苦。所以我赞同他的生年是 1715 年，也就是抄家的时候他大约十三岁，经历过"鲜花着锦，烈火烹油"的繁华岁月，也经历过"举家食粥酒常赊""朝叩富儿门"的窘迫和屈辱。如果没有亲身体验过这些，仅凭听来的追忆，是写不出来的。因此，第一种艺术手法是现实主义，或称写实主义。

第二种描写手法是浪漫主义，主要是诗词歌赋的形式。我们看到，当描写到宝黛之间的细致爱情，比如宝玉眼中的黛玉："两弯似蹙非蹙胃烟眉，一双似泣非泣含露目。态生两靥之愁，娇袭一身之病。泪光点点，娇喘微微。闲静时如姣花照水，行动处似弱柳扶风。"宝玉梦游太虚幻境见到警幻仙子，太虚幻境的景色是"但见朱栏白石，绿树清溪，真是人迹希逢，飞尘不到"，警幻仙子的外貌是"其静若何，松生空谷。其艳若何，霞映池塘。其文若何，龙游曲沼。其神若何，月射寒江"，都是用骈文呈现的。

十二钗不仅美貌，还多有才华，这些才华也是通过诗词来展现，薛蘅芜偶填柳絮词，林潇湘魁夺菊花诗，探春用骈文写结社的帖，妙玉用诗文典故恭贺宝玉生辰，大家几次组织诗社，咏海棠，咏红梅，还有中秋联句。宝玉心中最美的林妹妹，更是一生与诗书结成闺中友，与笔墨结成骨肉亲，成了诗的化身。除了潇湘馆布置得像个上等书房一般，她又在不同的场合和心绪下，填写过《桃花行》《秋窗风雨夕》《葬花吟》《五美吟》《题帕三绝》，真是"嘉会寄诗以亲，离群托诗以怨"。

《红楼梦》中的诗词部分，是《红楼梦》中一种美的形式。曹雪芹写这么多诗词，是为了自己炫才吗？不是的，因为"作者要写出自己的那两首情诗艳赋来，故假拟出男女二人名姓"本来就是他批判的对象。是仅仅为塑造人物性格或暗示人物命运服务吗？也不尽然。因为虽然柳絮词寄托了宝钗的志向，《葬花吟》暗示了黛玉的夭亡，甚至海棠诗有人说暗寓了湘云被丈夫猜疑而孑居，可是还有很多诗词歌赋，其作用不限于此。例如，警幻仙子的外貌描写："仙袂乍飘兮，闻麝兰之馥郁，荷衣欲动兮，听环佩之铿锵。靥笑春桃兮，云堆翠髻；唇绽樱颗兮，榴齿含香。纤腰之楚楚兮，回风舞雪；珠翠之辉辉兮，满额鹅黄。出没花间兮，宜嗔宜喜；徘徊池上兮，若飞若扬。"

"其素若何，春梅绽雪。其洁若何，秋菊被霜。"这是仿《洛神赋》"其形也，翩若惊鸿，婉若游龙。荣曜秋菊，华茂春松。仿佛兮若轻云之蔽月，飘飖兮若流风之回雪"，借以铺叙警幻仙子美貌无匹，也同时寓意宝玉梦中的非真实性。虽说宝玉的《芙蓉女儿诔》最后一句"茜纱窗下，我本无缘；黄土垄中，卿何薄命"是暗示宝黛之恋的结局，但不到全文的三十分之一。《姽婳将军词》则更和性格、命运等无关了。曹雪芹在《红楼梦》中写的诗词，是琐碎日常的另一境，是"迥别红尘"的另一种表现。

　　叔本华说过，人生的悲苦可以通过艺术的方式来宣泄。《红楼梦》中，情转化成了感化人心的意象，比如《葬花吟》："愿奴胁下生双翼，随花飞到天尽头。"林黛玉不能离开"一年三百六十日，风刀霜剑严相逼"的环境，但是在自己创造的艺术王国里，可以实现"坐忘"。诗词歌赋，成了《红楼梦》超越无常人生，产生艺术美感的表达手段。曹雪芹有现实主义，却又不限于现实主义，他的独特的审美眼光使他从悲欢离合中提炼出艺术世界，留给后人体味感受，超越时空，使他自己的《红楼梦》变成了所有人的《红楼梦》，也即西方所言的"净化"作用。因此，《红楼梦》的第二种艺术手法是浪漫主义。

　　第三种描写手法是超写实主义。《红楼梦》是曹雪芹在所有事件发生之后，痛定思痛，为所有这些不可解释寻找脉络。《红楼梦》开篇为什么会有一块无材补天的顽石？勿忘曹雪芹所言写书的初衷："今风尘碌碌，一事无成……自欲将已往所赖天恩祖德，锦衣纨袴之时，饫甘餍肥之日，背父兄教育之恩，负师友规谈之德，以至今日一技无成，半生潦倒之罪，编述一集，以告天下人。"他在人间没有中举，没有承担起世俗社会艳羡"光宗耀祖"的"补天"重任，所以他以顽石自况，在他为自己设计的仙界出身那里，他"先天不足"："原来女娲氏炼石补天之时，于大荒山无稽崖炼成高经十二丈，方经二十四丈顽石三万六千五百零一块。娲皇氏只用了三万六千五百块，只单单剩了一块未用，便弃在此山青埂峰下。"只有他自己是"无材不堪入选"。

宝黛如此相爱如此相配却不能终成眷属。绛珠仙草曾受神瑛侍者甘露之惠，却并无此水还他，于是她说："他既下世为人，我也下世为人，将我一生的眼泪还他，也还得够了。"换言之，下界为人的宝玉和黛玉本来就是为还泪的一段缘分，泪尽缘止，本来就无姻缘之分。篇首的神话不是迷信，不是俗套，而是他为人生中遇到的最大的不合理、不甘心给出的一种解释、一种安慰。因此，第三种艺术手法是超写实主义，或称超验主义。

"贾宝玉"英译成"绿男孩"？你不知道的匠心！

牛津大学博士、终身教授霍克思翻译的 *The Story of the Stone*（《石头记》），是迄今在英语世界影响最大的一部优秀的《红楼梦》全译本。

但是，他居然把贾宝玉这个"怡红公子"翻译成"绿男孩"（Green Boy），这一下引起了轩然大波。有人讥笑他曲解中国文化，对《红楼梦》恐怕也只是半吊子的水平。然而，霍克思的翻译是和红学有联系的，是慎重的而非轻率之举。

关于曹雪芹的生年，霍克思更认同史景迁的康熙五十四年（1715）说，而非周汝昌的雍正二年（1724）说。

如果曹雪芹生于 1715 年，那么抄家时他大约十三岁，从而赶上了一段繁华岁月。霍克思赞同这一推断，因此在序言中直接引用："就人物描写的真实性来说，对宝玉感情成熟过程的斗争，刻画得如此详细并富有共鸣，很难令人相信，宝玉的内心世界不是作者自己经历的记录。事实上，直到最近，人们常常认为，宝玉当然是作者的自我写照。但是，这种看法自然会引起另一个问题：曹雪芹是谁？

"直到现在，最可能的假定是（或者在我看来是如此），曹雪芹是曹寅的独生子曹颙（继承了曹寅织造职位，三年以后就死去的那个年轻人）的遗腹子。从档案中知道，曹颙逝世时，他妻子怀孕七个月。

假定这是一个男孩并且活了下来的话，当 1728 年大难临头时，他正好十三岁，这个年纪的宝玉，在小说中占了很大的篇幅。"

进而，这一推断还内化为霍克思自己的认识从而影响了《红楼梦》的翻译，他译文中为人所诟病的"化红为绿"也因他对雪芹（宝玉）年龄的观照而有一定合理性。

他把"怡红院"译为"The Green Delight"，"怡红公子"译为"Green Boy"，原因是英文中的"绿"含有"青春"和"繁荣"之意，在内在意义上和小说中"红"的象征意义"有时代表春天，有时代表青春，有时代表好运或繁荣"一致。因此，霍克思把中国的红，译成英国的绿。

霍克思之所以"化绿为红"，除了用"归化"的翻译方法，追求"等效"的翻译效果外，更值得注意的是，他此处用"绿"来译"怡红院"和"怡红公子"，是因为怡红的"红"有"青春"寓意在内。

在"红"没有"青春"寓意之时，他还是以红译红，并不变绿，比如"绛珠"——"Crimson Pearl"（深红色珍珠），"红豆"——"Little red love-beans"（小红相思豆），"大红汗巾子"——"Crimson cummerbund"（深红色腰带）、"Blood-red sash"（血红色腰带），"红麝香串"——"Red musk-scented medicine-beads"（红麝香味药珠），"血点般大红裤子"——"Blood-red trousers"（血红色裤子）。

顺便说一句，霍克思在《石头记》的几篇序言中，曾说明自己参考了多位红学家的著作。一部分是在中国的，如俞平伯、周汝昌、吴世昌，此外都是美国学者（包括华裔），如赵冈（Gang Zhao）、史景迁（Jonathan D. Spence）、周策纵（Tse-tsung Chow）等，这些成果为霍克思的翻译提供了许多有价值的参考资源。

霍克思有一口地道的京片子，他学汉语是请了一位河北老人天天给他念《红楼梦》学会的。霍克思花了整整十五年时间翻译《红楼梦》，其间为了专心翻译，甚至辞去了享有极高荣誉的牛津大学终身

《红楼梦》之多维认知

教授一职。

霍克思文笔精妙，译文堪与第一流的英文文学作品媲美，更可贵的是他对原著近乎虔诚的态度：他的翻译一丝不苟，努力做到逐字逐句地翻，连双关语、诗词的不同格式都要表现出来。

霍克思《红楼梦》译著最深刻的批评者兼知音好友宋淇（林以亮）先生曾说，如果曹雪芹泉下有知，了解到霍克思这位"西洋奇人"为将《红楼梦》译成蟹行文字所做的工作，"一定会和三两知己饮南酒吃烧鸭庆祝"。

如今霍克思老先生也已作古，希望他和曹雪芹先生地下相逢，把酒言欢！

北京大学是红学研究的隐形赞助人

"赞助人"，即 Patron，是指那些足以促进或窒碍文学的阅读、书写或重写的力量（包括人和机构）。红学研究长久以来忽略了一个课题——我们通常认为学术研究是一件很个人化的事情，而不易察觉那些足以促进或窒碍某些红学概念的萌生、改变或重组的力量。故而，重新"发现"红学研究中的赞助人并对其功能及其机制进行梳理，所获得的经验应该对当今红学研究也有一定启发意义。

在中国的各大高校与众多科研机构中，北京大学能够作为隐形赞助人为红学研究提供支持，其原因是多方面的。

首先，"新红学"的源头在北京大学。在这里，出现了蔡元培、胡适、俞平伯、周汝昌等一批红学大家。蔡元培和胡适各自在《红楼梦》的索隐和考证上十分努力，亦是北大红学研究历史中的佳话。二人虽然在观点上有所抵牾，但在学术研究中却能够保持君子之风。胡适能得到寻觅已久的《四松堂集》，正是得力于蔡元培的帮助，胡适的研究因此也找到了有力论据，最终二人均取得了相当重要的研究成果，一为蔡元培的《石头记索隐》，一为胡适的《红楼梦考证》。特别是胡适中西结合的研究方式，改变了传统观念中以宝黛恋情为主的《红楼梦》认知，他旁征博引地采用了杜威实证主义和乾嘉学派的考据方式，最终为红学研究指出了新的道路。在他的引导下，后之学者如周汝昌，将"自传说"加以发扬，对曹雪芹的家族背景资料进行了收集和考证，形成了主流的红学研究。

其次，基于深厚的研究传统，北京大学在《红楼梦》的版本的保存上的成就也颇为瞩目。记有曹雪芹原文和脂砚斋批语的庚辰本等珍贵版本均收录于此。在脂本系统中，甲戌己卯庚辰这三种现存最早的版本被视为三真本。其中包括如下版本：

一、甲戌本（1754）。此版本存十六回，即一至八回、十三至十六回、二十五至二十八回。

二、己卯本（1759）。此版本存三十八回。即第一至二十回、第三十一至四十回、第六十一至七十回（内第六十四、六十七两回原缺，系后人武裕庵抄配）。

三、庚辰本（1760）。此版本存七十八回，即一至八十回，除了第六十四、六十七回付阙外，其余各回大体上说还比较完整。在早期钞本中，面貌最为完整，保存曹雪芹原文及脂砚斋批语最多，脂批中署年月名号的几乎都存在于此本。为那些想要全面研究《红楼梦》及曹雪芹的学者提供了必要参考。

最后，北京大学的知名教授不仅积极投身红学研究，发表、出版红学方面的论文论著，还积极促进《红楼梦》的对外传播与交流。《红楼梦》的罗马尼亚文译者杨玲在翻译《红楼梦》时得到了吴组缃和王力的悉心指导。马瑞芳回忆道："她叫杨玲，中国名字，金发碧眼。我问她：'你怎么翻译《红楼梦》?'她说 1955 年在北京大学留学开始翻译，指导教师是吴组缃和王力。"王力，1954 年起任北京大学教授，他的《中国现代语法》（1943）、《中国语法理论》（1944）以及《中国语法纲要》（1946）等著作，以《红楼梦》为主要研究对象，建立了自己的汉语语法体系。吴组缃，1952 年任北京大学教授，潜心于古典文学尤其是明清小说的研究，曾任中国红楼梦学会会长。发表了《论贾宝玉典型形象》《谈〈红楼梦〉里几个陪衬人物的安排》《贾宝玉的性格特点和他的恋爱婚姻悲剧》等数篇红学论文，在学术界获得了广泛的好评，并且，"他讲的'古典小说研究'和'《红楼梦》研究'是当年北大中文系非常精彩、深受欢迎的所谓'名牌菜'"。直到 20 世纪 80—90 年代，吴组缃还仍然活跃在《红楼梦》的教学一线上。马瑞芳还提供了吴组缃为外国留学生讲解《红楼梦》的资料："1990 年我到北京大学看望吴组缃先生，他刚带完一个捷克留学生。怎么带？留学生看《红楼梦》，每周一个下午吴先生答疑。这学生真走运，中国红学会第一任会长吴组缃给讲《红楼梦》!"

由于受到北京大学直接或者间接的影响，《红楼梦》英译本的两位译者王良志和王际真在他们的节译本《红楼梦》中或多或少但不可避免地留下了自己的痕迹，而当他们的作品成为研究者的参考用书时，他们的观点或显或隐又对研究者的研究产生影响。当译本完成之后，它不仅仅属于原作者，也不仅仅属于译者，甚至也不仅仅只对读者的思想产生影响。研究者作为读者中特殊的一群，甚至可以以译文为镜烛照出原著幽微未明之处，或者更进一步以译文为桥凌越古典与现代的鸿沟，从而给予《红楼梦》更新的解读以丰富其内涵与意义——如果只有原文而无译文的话，这些解读也许要推迟很久才会产生，也许永远不会产生。这些研究以文字的形式记录下来并传承下去，又将以"撞球效应"启发、影响后来者的研究。

不过，在处理各专题（元素）时，有一个关键词是"意识形态"。利弗威尔强调"意识形态是由赞助人所控制，且以一种霸权的形式出现，排斥其他的意识形态，支配着被赞助者的活动"。他的这个说法，有加强赞助人功能的作用。他这态度是可以理解的，因为他是最早提出、也最极力主张研究赞助人的人。不过，过分强调赞助人的支配力量，可能淹没了其他元素的功能。诚然，赞助人的意识形态很可能是一种强力的意识形态，但这并不是说它一定能够全面制约其他元素。

举例来说，中国红楼梦学会首任会长吴组缃在北京大学开设《红楼梦》课程，对贾宝玉的守礼、林黛玉的高雅都有独到的见解。多年之后，学生李厚基总结道：

> 吴先生是著名的学者、作家和大师级的教授。他有丰富的社会阅历，有深厚的古今中外的文学修养。他敏于观察，对社会、历史、人生有独具的视角。他自己从事过创作，故对创作有体验。他的小说创作很有特色。因此，他大不同于从纯书斋中走出的教授。他讲授的《红楼梦》独具慧眼。他能从创作的甘苦上谈出"红"作的高明，也能从构思的精巧上观察到作者在细枝末节上的良苦用心，先生总是从具体形象入手，归旨出全书的思想、艺术的真谛。

然而即使有这样的"赞助人"，也无法保证"意识形态"的传递。就这样，吴组缃先生一对一地给捷克留学生讲了一年《红楼梦》，这个学生学成要回国了来跟他告别，说："吴先生，《红楼梦》所有的问题我都弄明白了，我现在只有一个问题没弄明白。"吴先生说："什么问题？"这个学生说："大观园里有那么多的珍宝，贾宝玉和林黛玉为什么不卷包而逃呢？"

马瑞芳教授在记载下这则逸闻趣事之后，从传统文化的角度给予了分析和解答：

> 从林黛玉一个人物的身上就能看到古代很多传统的美德都集中在她身上：谢道韫的"咏絮之才"，李清照的"人比黄花瘦"，杜丽娘的"一生儿爱好是天然"。这样一个林妹妹，就是徐玉兰唱的，大家都非常熟悉的"天上掉下个林妹妹"，这样一个林妹妹怎么可能叫上一个小白脸，卷着大观园的珠宝逃走呢？

但实际上，这说明了"赞助人"的权力并非无远弗届。正如斯托尔克奈特所说，思想和硬币或柜台那样的"整体单位"不同，思想不能原封不动地从一个人手中传到另一个人手中，从一部分人手中传到另一部分人手中，思想在从一个头脑转到另一个头脑时，它在结构、方向和接受方式上一定会有一定的变化，并且是激烈的变化。

但是，在承认局限性的同时，我们必须以客观的事实来审视北京大学作为"隐形赞助人"的作用。对红学研究来说，北京大学在各个历史时段，或输出人才，或提供资料，或引进新说，知识的交流和智慧的碰撞，潜移默化地促进红学发展的进程和面貌。可以毫不夸张地说，如果没有北京大学，红学研究的历史必将会部分地做出改写。

《红楼梦》之多维认知

从北京大学走出的红学家们

　　在美国红学的翻译者中，王良志是较早的一位，他毕业于北大外文系，之后赴美留学，曾在纽约大学讲授中国古典文学。"王在旧北大学习时候，胡适正在该校任教。他因袭了以胡适、俞平伯为代表的新红学派观点，并从这一观点出发翻译了《红楼梦》。"1927 年，王良志节译本《红楼梦》在纽约出版，这是第一本《红楼梦》全书英文节译本，共九十五章，约六十万字。内容以宝玉和黛玉的爱情故事为主，与此无关的情节全部删除。明恩溥为此书作序，序言中强调这是本"悲剧性"的爱情小说。

　　王良志译本的命运是个悖论。一方面，可能是由于出版量很少，该译本难觅踪迹，现已不见于中国大陆馆藏目录及全美图书馆馆际互借目录。因此它的影响范围比较有限，后来的《红楼梦》译者在对前人英译本进行回顾时，都不曾提起王良志的译本。但另一方面，它对人名采用意译的方式也产生了一定影响力，如将"Black Jade"作为"黛玉"，"Precious Virtue"为"宝钗"，将"Patience"作为"平儿"的译名，"袭人"则翻译成"Prevading Fragrance"。

　　后起的王际真的两种译本以及麦克休译本，显然都借鉴了王良志的姓名翻译方式。比如对于王良志提出的黛玉、宝钗、袭人、平儿等几位女性的译名，除了"鸳鸯"稍有变化，从"Faithful Goose"改成

"Loyal Goose"外，王际真基本上都按原样采用。麦克休的译本中，同样把"黛玉"译为"Black Jade"，其他译名也有类似的地方。

译者王际真接受胡适惠赠的甲戌真本微缩影片，并受胡适观点的影响，订正自己初版中的错误，并大为丰富和扩充了第二版。胡适曾将甲戌本借给王际真参考，1950年1月22日的胡适日记写道：

> 下午，去看王际真夫妇，取回我的《脂砚斋批本石头记》。

胡适于1951年再将一套甲戌本的缩微影片送给王际真。时任美国哥伦比亚大学教授的王际真于1958年出版《红楼梦》增译本。与他在1929年的初译本相比，这一版本增加了约一半的内容。此外，该版本又添加了康熙、雍正年间之历史背景，对曹氏家谱的考证以及高鹗续书的相关内容。从王际真对曹学的重视，以及在情节的选译上来看，胡适以及其所惠赠的甲戌本缩微影片都对王际真产生了相当大的影响，这也直接体现在这个《红楼梦》的增译本上。

在1929年初版时，王际真在对前八十回的处理上，因沿袭高本，错误地把"此开卷第一回也"混入正文。对此王际真给予了说明："在高本中评论被错误地当作正文的一部分印刷。在我发表于1929年的初版译著中我犯了相同的错误，因为当时我只有高本可用。"而随着后来庚辰本等版本被影印，20世纪50年代时王际真又蒙胡适惠赠甲戌本真本作为参考，拥有更多更丰富的材料，进而对此进行了必要的修正。

高鹗对后四十回的处理得到了胡适的称赞：

> 他写司棋之死，写鸳鸯之死，写妙玉的遭劫，写凤姐的死，写袭人的嫁，都是很有精彩的小品文字。最可注意的是这些人都写作悲剧下场。还有那最重要的"木石前盟"一件公案，高鹗居

然忍心害理的教黛玉病死，教宝玉出家，作一个大悲剧的结束，打破中国小说的团圆迷信。这一点悲剧的眼光，不能不令人佩服。

但是王际真却并非对胡适研究亦步亦趋，他对高鹗的认识与胡适则有争鸣之处。高鹗在三方面被人批评：一是没有讲明他是编辑而非写作后四十回这个真相；二是续笔不佳，狗尾续貂；三是宝玉不该中举。王际真对这三种意见做出回应：一来回答高鹗是编辑还是写作有待于新证据出现，因为脂评说起码前八十回后还存在数回；二来高鹗即使是续貂，公平一点，也应该指出起码一百年来没有人看出不妥；三来指责高鹗不该处理成宝玉中举，我们不要忘了，高鹗同时也让黛玉心碎而死而不遵从于即使到现在还流行的价值标准。因此，相对于胡适只是称赞高鹗保存了《红楼梦》的悲剧结局，王际真进一步推进道："总而言之，我们应该感激高鹗。要不是他，《红楼梦》很可能不会存世。"

在美国红学的研究者中，夏志清曾为北京大学外文系教师。1946年夏志清进北大教英文写作，校长是胡适，夏志清那时是名不见经传的小助教。抗战胜利后，美国华侨李国钦先生捐给北大三个留美名额，学校决定公开公平竞争，资浅的教员都可报名考试。作文考题是《出洋留学两回事》，很有八股味，并规定必须用英文写，外加英文写的论文近作。夏志清凭他的真才实学，过五关斩六将，以88分夺魁。榜示后有人不服，纷传文科的名额被"洋场恶少"（夏志清毕业于位于上海的教会名校沪江大学）窃据，事情闹到胡适那儿，胡适主持公道，力排众议，录取了夏志清。

不过，夏志清选择的是与胡适考证作者和版本完全不同的道路，他是将王国维视为师法的对象：

大约六十年前，作为中国的前驱之一的杰出学者王国维把西方理念引入了中国文学研究中，毫不含糊地宣称《红楼梦》是绝无仅有的完全充满悲剧精神的中国作品。

但在承认王国维深深关注小说所提供的对人类存在意义的无休止疑问的同时，夏志清争辩道：

> 但是，在一部小说中，哲学不能脱离心理学——《红楼梦》不仅是中国文学中悲剧经历的最高点，也是心理现实主义中的最高杰作。

因此，夏志清采用心理学来揭示《红楼梦》的优长之处，并以此来分析人物性格，借助心理学的显微镜探触到人物的内心，并且以此观照人物本身所负载的崇高与渺小之处，把人物还原为更自我的个人，在《红楼梦》研究领域中另辟一境。

夏志清是一个典型的"拥钗反黛"者，他认为黛玉的体弱多病和性格上的过度敏感和自恋让人十分反感。夏志清在《〈红楼梦〉的爱和怜悯》（*Love and Compassion in The Dream of the Red Chamber*）一文中探讨了《红楼梦》的一些重要女性，他以十分的宽容讨论了宝钗、袭人、晴雯等人，但这其中唯独不包括林黛玉，他这样评价宝黛之间的情感：

> 就算宝玉依然爱着她，那多半也是出于怜悯——这和小说《白痴》中，梅思金公爵对娜斯塔霞的感情是一样的。

夏志清认为，黛玉自身的因素很大程度上导致其人生悲剧，即便是黛玉的眼泪，也不过"只是自怜，而不是感激"。

夏志清的"拥钗反黛"说有偏激之处，也可以看作他对"共产主义批评"的反拨，他说道："如果检查所有举出来证明她精明和伪善的段落，我们会发现其中每一个单独的证据都基于有意的误读。"例如在宝钗、黛玉和解的问题上，可以进行如下阐释：第二十八回中，元春唯独赐给宝钗和宝玉相同的红麝串，此外，宝钗又常常得到王夫人和贾母的赞赏，这可以视为家长们是站在宝钗阵营的；然而在第三十二回中，宝玉对黛玉倾诉了真心，可见宝玉是站在黛玉的阵营中的。宝钗和黛玉此时都认为自己占据有利条件；但夏志清又指出或许又是因为宝钗的宽容，感动了黛玉，因而最终二人和解。夏志清的解构反倒证明了《红楼梦》情节的多义性。

在"共产主义批评"的视角下，宝钗、黛玉分属封建和反封建两大阵营，虽然这样的研究方式有一定合理性，但是又容易流于模式化，也容易造成小说人物的心态和性格研究的模式化。由此观之，夏志清的研究方式无疑可以视为一种解构，因而宝钗在"共产主义批评"中"伪善"的一面也是他要解构的对象之一，他曾表示：

> 宝钗的早熟和复杂家庭使她不得不具备圣徒一般的耐心和谦卑，进而把自己塑造成为社会接受所认同的道德典范。

与没能和宝玉在一起的黛玉相比，宝钗的悲剧正源于她和宝玉的婚姻，家长的自私造成她的人生悲剧。不过我们不能否认的是，黛玉在婚姻问题上确实有主观失误，正如夏志清所指出的那样，客观上贾家希望宝玉的婚姻能够以富补贵，薛家则有捏合金玉良缘的嫌疑（时而说和尚给了把金锁，时而又说和尚是给了八个字，要錾在金器上），后者也是"共产主义批评"所指出的合理之处，而确实对黛玉的婚姻存在影响。但是，夏志清也许是为了突出自己的新见，也许是有意和"共产主义批评"悖反，过于强调了黛玉婚姻中主观性造成的一面，而对客观性造成的一面近乎选择性地忽视了。

　　再者，夏志清认为，把林黛玉纯粹看成绛珠仙草的化身，亦"是对复杂性格的简单化"。同样，他把宝钗纯粹看成一个圣徒式的人物，也是对复杂性格的简单化。虽然揭示出宝钗性格中的圣徒般忍耐和顺从对我们全面理解宝钗是有益的，但是对宝钗过于突出其美德又丧失了人物原有的复杂性，这和一味批判黛玉敏感自恋是一样的。事实上，《红楼梦》中许多关于宝钗的著名片段都可以证明宝钗并非完美的圣徒，例如第二十七回中她偷听丫鬟说话却有意嫁祸黛玉，第三十七回中所说的"又要自己便宜，又要不得罪了人"的人生经验等。

美国学者的红楼情结

20 世纪 80 年代在北京大学讲学的红学专家是余国藩和浦安迪。结束客座讲学之后，余国藩回到美国，开设了《红楼梦》课程，最终，曾以四卷英文全译《西游记》（*Journey to the West*）饮誉西方汉学界的余国藩，写就了《重读〈石头记〉：〈红楼梦〉里的情欲与虚构》这一皇皇巨著。他曾回忆当时的讲学情景："拙著实为课堂上的产品。李欧梵和我一直都希望能够合开一门课。1984 到 1985 年间，我们果然梦想成真，以《红楼梦》为题授课。"当时选修此课的学生既有研究生，也有本科生。《红楼梦》诚为皇皇巨著，不要说所涉及的不计其数的典故、文化、民俗等背景，仅仅其容量就足称惊人，英文全译本也有五本之多，"不过我们足本全读，一字不漏，讨论起来常常忘记时空，超越教室的畛界"。

同时，1989 年普林斯顿大学浦安迪教授也曾在北京大学比较文学与比较文化研究所讲学。"短短几个月的讲课令人难忘，当时课堂上的热烈讨论和有趣问难，至今仍历历犹在耳目。"这是浦安迪教授多年后在《中国叙事学》导言的深情回忆。浦安迪在普林斯顿大学开设的《红楼梦》研讨课，"用的是一函脂批线装本，这套书是胡适送给普林斯顿东亚系的开创者牟复礼教授的，牟复礼退休前，将这套书转送给了浦安迪"。

2003 年，浦安迪编释的《红楼梦批语偏全》由北京大学出版社出版，在谈该书时，浦安迪重点强调了书名中的"偏"。周汝昌在序言中指出："所谓'偏全'，这本身就也是一种'伟词自铸'……'全'者，意指客观地'掌握'批语的全貌；'偏'者，盖谓主观地遴选与赏契。"为了完成这本书，浦安迪几乎搜集了现存的所有旧批评本（包括胶卷、钞本、复印本、原刻本），因而也较为全面地录入了有关的《红楼梦》各类重要评点资料，加深了对文本的分析和阐释。浦安迪在选录时又本着不同的标准筛选定夺，尽力挖掘出不同以往的方面，别具一格。

裔锦声，从 1984 年至 1985 年在北京大学外文系任英语教师，1985 年 7 月赴美国留学，著有《红楼梦：爱的寓言》。斯科特，在写作自己的博士论文《青出于蓝，〈红楼梦〉脱胎于〈金瓶梅〉》时，曾在北京大学访学一年，她在自己博士论文的序言中提到：

> 美中学术交流委员会使我在北京大学度过了非常有启发的一年。

马克梦，在回顾自己的论著写作情况时候也指出，他曾在主客观两方面从北京大学受惠良多：

> 北京大学外事办公室的工作人员曾经三次（每次时间都很长）为我提供舒适而又经济的著书环境。

北京大学的李零教授不仅在其写作中给予了很大的帮助和鼓舞，而且对其译本的出版给予很多助力，马克梦说："这个译本得以出版，我首先得感谢北京大学的李零教授。"

马克梦对《红楼梦》的阐释重点在于结构。通过对结构的深入剖析，他得出了《红楼梦》中的男女性别流动交错以及"意淫"的新解。《红楼梦》中男性的女性化和女性的男性化是一个较为明显的现象。黄卫总认为，《红楼梦》中由于男女性别交错不定而体现出一种角色定位危机，这是一种很有寓意的表现：男性的政治地位边缘化。同样是从男女性别流动入手，马克梦则选择从性别角度来出发，他提到：

> 本研究的讨论重点不在于文史方面的寓意，而是性别观念的流动（如性别角色的形成）——特别是从"一夫多妻"的种种要求和欲望这一角度来探讨男女性别角色的反串现象。

马克梦的研究是十分前卫的。他指出，性别交错流动复合对称原则，是《红楼梦》中常见的原则之一。在《红楼梦》中，男女的情侣关系是一种对称关系，如宝玉和黛玉；第二种是以男性为主轴的两个女性之间的对称关系，如黛玉和宝钗；第三种男女角色互相转变的对称，如蒋玉菡的女性化和王熙凤的男性化。这样的对称是十分微妙的。看似有着男女平衡的安排其实又寓含了种种不平等性、不对称性。例如以"一夫多妻"为代表的第二种类型，其实也是男女关系不对等的体现。对此，《红楼梦》在内容上规避了一夫多妻的问题，取而代之的是对少年时期"意淫"心态的刻画（宝玉心系黛玉，在意识中又经常"觊觎"其他女性），而非成人世界的两性视角。

马克梦的这一阐释无疑为《红楼梦》价值评价带来了全新的新视角。这样的对称原则，也曾为才子佳人小说使用。其中的女性几乎都遵循了这样的演变方式：以一种机械式的精确转向男性角色，然后再回到女性角色。才子佳人小说对角色的分配过于机械化，这样的人物塑造其实并不算成功。而《红楼梦》的人物刻画却真实自然，因而高下立见。施之于《红楼梦》，马克梦做出了这样的分析：

在男女二角色之间游移不定的宝玉、史湘云、芳官等人似乎是为了证明：性别角色的转变不需要按照严格的、预先定好的规则进行人头分派。

马克梦对《红楼梦》形式的探讨主导了他对内容的剖析，虽然是一家之言，但他的研究方式——结构与内容互动的思路，也为今后的红学研究提供了新方法。

它是大英博物馆藏的另一个程甲本吗？

新年的第二天，一起床，微信就提示——祝秉权老先生给您发来一张图片。

祝老先生还特别客气地说："向博士请教，这是大英博物馆藏的《红楼梦》吗？是程本？"

我那时还半梦半醒，就回信道："它只有一页介绍，我怎么知道呢？"

祝老先生毫不气馁地说："我再发。"于是"咣咣咣咣"连传了四张图片。但是这四张，一张只有插图，一张只有英文介绍，另外两张是全景，是这个《红楼梦》本子和其他书放在一起。

并说："这是我学生从英国发来的，她参观过的。"

我给祝老先生传了一张程甲本的插图。

我说："程甲本的画长的是这样的。或者这个版本的文字是程甲本，画不是。"

等到我喝完了一壶茶，感觉完全醒过来了。回忆里觉得祝老先生发来的那张图中的画很有改琦画图的样子，但那张画画的不是宝玉。于是我开始翻改琦的画，终于找到，原来是——贾蔷。

于是问题大致有了答案。我回复道："祝老，您所发大英博物馆藏《红楼梦》图片是改琦所画《红楼梦图咏》中的贾蔷。"

改琦（1773—1828），善画人物、花竹，尤以仕女画最为著名，数量较多。曾画《红楼梦图咏》五十幅，改琦画作（40 张）镌版行世。

改琦的生年刚好在《红楼梦》作者曹雪芹逝世十年以后，那时候《红楼梦》算是流行读物，所以他也情有独钟，人物画作中自然少不了《红楼梦》人物，以至出版《红楼梦》人物画册，已印行的至少有《红楼梦图咏》《红楼梦图》《红楼梦临本》三种，其中以《红楼梦图咏》尤为著称。这部《红楼梦图咏》成书比较早，出版发行却很晚。资料记载：该书从大约嘉庆二十年（1815）开始绘制，间隔了六十多年。因为当时改琦以《红楼梦》绘图见示于住在上海的风雅盟主李荀香，荀香以为"珍秘奇甚，每图倩名流题咏，当时即拟刻以行世"。但直到道光九年（1829），李荀香和改琦相继去世，"图册遂传于外"。

如果配图是选自嘉庆二十年的《红楼梦图咏》，则这个本子并不是很早的版本。

只是像英文介绍上说的，"这个在日本出版的版本，显示了中国文学的传播"。

得知这个版本并非很早的版本，祝老先生小有失落。董志新先生安慰他说："即使是嘉道年间的插图本，也可能很有版本价值！"我附和道："是的，它是程甲本的文字加改琦的图画，又是在日本出版，不仅有版本价值，还有传播价值。"

当然，我这并非只是附和之言，大英博物馆的介绍翻译如下：

《红楼梦》

这本小说由曹雪芹写成，于1791年首次印制。这本小说描述了富有的贾氏家族及其从帝制恩宠中的沦陷。它同时也是一个描述了贾宝玉与生病的表妹林黛玉之间的爱情，以及贾宝玉与表姐薛宝钗的婚姻的悲剧性故事。尽管它早于英国作家查尔斯·狄更斯（1812—1870）的作品，但在透视日常生活和展现海量人物形象方面与之相似。此版本在日本出版，显示了中国文学的传播。

看来大英博物馆也很拼，为了让参观者明白《红楼梦》的价值，不惜抬出他们极其喜爱的本国大作家狄更斯，哪怕《红楼梦》的时代比狄更斯早都没关系，总之，《红楼梦》在反映现实和塑造人物方面和俺家狄更斯是一样一样的！哈哈，不要小看了大英博物馆这一笔，这说明《红楼梦》的地位在海外正由"边缘经典"向"核心经典"流动啊。

祝老先生还意犹未尽，开心地说："学生吴蓉女士，她是我们红学会的老会员，因关注红学，到英国，特地到大英博物馆看《红楼梦》。发我！"

我突然有点顿悟为什么《种芹人曹霑画册》会收藏在贵州博物馆。最初有些学者心下存疑，这本画册如果出现在北京或南京都比较合理，但是怎么会流转到那么偏远的贵州呢？君不见贵州红学会的老会员吴蓉女士，到英国特地到大英博物馆看《红楼梦》，又立即发给老师祝秉权老先生！——那可能是他们这儿的人特别爱《红楼梦》呀！

我觉得祝老先生真是可爱又可敬。可爱的是一收到学生的《红楼梦》信息，就一大早传檄（不管你醒没醒，哈哈）；可敬的是他作为前辈，却为了对《红楼梦》寻根究底而对晚辈不耻下问。我觉得，和很多学问不同，红学里面更多了一些温度和人情味儿。虽然，学问本身需要抽离和冷静，但是，从事学问的人还是多一点温度和人情味儿更可爱。

霍克思妙译《红楼梦》"汪恰洋烟"

《红楼梦》中写到大量用品、衣饰等名物，只有弄清楚它们是什么东西，才能找到准确的词汇翻译。但有些古人的物件名称，现代中国人都未必明白，比如，能够说出第五十二回提到的"汪恰洋烟"是什么意思的中国人，恐怕就很难找到。

《红楼梦》第五十二回晴雯生病，鼻子不通气。宝玉便命麝月取鼻烟来给她嗅，痛打几个嚏喷就通了关窍。

> 麝月果真去取了一个金镶双扣金星玻璃的一个扁盒来，递与宝玉。宝玉便揭开盒扇，看上面有西洋珐琅的黄发赤身女子，两肋又有肉翅。盒里面盛着些真正汪恰洋烟。晴雯只顾看画儿。宝玉道："嗅些罢，走了气就不好了。"晴雯听说，忙用指甲挑了些嗅入鼻中，不怎样，便又多多挑了些嗅入。忽觉鼻中一股酸辣透入囟门，接连打了五六个嚏喷，眼泪鼻涕登时齐流。

美国红学家周策纵曾在 1976 年在《明报月刊》4 月号发表《〈红楼梦〉"汪恰洋烟"考》的专题文章考证汪恰洋烟的由来：

> 我相信"汪恰洋烟"一定是 Virginia 或 Virgin 的译音。由于

康熙时代（1662—1722）西人来华者，尤其是西洋传教士与清廷有往来者，以法国人最多，恐怕可能是法文 Vierge（按：较近的音译为唯爱尔意）的译音。

霍克思翻译的英文版《石头记》（*The Story of the Stone*），是迄今在英语世界影响最大的一部优秀的《红楼梦》全译本。霍译本达到这样高的水平，除了他本人倾注数十年心力投入《红楼梦》翻译外，还有一个因素，就是他广泛吸收了红学学者的研究成果。

霍克思在《石头记》的几篇序言中，曾说明自己参考了多位红学家的著作，如俞平伯、周汝昌、吴世昌、赵冈、史景迁、周策纵等。霍克思曾表示非常感谢在翻译过程中大力提供帮助的友人："我也很感激如下几位朋友，在过去的几年里他们不止一次地为我提供书籍、文章和建议。"其中就有周策纵。宋淇曾将周策纵的这篇考据文章寄给霍克思参考。不过，周策纵的考证可能对霍克思起了一种"反向启发"的作用。霍克思细读之后，于 1976 年 4 月 14 日回了一封长信给宋淇，对周策纵的说法存疑：

他如此之渊博，我可不敢在学术上持相反的意见；可是，老实说，我怀疑他对"汪恰"的解释是否正确，问题是鼻烟在调配、研末、培烤的过程中依赖各种香料的分量远超过烟叶。据我所知，最后成品的名称均指香料而不指烟叶，只有在板烟和卷烟中，我们才指称烟叶的来源地：弗吉尼亚烟叶，巴尔干的苏布拉尼，土耳其卷烟，等等。如果周策纵教授能提出十八世纪欧洲人所吸用的鼻烟有一种叫"弗吉尼亚"鼻烟就好了，可惜没见他提出。好在翻译者不必理会"汪恰"何指（除非译者想在小注中解释），因为宝玉未必会把"汪恰"的洋名读得正确，就像英国人读不准中国茶或菜名一样。你也许认为我的解决办法很勉强。

周策纵对汪恰洋烟的重视和考证促使霍克思进一步查证、思考，经过详细查阅，他发现西方人习惯用烟叶产地来称呼板烟和卷烟，却从不以烟叶产地来称呼鼻烟。鼻烟的贵重与否并不在烟叶，而在于制造时候所用的香料。最名贵的鼻烟不是论磅，而是论两定价。所以他以意大利文 uncia 来翻译"汪恰"：

　　　　我认为"汪恰"并不是专名，而是大家误以为它是个名称。最贵重的鼻烟不是论磅买的，而是以两计算，所以我认为"汪恰"是意大利文的 uncia（读为 oon-cha）。除了你之外，我没有拿我的想法告诉任何人，而我在译文中也不加任何解释，因为我想在译文中保存一点不可解的谜，就像原作中有浑不可解之处一样。

　　还需要指出的是，意大利文的一两是 oncia，从读音上来说和"汪恰"再接近不过。并且，霍克思还有意将之拼成 uncia，其一是避免落实；其二，由于庚辰本在"真正汪恰洋烟"下，有一道脂批：

　　　　汪恰，真正一等洋烟也。

　　而意大利文的数字"一"是 uno 或 una，霍克思的新创名词看似意大利文的一两，实际上同时还令人联想到"一等"，来暗示汪恰洋烟的贵重，从而暗合脂批的原意。这确实是精妙的译笔！

《红楼梦》之多维认知

真想再去武汉琴台大剧院看一场《红楼梦》!
（代后记）

　　我拉开车门对司机说："武汉琴台大剧院，七点半的演出。"师傅笑了："七点半的演出，你六点半出门，现在恐怕赶不上啊。"我吃了一惊："提前一个小时怎么还赶不上？"经过师傅一番解释，我才明白，从我打车的这个地方到琴台大剧院居然还要过江汉大桥，而且现在正是下班高峰期，往常也许就够了，可是这个时间点恐怕就不行了。这给我郁闷的，看演出要是看不了开头，从半截儿开始看那多没劲。

　　正说着，马上来了一个大堵车。没奈何，我们一边等一边聊起来了。师傅说："去看什么戏啊？"我说去看《红楼梦》。师傅说："是越剧的还是京剧的？"我说："都不是，这个是英文歌剧的。"师傅有点儿不屑地说："这英文歌剧的它能表现出来《红楼梦》的精髓吗？再说了，这英文歌剧是不是唱词和道白都是英文的呀？那观众们都能听得懂？"我乐了，没想到这师傅懂得还挺多。我说："我想应该两方面来看吧。一方面两三个小时它显然没有办法把《红楼梦》的全部精彩内容完整表现；但是另一方面，它用英文歌剧的方式向外国传播了咱们的《红楼梦》，增强了《红楼梦》的国际影响力啊。"师傅摇头说："我觉得还是不如咱们以前的《红楼梦》好。"我问："您说的是

1987年版《红楼梦》电视剧吗?"没想到师傅说:"我觉得越剧《红楼梦》最好,1987年版的也赶不上越剧的。王文娟唱得最好,她还来我们武汉演出过,我去看了,人家演的那才叫催人泪下。"

我一愣,旋即也理解了。因为,正如王国维说"一代有一代之文学",可能"一代也有一代之艺术"吧。像"70后""80后"甚至"90后"可能最喜欢的是1987年版的电视剧《红楼梦》,可是再长一些年纪,他们喜欢的大多是越剧王文娟版的《红楼梦》。一方面,越剧版《红楼梦》采取的是最符合民间心理的黛死钗嫁模式。贾府长辈用调包计欺骗了宝玉,宝玉和宝钗结婚,就在当天夜里,新人入洞房之际,黛玉含恨焚稿而死,宝玉得知受骗之后,愤然摔玉出走。而1987年版采用的结局是宝玉送探春出嫁的路上失踪,黛玉由于担心和思念宝玉而死,这个戏剧冲突和感情强度显然是不如越剧版《红楼梦》。其次,越剧版《红楼梦》,不管是黛玉的焚稿,还是宝玉的哭灵,都是大段大段抒情的唱词。比如宝玉得知黛玉为他而死,先是高叫一声"林妹妹啊",接着唱"金玉良缘将我骗",直抒胸臆,感人肺腑,直击人的心灵。而1987年版《红楼梦》,由于是电视剧,必须有很多叙事性的内容。听惯越剧《红楼梦》的观众,自然对1987年版《红楼梦》对于黛玉之死和宝玉出家的处理有一种"曾经沧海难为水"的感觉。

说着说着,似乎耳边又回响起越剧《红楼梦》宝玉哭灵的动人旋律:

> 林妹妹,我来迟了!我来迟了!
> 金玉良缘将我骗!害妹妹魂归离恨天。
> 到如今人面不知何处去,空留下素烛白帷伴灵前。
> 林妹妹呀!林妹妹呀!
> 如今是千呼万唤唤不归,上天入地难寻见。

真想再去武汉琴台大剧院看一场《红楼梦》!（代后记）

可叹我生不能临别话几句，死不能扶一扶七尺棺。

林妹妹，想当初你是孤苦伶仃到我家来，

只以为暖巢可栖孤零燕。

……我为你是睡里梦里常想念。

好容易盼到洞房花烛夜，总以为美满姻缘一线牵。

想不到林妹妹变成宝姐姐，却原来你被逼死我被骗！

实指望白头能偕恩和爱呀，

谁知晓今日你黄土垄中独自眠。

　　我和师傅正说着，车流动了，师傅看我着急就说："我给你试试吧。"那速度陡然加快了，我吓了一跳，说："我着急是着急，咱还得安全第一。"他说你放心，然后他那辆车，就灵活地在车流里面拐来拐去，甚至还穿了小巷子，七弯八绕，终于上了那条跨越长江的桥。没一会儿，师傅跟我说："到了，我只能送你到这儿，你赶紧上去吧，时间刚刚好。"我一抬头才知道为什么师傅说只能送我到这儿，原来这武汉琴台大剧院台阶这么高呀！我估计爬上去都得几分钟。我匆忙给师傅挥手告了个别，然后就跑上去了。

　　这个歌剧《红楼梦》虽然是英文的，但是两边都有中文的对照字幕。整场剧的编排还是挺用心的，我印象最深刻的倒是有三个方面。一是王夫人的扮演者，虽然很明显王夫人的扮演者是一个外国人，白皮肤，长脸，身材挺拔得像一枝竹子，但是她可真有王夫人的气势，每次她一出场，话都不用说，自带气场两米八，生人勿近、冷冽肃杀。二是在几次两幕的过渡之间，都有薛姨妈和宝钗合唱："让他们见识一下金钱的力量。"当然，我想肯定有人会责怪这个英文歌剧丑化和窄化了薛姨妈和宝钗的形象。但是我认为，我们一定要把戏曲和小说分开。戏曲是有明确的生旦净末丑行当，它必须有冷场和热场，必须有丑角和奸角，必须有明确的戏剧冲突。三是最后才暴露，皇帝才是那个终极大 boss，是他抬举元春成为贵妃，从而让贾府的人充分暴露和表现，最后借机抄家。说到这个，肯定原著党大为不满，不过我觉得这编剧也确实尽力了，要知道仅用两三个小时，怎样表现封建家族必然溃败呢？况且头绪繁多，是戏曲创作的大毛病，要是它两三个小时又交代贾赦抢石呆子的扇子，又交代贾雨村胡乱判案，又交代王熙凤放高利贷，又交代绣春囊事件，又交代下人们聚众赌博……那就不能成为一部剧了，就成报菜名儿了，重点也不突出，观众们眼花缭乱也记不住啊。当然，它用皇帝收拾贾家这条主线贯穿，清晰是清晰了，但有点儿沦为宫斗剧的感觉，在意义上肯定是比不上原著的。

我一边想一边遗憾，没有留之前那个师傅的电话，否则干脆回程的时候也让他接我，顺便和他探讨探讨。我又打了一辆车，好像经过一个医院时我随口感叹了一句，这个医院盖得挺宏伟的，谁知道这个师傅就来劲了，说他的老婆就在这个医院当护士，接着兴致勃勃地和我分享开了。原来，他的老婆刚刚也在这个医院做了剖腹产，得了一位千金。我刚恭喜了他一下，结果他开始跟我普及起剖腹产知识来，这回程一路，我倒听了一堂免费的剖腹产扫盲讲座。师傅还说，是这个医院的妇产科老专家给他老婆亲自做手术，这个老专家平时都是指导学生去做，自己都不亲自动手了，这次因为他老婆是这个医院的护士，所以最后的那个缝针是老专家亲自缝的。

我一边听，还要一边忍着笑，一本正经地点头称是。因为我在香港时间长了，已经习惯了比较亲密的朋友也不询问年龄、收入、婚否等情况，这师傅和我初次见面萍水相逢，就跟我说这么隐私的事情，我还真有点不习惯呢。

没想到师傅说完之后感叹了一句："你知道剖腹产要缝几层吗？七层！所以我老婆刚生了孩子之后，我都不敢让她下地。唉！你们女人真的是太不容易了！"我一下肃容正坐，明白了为什么他忍不住说这些，除了初为人父的喜悦，更多的是他对剖腹产的震惊和对老婆的

真想再去武汉琴台大剧院看一场《红楼梦》！（代后记）

心疼吧，所以都忍不住要告诉一个陌生人，我不禁由衷地赞美他："那您真是一个爱老婆的好丈夫。"

今天整理书籍的时候，偶然发现了夹在书里的这张戏票，尤其是在这个特别的时刻，我不由想到，那两位司机师傅，曾经也被封在武汉吗？那位护士嫂子和小宝宝，现在也都一切安好吗？那两位司机师傅，很像是我认识的不少武汉人，热情、灵活、拿你不当外人、冷不丁地还露一手深厚的文化底蕴，更重要的是，他们还都那样热爱生活。

现在疫情得到了有效的控制，城市也逐步恢复了正常的生产生活，我真希望有朝一日能再去武汉琴台大剧院看一次《红楼梦》，不管是越剧、京剧还是歌剧，什么都好。樱花开了，武汉开了，我们都好好地活着，月落重生灯再红！